नाचती आकृतियाँ

शरलॉक होम्स के जासूसी कारनामे

नाचती आकृतियाँ

शरलॉक होम्स के जासूसी कारनामे

सर ऑर्थर कॉनन डायल

अनुवाद

संजीव निगम

फंडा
Funda
राधाकृष्ण प्रकाशन का उपक्रम

राधाकृष्ण प्रकाशन प्रा. लि. द्वारा
पेपरबैक संस्करण 2021 में प्रकाशित

ISBN : 978-81-19989-08-9

मूल्य : ₹895

अनुवाद © संजीव निगम

पहला सजिल्द संस्करण : 2024

राधाकृष्ण प्रकाशन का उपक्रम

प्रकाशक
राधाकृष्ण प्रकाशन प्राइवेट लिमिटेड
जी-17, जगतपुरी, दिल्ली-110 051
शाखाएँ : अशोक राजपथ, साइंस कॉलेज के सामने, पटना-800 006
पहली मंजिल, दरबारी बिल्डिंग, महात्मा गांधी मार्ग, प्रयागराज-211 001
1, अनमोल सोराबजी संतुक लेन, धोबी तलाव, मरीन लाइंस, मुम्बई-400 002
वेबसाइट : www.radhakrishnaprakashan.com
ई-मेल : info@radhakrishnaprakashan.com

मुद्रक
बी.के. ऑफसेट
नवीन शाहदरा, दिल्ली-110 032

NACHTI AKRITIYAAN
Sherlock Holmes ke jasoosi karnamein
Stories by Sir Arthur Conan Doyle
Translated by Sanjiv Nigam

क्रम

अनुवादकीय 7

चकत्तों वाले पट्टे का कारनामा 9
तीन विद्यार्थी 48
टेढ़ा-मेढ़ा आदमी 76
रेगेट की पहेली 103
सन्तरे के पाँच बीज 133
नाचती हुई आकृतियों का रहस्य 163
ग्लोरिया स्कॉट 203

अनुवादकीय

शरलॉक होम्स जासूसी दुनिया का एक ऐसा पात्र है जो इतना लोकप्रिय हो गया है कि उसके रचयिता सर ऑर्थर कॉनन डायल का नाम भले ही लोगों को न पता हो लेकिन पढ़ने के शौक़ीन हर व्यक्ति को शरलॉक होम्स का नाम ज़रूर पता है। शरलॉक होम्स की कहानियों के सभी भाषाओं में अनुवाद हुए हैं, कई फ़िल्में बनी हैं, सीरियल बने हैं लेकिन इसका आकर्षण है कि समाप्त नहीं होता है। शरलॉक होम्स की जासूसी कला की तर्कसंगतता, उसकी त्वरित बुद्धि और विश्लेषण करने की बारीक़ी पाठकों को बहुत प्रभावित करती है। ये कहानियाँ इतने रोचक अन्दाज़ में लिखी गई हैं कि पढ़नेवाला इनसे बँधकर रह जाता है। शरलॉक होम्स की बहुत-सी कहानियों का हिन्दी में पहले भी अनुवाद हो चुका है, फिर भी हमने कुछ ऐसी कहानियाँ इस संग्रह के लिए चुनी हैं जो अपने आप में अत्यंत उल्लेखनीय हैं। सबसे बड़ी बात यह है कि इस संग्रह की 7 कहानियों में से 4 कहानियों का सन्दर्भ भारत है जो उनमें हमारी रुचि को बढ़ाता है। एक विदेशी लेखक की कहानियों में अपने देश या देशवासियों का ज़िक्र हमें रोमांचित कर देता है। एक कहानी 'ग्लोरिया स्कॉट' है जो शरलॉक होम्स की पहली जाँच-पड़ताल थी

और उसके सोचने-समझने की प्रक्रिया को सामने रखती है। इसी तरह से 'नाचती हुई आकृतियों का रहस्य' बहुत ही रोमांचक कहानी है जहाँ पर नाचती आकृतियों के संकेतों के माध्यम से गुप्त संवाद होता है और शरलॉक होम्स उसे उद्घाटित करने में सफल होता है। 'रेगेट की पहेली' हमेशा सतर्क इस जासूस की अपने इस शौक़ के प्रति प्रतिबद्धता को दर्शाती है। हमने कोशिश की है कि यह अनुवाद न होकर एक मौलिक प्रस्तुति-जैसा हो। इन्हें पढ़ते हुए आपको लगे कि आप मूल कहानी ही पढ़ रहे हैं। इन कहानियों को अनुवाद करवाने में हिन्दुस्तानी के रूप में सरल हिन्दी तथा सरल उर्दू के प्रचार-प्रसार में लगी महात्मा गांधी द्वारा स्थापित संस्था 'हिन्दुस्तानी प्रचार सभा', मुम्बई ने पहल की। इसके लिए हम हिन्दुस्तानी प्रचार सभा के न्यासियों सर्वश्री सतीश शाह, फ्रांसिस मैथ्यू, फिरोज़ पैच तथा अरविन्द डेगवेकर के आभारी हैं। हमें उम्मीद है कि यह कहानी संग्रह सभी आयु वर्ग के पाठकों को पसन्द आएगा।

—संजीव निगम

चकत्तों वाले पट्टे का कारनामा

पिछले आठ सालों में अपने दोस्त शरलॉक होम्स द्वारा सुलझाए गए लगभग सत्तर मामलों में उसके काम करने के तरीक़ों का अध्ययन करने के लिए तैयार किए गए अपने नोट्स पर एक नज़र डालते हुए मैंने देखा कि उनमें से कई त्रासदी-भरे थे तो कई हँसने लायक़ थे। काफ़ी बड़ी संख्या में अजीब से केस भी थे लेकिन कोई भी मामला सामान्य नहीं था। वह अपने काम से प्यार करता था इसलिए वह अपनी जासूसी-कला के लिए काम करता था, न कि पैसा कमाने के लिए। वह ऐसे किसी भी मामले को हाथ में लेने से मना कर देता था जो कुछ असामान्य या विशेष न हो। इन सभी अलग-अलग मामलों में मैं सोचता हूँ कि एक मामला बड़ा विचित्र था जोकि स्टोक मोरन के मशहूर रॉयलॉट परिवार से जुड़ा था। यह मामला उन दिनों का है जब होम्स से जुड़े मुझे ज़्यादा दिन नहीं हुए थे। तब हम दोनों कुँवारे थे और बेकर स्ट्रीट पर साथ रहते थे। मैं इस मामले के बारे में पहले भी लिख सकता था लेकिन जब यह केस घटित हुआ था तब इसे गुप्त रखने की एक क़सम उठाई गई थी जिससे मैं अभी पिछले महीने ही आज़ाद हुआ हूँ क्योंकि उस महिला की असमय मौत हो गई जिसके सामने यह क़सम खाई गई थी। इस केस से

जुड़े तथ्यों को बाहर आ भी जाना चाहिए क्योंकि मुझे पता है कि डॉ. ग्रिम्सबे रॉयलॉट की मौत के बारे में कई अफ़वाहें फैली हुई हैं जोकि इस मामले की सचाई से ज़्यादा भयानक हैं।

'83 के अप्रैल के शुरुआती दिन थे, एक दिन सुबह मैं नींद से जागा तो देखा कि होम्स पूरी तरह से तैयार होकर मेरे बिस्तर के सिरहाने खड़ा है। वह देर से उठने वालों में था, और उस वक़्त घड़ी में सवा सात बजे थे। मैंने ताज्जुब से उसकी तरफ़ आँख झपकाई और शायद थोड़ी-सी नाराज़गी भी दिखाई क्योंकि मैं भी अपनी आदतों के बारे में काफ़ी नियमित था।

"तुम्हें जगाने का बड़ा खेद है, वॉटसन," उसने कहा, "लेकिन आज ऐसा ही कुछ हो रहा है। श्रीमती हडसन को भी किसी ने दरवाज़ा खटखटा कर उठाया। बदले में उन्होंने खटखटा कर मुझे उठा दिया और उसी तरह से मैंने तुम्हें।"

"ऐसा क्या हुआ है? कहीं आग लग गई है क्या?"

"नहीं, एक मुवक्किल है। लगता है कि कोई नौजवान लड़की आई है जो काफ़ी घबराई हुई है और मुझसे मिलने की ज़िद पकड़े हुए है। अभी वह मेरी बैठक में मेरा इंतज़ार कर रही है। अगर इतनी सुबह कोई लड़की इस महानगर में घूम रही है और सोते हुए लोगों को दस्तक देकर जगा रही है तो ज़रूर कोई बड़ा कारण होगा इसके पीछे। वह ज़रूर कुछ बहुत ख़ास कहना चाहती होगी। मुझे लगा कि अगर यह सच में कोई बड़ा सनसनीखेज़ मामला हुआ तो तुम किसी भी हाल में शुरू से ही इससे जुड़ना चाहोगे। इसलिए मैंने सोचा कि कुछ भी हो पर मुझे तुम्हें बुलाना ही चाहिए और यह मौक़ा देना चाहिए।"

"बिलकुल सही, मैं इसे किसी भी क़ीमत पर खोना नहीं चाहता।"

मुझे होम्स की पेशेवराना जाँच को देखने से ज़्यादा मज़ा और किसी चीज़ में नहीं आता था। मैं उसके तुरन्त निकाले जाते निष्कर्षों और अनुमानों का प्रशंसक था जोकि हमेशा तर्कसंगत होते थे। उन्हीं के आधार पर वह उन मामलों को सुलझाता था जो उसके पास आते थे। मैंने झटपट कपड़े पहने और कुछ ही मिनटों में अपने दोस्त के साथ नीचे चलने के लिए तैयार हो गया। नीचे बैठक में काली पोशाक पहने और अपने को नकाब से ढके एक महिला खिड़की के पास बैठी थी। हमें देखते ही वह उठ खड़ी हुई।

"नमस्कार, मैडम," होम्स ने ख़ुशी-भरे स्वर में कहा, "मेरा नाम शरलॉक होम्स है। ये मेरे ख़ास दोस्त और साथी डॉ. वॉटसन हैं, इनके सामने आप ऐसे ही बात कर सकती हैं जैसेकि मेरे सामने। वाह! श्रीमती हडसन ने यह अच्छा किया कि आग जला दी। मैडम आप आग के पास आ जाएँ। मैं आपके लिए कॉफ़ी लाने के लिए बोलता हूँ। आप तो ठंड से काँप रही हैं।"

"मैं ठंड से नहीं काँप रही हूँ," उस महिला ने अपना स्थान बदलते हुए धीमी आवाज़ में कहा।

"फिर क्या बात है?"

"मैं डर से काँप रही हूँ, मिस्टर होम्स। भय से।" यह कहते हुए उसने आगना नकाब उठा दिया। हम देख सकते थे कि उसकी हालत खस्ता थी। चेहरा उदास और फीका पड़ा हुआ था। उसकी आँखें उस जानवर की तरह डरी-डरी थीं जिसका शिकार किया जाने वाला हो। उसके नाक-नक्श तीस साला औरत जैसे थे लेकिन उसके बाल समय से पहले सफ़ेद हो गए लगते थे। उसके चेहरे पर ऊब और थकान के चिह्न थे। शरलॉक होम्स ने एक भरपूर नज़र से उसे देखा।

"आपको डरने की ज़रूरत नहीं है," होम्स ने दिलासा देते हुए उसके बाज़ू को थपथपाया, "मुझे भरोसा है कि हम जल्दी ही सब ठीक कर देंगे। मुझे लगता है कि तुम आज सुबह ट्रेन से आई हो।"

"इसका मतलब आप मेरे बारे में जानते हैं?"

"नहीं, लेकिन मैंने तुम्हारे बाएँ दस्ताने की हथेली में टिकट का वापस जाने वाला हिस्सा देख लिया था। तुमने सुबह बहुत जल्दी यात्रा शुरू की होगी और स्टेशन पहुँचने के लिए तुम्हें कठिन रास्तों पर कुत्तों द्वारा सुरक्षित घोड़ागाड़ी में खासा लम्बा सफ़र करना पड़ा होगा।"

महिला ने बड़े ताज्जुब से मेरे साथी को देखा। "यह कोई रहस्य नहीं है मैडम," उसने मुस्कराते हुए कहा, "तुम्हारे जैकेट के बाईं बाज़ू पर कम से कम सात जगह मिट्टी लगी है। ये निशान एकदम ताज़ा हैं और जिस गाड़ी के साथ सुरक्षा के लिए कुत्ते दौड़ते हैं उनके सिवाय ऐसा कोई और वाहन नहीं है जो इस तरह से मिट्टी उड़ाता हो। और उसमें भी ऐसे निशान तब पड़ते हैं जब आप ड्राइवर की बाईं तरफ़ बैठे हों।"

"आपने चाहे जैसे भी जाना हो, लेकिन आप कह एकदम ठीक रहे हैं," उसने कहा, "घर से छः बजे से पहले निकली थी, और छः बीस पर लेदरहेड पहुँची थी और पहली ट्रेन से वॉटरलू आई। सर, मैं अब इस दबाव को ज़्यादा बर्दाश्त नहीं कर सकती, अगर यह कुछ दिन और चला तो मैं पागल हो जाऊँगी। सिवाय एक व्यक्ति के मेरा और कोई नहीं है जो मेरी परवाह करता है और वह बेचारा भी कुछ मदद नहीं कर सकता। मैंने आपके बारे में सुन रखा है जनाब होम्स। मैंने आपके बारे में श्रीमती फरिन्तोश से सुना है जिनकी आपने मुसीबत के समय में मदद की थी। उन्होंने ही मुझे

आपका पता दिया था। जनाब, क्या आप मेरी मदद करेंगे? अगर मदद नहीं कर सकते तो मैं जिस अँधेरे में घिरी हुई हूँ उसमें कम से कम रोशनी की एक किरण तो दिखाइए। अभी तो मेरे पास आपको देने लायक़ कुछ नहीं है। लेकिन एक महीने या छः सप्ताह में मेरी शादी हो जाएगी और तब मेरी आमदनी पर मेरा अधिकार होगा। तब मैं आपके इस एहसान का बदला चुका सकूँगी।"

होम्स अपनी डेस्क की तरफ़ मुड़ा और उसका ताला खोलकर एक छोटी-सी केस डायरी निकाली। उसने उस डायरी में देखा।

"फरिन्तोश," उसने कहा, "हाँ, मुझे वह मामला याद आया। वह सफ़ेद क़ीमती पत्थर के ताज के बारे में था। मेरे ख़याल से वह तुम्हारे मेरे साथ आने से पहले का केस है, वॉटसन। मैडम, मैं बस इतना ही कह सकता हूँ कि मैं आपके केस पर भी उतना ही ध्यान दूँगा जितना आपकी दोस्त के केस पर दिया था। जहाँ तक मेरे मेहनताने का सवाल है तो मेरा पेशा ही मेरा सबसे बड़ा मेहनताना है। लेकिन आप चाहें तो मुझे इस केस के सम्बन्ध में किए गए मेरे ख़र्चे लौटा सकती हैं वह भी जब आपको सुविधा हो तब। अब मैं आपसे गुज़ारिश करता हूँ कि हमारे सामने वे सब बातें रखें जो हमें इस केस को समझने में मदद करें।"

"ओह," हमारे मेहमान ने कहा, "मेरी बुरी हालत इसी से समझी जा सकती है कि मेरी आशंकाएँ भी धुँधली हैं और मेरा शक पूरी तरह से छोटी-छोटी बातों पर आधारित है जोकि दूसरों को बड़ी मामूली लगेंगी। यहाँ तक कि वह एक अकेला शख़्स जिससे मुझे मदद की उम्मीद थी उसे भी ये बातें एक नर्वस औरत की कल्पनाएँ लगती हैं। हालाँकि उसने साफ़-साफ़ ऐसा कहा नहीं, लेकिन मुझे उसके तसल्ली देने वाले जवाबों और मुझसे नज़रें चुराने के अन्दाज़ से पता चल

जाता है। पर, मैंने सुना है जनाब होम्स, कि आप आदमी के दिल में कई परतों में छुपी दुष्टता को भी देख सकते हैं। अब आप ही मुझे सलाह दे सकते हैं कि मैं इन ख़तरों के बीच सुरक्षित कैसे रहूँ?"

"मैं सब कुछ ध्यान से सुन रहा हूँ, मैडम, आप अपनी बात जारी रखें।"

"मेरा नाम हेलेन स्टोनर है, और मैं अपने सौतेले पिता के साथ रह रही हूँ, जोकि सर्रे की पश्चिमी सीमा पर स्टोक मोरन में रहने वाले इंग्लैंड के सबसे पुराने सैक्सन परिवार, रॉयलॉट्स के आख़िरी बचे हुए सदस्य हैं।"

होम्स ने सहमति में अपना सिर हिलाया, "यह नाम मेरा जाना-पहचाना हुआ है।" उसने कहा।

"यह परिवार एक समय इंग्लैंड के अमीर परिवारों में एक था। इसकी ज़मीन-ज़ायदाद उत्तर में बर्कशायर की सीमा के अन्दर तथा पश्चिम में हैम्पशायर तक फैली हुई थी। पर पिछली शताब्दी में इसके लगातार चार उत्तराधिकारी एकदम बेकार और निकम्मे निकले और राजा के प्रतिनिधि होने के काल में एक जुआरी ने ख़ानदान को पूरी तरह से कंगाल कर दिया। फिर कुछ न बचा सिवाय कुछ एकड़ ज़मीन के और एक दो सौ साल पुरानी हवेली के जो पूरी तरह से गिरवी पड़ी है। वहाँ के आख़िरी जागीरदार ने एक ग़रीब संभ्रांत व्यक्ति की तरह एक भयावह जीवन जीते हुए अपनी ज़िन्दगी गुज़ारी। उसके बेटे यानी मेरे सौतेले पिता ने यह सब देखते हुए यह जान लिया था कि अपने को नयी परिस्थितियों के मुताबिक़ बदलना होगा, इसलिए उन्होंने एक रिश्तेदार से कुछ उधार लिया जिससे उन्होंने डॉक्टरी की पढ़ाई की और फिर कलकत्ता चले गए। वहाँ पर अपने बेहतरीन काम की बदौलत उन्होंने अच्छी प्रैक्टिस जमा ली थी। लेकिन उनके

घर में कुछ चोरियाँ हो गई थीं जिसकी वजह से एक बार उन्होंने ग़ुस्से में अपने देसी खानसामे को पीट-पीट कर मार डाला। वे मौत की सज़ा से बाल-बाल बचे थे। पर उन्हें लम्बे समय तक जेल में रहना पड़ा था। उसके बाद वे एक उदास और निराश आदमी की तरह इंग्लैंड वापस लौटे थे।

"जब डॉ. रॉयलॉट भारत में थे तभी उन्होंने मेरी माँ श्रीमती स्टोनर से शादी की थी जोकि बंगाल आर्टिलरी के मेजर जनरल स्टोनर की जवान विधवा थीं। मेरी बहन जूलिया और मैं जुड़वाँ थीं। अपनी माँ के इस दूसरे विवाह के वक़्त हम दो साल की थीं। मेरी माँ के पास ठीकठाक पैसा था—उनकी आमदनी 1000 डॉलर से कम नहीं थी। यह सारी आमदनी उन्होंने डॉ. रॉयलॉट के नाम कर दी थी जब हम उनके साथ रह रहे थे। लेकिन इसके साथ एक शर्त यह लगा दी थी कि हमारी शादी होने के बाद इसमें से कुछ राशि हममें से हरेक को प्रतिवर्ष मिला करेगी। हमारे इंग्लैंड आने के कुछ ही समय बाद हमारी माँ का देहांत हो गया। उनकी मौत क्रेवे के निकट एक रेल दुर्घटना में हुई थी। उसके बाद डॉ. रॉयलॉट ने लंदन में प्रैक्टिस करने का इरादा छोड़ दिया और हमें लेकर स्टोक मोरन के पुश्तैनी मकान में रहने आ गए। मेरी माँ ने जो संपत्ति छोड़ी थी वह हमारी ज़रूरतों के लिए काफ़ी थी। लग रहा था कि अब हमारी ख़ुशियों में कोई रुकावट नहीं आएगी।

"लेकिन इस बार हमारे सौतेले पिता में भयानक परिवर्तन आ गए थे। हमारे पड़ोसी मेरे पिता के आने पर अपने बीच रॉयलॉट परिवार के वारिस को देखकर काफ़ी ख़ुश हुए थे। पर उन्होंने अपने पड़ोसियों से अच्छे सम्बन्ध बनाने या उनके घर आने-जाने की बजाय अपने आप को घर में बन्द कर लिया और जब कभी बाहर निकलते

तो जो भी उनके सामने पड़ता उससे बुरी तरह से लड़ाई कर बैठते। इस ख़ानदान के लोगों में यह आदत रहती आई है कि इनका ग़ुस्सा सातवें आसमान पर रहता है और मेरे पिता के मामले में तो मुझे लगता है कि भूमध्य रेखा के पास के इलाक़ों में लम्बे समय तक रहने की वजह से यह आदत अति पर है। कई बड़े शर्मिन्दगी-भरे विवाद हुए जिनमें से दो तो पुलिस और कचहरी तक भी पहुँच गए थे। आख़िरकार वे पूरे इलाक़े में एक आतंक बन गए जिन्हें देखते ही लोग इधर-उधर हो जाते हैं क्योंकि वे बहुत ताक़तवर होने के साथ-साथ बेलगाम ग़ुस्से के भी मालिक हैं।

"पिछले सप्ताह उन्होंने स्थानीय लुहार को मुंडेर पर से उठाकर नहर में फेंक दिया था और मैं जितनी भी रकम इकट्ठा कर सकती थी उसको देकर बड़ी मुश्किल से इस मामले को जगज़ाहिर होने से बचा सकी थी। उनके कोई दोस्त नहीं हैं सिवाय कुछ आवारा जिप्सियों के जिनको उन्होंने अपनी कँटीली झाड़ियों से घिरी ज़मीन पर रहने की इजाज़त दे रखी है। बदले में वे उनके तम्बुओं में उनकी मेहमाननवाज़ी का लुत्फ़ उठाते हैं। कई बार तो उनकी यह आवारागर्दी कई सप्ताह तक चलती है। उनके मन में हिन्दुस्तानी जानवरों के लिए बड़ी चाहत है जो एक पत्रकार उन्हें भेजा करता था। इस वक़्त उनके पास एक चीता और एक बन्दर है जो उनकी ज़मीन पर खुले घूमते रहते हैं। गाँव वाले इन पशुओं से भी उतना ही डरते हैं जितना उनके मालिक से।

"मेरी बातों से आप समझ ही सकते हैं कि मैं और मेरी बहन जूलिया की ज़िन्दगी में कोई भी ख़ुशी नहीं। हमारे यहाँ कोई नौकर नहीं टिकता है इसलिए काफ़ी समय तक हम दोनों बहनों को ही घर के काम करने पड़ते थे। जब उसकी मौत हुई तब उसकी उम्र

बस तीस साल थी लेकिन तभी से उसके बाल सफ़ेद होने शुरू हो गए थे जैसे मेरे हो रहे हैं।"

"तो तुम्हारी बहन मर चुकी है?"

"उसकी मौत बस दो साल पहले हुई और मैं उसकी मौत के बारे में ही आपसे बात करना चाहती हूँ। आप समझ सकते हैं कि जैसी घुटी हुई हमारी ज़िन्दगी मैंने आपको बताई है उसे देखते हुए हमारी मुलाक़ात अपने किसी हमउम्र और अपनी हैसियत वाले से होने की संभावना कम ही है। फिर भी हमारी एक मौसी हैं, मेरी माँ की कुँवारी बहन मिस होनोरिआ वेस्टफेल जोकि हैरो के पास रहती हैं और हमें उनके घर कभी-कभी जाने की इजाज़त थी पर कम समय के लिए। जूलिया दो साल पहले वहाँ क्रिसमस पर गई थी। वहाँ वह नौसेना के एक आधे वेतन वाले मेजर से मिली थी और उससे उसका सम्बन्ध जुड़ गया था। जब वह वापस आई तो मेरे सौतेले पिता को इस सगाई के बारे में पता चला लेकिन उन्होंने इसका कोई विरोध नहीं किया किन्तु शादी होने की तारीख़ से पन्द्रह दिन पहले ही वह भयानक हादसा हो गया और मेरी अकेली साथी, मेरी बहन, संसार से चली गई।"

शरलॉक होम्स कुर्सी में ढलका हुआ बैठा था और उसकी आँखें बन्द थीं। उसका सिर कुशन में धँसा हुआ था। उसने अपनी आँखों को आधा खोला और एक नज़र मेहमान पर डाली।

"मेरी गुज़ारिश है कि आप अपनी बातों को बारीकी से बताएँ।" उसने कहा।

"ज़रूर, उस भयावह समय का एक-एक पल मेरी स्मृति में गहराई से खुदा हुआ है। जैसाकि मैंने पहले ही कहा था, उस जागीर की हवेली बहुत पुरानी है और उसके केवल एक हिस्से में ही अब

लोग रहते हैं। इस हिस्से में सोने के कमरे नीचे हैं और बैठक के कमरे भवन के बीच वाले भाग में। इन सोने के कमरों में से पहला डॉ. रॉयलॉट का है, दूसरा मेरी बहन का है और तीसरा मेरा है। उनमें आपस में आने-जाने का कोई रास्ता नहीं है लेकिन वे सभी एक ही गलियारे में खुलते हैं। क्या मैंने अपनी बात सही तरीक़े से कही?"

"हाँ, बिलकुल।"

"तीनों कमरों की खिड़कियाँ लॉन में खुलती हैं। उस हादसे वाली रात को डॉ. रॉयलॉट अपने कमरे में जल्दी चले गए थे। हालाँकि हमें पता था कि वे सोये नहीं थे क्योंकि मेरी बहन को उस इंडियन सिगार से बहुत परेशानी होती थी जो वे पीते थे। इसलिए वह अपने कमरे से निकलकर मेरे कमरे में आ गई जहाँ उसने कुछ देर बैठकर अपनी होने वाली शादी के बारे में बातें कीं। ग्यारह बजे वह जाने के लिए उठी, लेकिन उसने दरवाज़े की तरफ़ देखा और फिर मुड़कर मेरी तरफ़ देखा।

"एक बात बताओ हेलेन," उसने कहा, "क्या तुमने कभी किसी को रात के सन्नाटे में सीटी बजाते सुना है?"

"कभी नहीं," मैंने कहा।

"मुझे लगता है कि तुम भी सोते हुए सीटी नहीं बजा सकती हो?"

"यक़ीनन नहीं। लेकिन यह क्यों पूछ रही हो?"

"क्योंकि पिछली कुछ रातों में मैंने तीन बजे के लगभग सीटी की धीमी मगर साफ़ आवाज़ साफ़ सुनी है। मेरी नींद कच्ची है, इसलिए मैं उसे सुनकर उठ जाती हूँ। मैं यह नहीं बता सकती कि वह आवाज़ कहाँ से आती है। शायद बगल के कमरे से, शायद लॉन से। मैंने सोचा कि तुमसे भी पूछूँ कि क्या तुमने वह आवाज़ सुनी है?"

"नहीं, मैंने तो नहीं सुनी है पर शायद यह हरकत बागान में रहने

वाले भद्दे जिप्सियों की होगी।"

"हो सकता है। लेकिन यदि यह लॉन की तरफ़ से आती है तो मुझे ताज्जुब है कि तुमने इसे क्यों नहीं सुना है?"

"मेरी नींद तुम्हारी नींद से गाढ़ी है।"

"चलो लेकिन यह कोई ख़ास बात नहीं है।" उसने मेरी तरफ़ एक मुस्कान फेंकी और दरवाज़ा बन्द कर दिया। कुछ क्षण बाद मैंने दरवाज़े के ताले में उसकी चाभी के घूमने की आवाज़ सुनी।"

"सच! क्या आप लोग रोज़ ऐसे ही रात को अपने आप को ताले में बन्द कर लेते थे?" होम्स ने पूछा।

"हमेशा।"

"पर क्यों?"

"मुझे लगता है कि मैंने आपको बताया था कि डॉक्टर ने एक चीता और एक लंगूर पाल रखा है। अगर हमारे दरवाज़े बन्द नहीं होते थे तो हम असुरक्षित महसूस करते थे।"

"हाँ ये तो है। चलिए आगे बताइए।"

"मैं उस रात सो नहीं सकी। न जाने क्यों मेरे मन में एक डर-सा उठ रहा था। आपको याद होगा कि मैं और मेरी बहन दोनों जुड़वाँ हैं और आपको जानते होंगे कि इतने क़रीब से जुड़ी दो आत्माओं को बाँधने वाला धागा कितना बारीक होता है। वह बड़ी भयानक रात थी। बाहर तेज़ हवाएँ चल रही थीं और तेज़ बारिश हो रही थी जिसके थपेड़े खिड़कियों पर पड़ रहे थे। हवा के उन थपेड़ों के बीच अचानक किसी औरत के बेहद डर से चिल्लाने की आवाज़ आई। मुझे पता चल गया कि यह मेरी बहन की आवाज़ है। मैं अपने बिस्तर से उछलकर निकली, अपने बदन पर शॉल लपेटा और बरामदे की ओर लपकी। जैसे ही मैंने अपना दरवाज़ा खोला, मैंने

सीटी की धीमी आवाज़ सुनी ठीक वैसी जैसी मेरी बहन ने बताई थी। कुछ देर बाद ऐसी आवाज़ सुनाई दी जैसे कि लोहे का कोई बहुत बड़ा टुकड़ा कहीं टकराया हो। मैं दौड़ते हुए बरामदे में आई तो देखा कि मेरी बहन के कमरे का दरवाज़ा खुला पड़ा था और किवाड़ अपने क़ब्ज़ों के ऊपर धीरे-धीरे झूल रहा था। मैंने डर के साथ इसे देखा। मुझे पता नहीं था कि मेरे सामने क्या आने वाला है? गलियारे की रोशनी में मैंने अपनी बहन को दरवाज़े के पास आते देखा। उसका चेहरा डर से सफ़ेद पड़ा हुआ था, उसके हाथ जैसे इधर-उधर मदद ढूँढ़ रहे थे और उसका पूरा शरीर ऐसे झूल रहा था जैसे कोई शराबी हो। मैं उसकी तरफ़ दौड़ी और उसे अपनी बाँहों में ले लिया लेकिन उसी समय उसके घुटनों ने जैसे जवाब दे दिया और वह ज़मीन पर गिर पड़ी। वह दर्द से बुरी तरह कराह रही थी। उसके सारे अंग अन्दर की तरफ़ मुड़ गए थे। पहले मुझे लगा कि उसने मुझे पहचाना नहीं। लेकिन जैसे ही मैं उस पर झुकी वह इस तरह चीख़ी जिसे मैं कभी नहीं भूल पाऊँगी, “हे मेरे भगवान! हेलेन! वह पट्टा था। चकत्तेदार पट्टा।” उसके अलावा भी वह कुछ बड़बड़ाई थी और उसने अपनी उँगली हवा में उठाकर डॉक्टर के कमरे की तरफ़ इशारा किया था लेकिन तभी उस पर बेहोशी का दौरा पड़ा और उसकी आवाज़ घुटकर रह गई। मैं बाहर की तरफ़ दौड़ी और अपने सौतेले पिता को पुकारने लगी। वे ड्रेसिंग गाउन पहने हुए तेज़ी से आते हुए मुझे मिले। जब वे मेरी बहन के पास पहुँचे तब वह बेहोश थी। और हालाँकि उन्होंने उसके गले से ब्रांडी नीचे उतारने की कोशिश की तथा गाँव से चिकित्सा सहायता मँगवाई पर सब बेकार गया। मेरी बहन की हालत ख़राब होती गई। वह अपनी बेहोशी से बाहर न आ सकी और धीरे-धीरे मर गई। इतना भयानक

अन्त हुआ मेरी बहन का।"

"एक मिनट," होम्स ने कहा, "क्या तुम सीटी और लोहा टकराने की आवाज़ के बारे में पक्के तौर से कह रही हो?"

"यही बात काउंटी के मुंसिफ़ ने भी जाँच के दौरान मुझसे पूछी थी। मेरा यह पक्के तौर पर मानना है कि मैंने वे आवाज़ें सुनी थीं फिर भी, हवा की तेज़ आवाज़ और उस पुराने मकान के चरमराने की आवाज़ों के बीच मुझे कुछ धोखा भी हो सकता है।"

"क्या तुम्हारी बहन ने बाहर जाने के कपड़े पहने हुए थे?"

"नहीं, वह अपनी रात की पोशाक में थी। उसके दायें हाथ में माचिस की जल कर बुझी हुई तीली थी और बाएँ हाथ में माचिस की डिब्बी।"

"इससे पता चलता है कि जब ख़तरा लगा होगा तो उसने रोशनी करके अपने आसपास देखने की कोशिश की होगी। यह बड़ी महत्त्वपूर्ण बात है। मुंसिफ़ ने और क्या नतीजा निकाला?"

"उसने इस मामले की बड़ी सावधानी से छानबीन की क्योंकि डॉक्टर रॉयलॉट का व्यवहार पूरी काउंटी में काफ़ी बदनाम रहा है लेकिन वह मौत का कोई भी सन्तोषजनक कारण पाने में असफल रहा। मेरी गवाही से यह बात सामने आई कि दरवाज़े का ताला अन्दर से बन्द था और खिड़कियों पर पुराने क़िस्म के शटर और सरिये लगे हुए थे। दीवारें और फ़र्श भी बड़े मज़बूत थे। चिमनी काफ़ी चौड़ी है पर वह भी चार बड़े तारों से बँधी हुई है। इसलिए यह बात तो पक्की लगती है कि उस वक़्त मेरी बहन अकेली रही होगी। इसके अलावा, उसके शरीर पर चोट के भी कोई निशान नहीं थे।"

"और ज़हर के बारे में?"

"डॉक्टरों ने इस हिसाब से भी देखा था पर कुछ मिला नहीं था।"

"फिर तुम्हें क्या लगता है? यह बदनसीब औरत कैसे मरी होगी?"

"मेरा मानना यह है कि वह डर और घबराहट के सदमे से मरी होगी। हालाँकि मैं इस डर और घबराहट की वजह क्या हो सकती है, यह नहीं समझ पा रही हूँ।"

"क्या उस वक़्त बागान में जिप्सी थे?"

"हाँ, कुछ न कुछ जिप्सी वहाँ हर वक़्त रहते हैं।"

"ओह, फिर तुम्हें इस पट्टे, चकत्तेदार पट्टे वाले सुराग से क्या समझ आता है?"

"कभी-कभी मुझे यह दौरे में बड़बड़ाने जैसी बात लगती है, कभी लगता है कि यह लोगों के किसी समूह की ओर इशारा रहा होगा, शायद उन्हीं, बागान में रहने वाले जिप्सियों की तरफ। मुझे पता नहीं पर शायद वह सिर पर पहने जाने वाले उनके अजीब से पट्टों की तरफ़ इशारा कर रही होगी।"

होम्स ने इस तरह से सिर हिलाया जैसे उसे विश्वास नहीं हुआ हो।

"यह सब बड़ा गहरा मामला है। आप अपनी बात जारी रखें।"

"तब से अब तक दो साल बीत चुके हैं। मेरी ज़िन्दगी कुछ समय पहले तक बहुत अकेली रही थी। पर एक महीने पहले मुझे एक ऐसा प्यारा दोस्त मिला जिसे मैं बरसों से जानती थी। उसने मेरा हाथ माँगा। उसका नाम आर्मिटेज है—पर्सी आर्मिटेज। रीडिंग के नज़दीक, क्रेन वाटर के श्रीमान आर्मिटेज का दूसरा बेटा। मेरे सौतेले पिता ने इस रिश्ते पर कोई आपत्ति नहीं की और बसन्त के मौसम में हमारी शादी हो जाएगी। दो दिन पहले इमारत के पश्चिमी हिस्से में कुछ मरम्मत शुरू हुई जिसमें मेरे कमरे की दीवार भी चिर गई। इसलिए मुझे उस कमरे में जाना पड़ा जिसमें मेरी बहन की मौत हुई थी और उसी बिस्तर पर सोना पड़ा जिस पर मेरी बहन सोयी थी।

तब, उस समय मेरी बुरी हालत के बारे में सोचिये जब रात के उस अँधेरे में मैं जागती हुई लेटी थी और मैंने रात के सन्नाटे में अचानक उस सीटी की आवाज़ सुनी जो मेरी बहन की मौत के आने का पैग़ाम बनी थी। मैं एकदम से उछल गई और मैंने लैंप जलाया पर कमरे में कुछ नहीं दिखा। मैं इतना डर गई थी कि वापस बिस्तर पर जाने की हिम्मत नहीं पड़ी। मैंने बाहर जाने की पोशाक पहन ली और जैसे ही सवेरा हुआ मैं नीचे आ गई। सामने क्राउन इन से एक घोड़ागाड़ी ली और सीधे लेदरहेड पहुँची और वहाँ से इतनी सुबह आपसे मिलने आई ताकि आपकी सलाह ले सकूँ।"

"तुमने सही किया," मेरे दोस्त ने कहा, "पर क्या तुमने मुझे सब कुछ बता दिया है?"

"हाँ, सब कुछ।"

"नहीं, कुमारी रॉयलॉट, तुमने सब नहीं बताया है। तुम अपने सौतेले पिता के बारे में कुछ छिपा रही हो।"

"क्यों? आप कहना क्या चाहते हैं?"

हमारी मेहमान ने अपने घुटने पर जो हाथ रखा हुआ था उससे लटकते काले धागे की झालर को पीछे की तरफ़ कर दिया। उसकी सफ़ेद कलाई पर पाँच छोटे नील पड़े हुए थे जोकि चार उँगलियों और एक अँगूठे के थे।

होम्स ने कहा,"तुम पर अत्याचार हुआ है।"

उस महिला का चेहरा बदरंग हुआ और उसने अपनी घायल कलाई को छिपा लिया। "वह एक बड़ा मज़बूत इनसान है," उसने कहा, "और उसे शायद ख़ुद अपनी ताक़त के बारे में नहीं पता है।"

एक लम्बा सन्नाटा फैल गया था जिसके दरम्यान होम्स अपने हाथों में अपनी ठोड़ी रखे जलती हुई आग को देखता रहा।

"यह बड़ा गम्भीर मामला है," आख़िरकार उसने अपनी चुप्पी तोड़ी, "इस मामले में अपनी कोई कार्यवाही करने से पहले मुझे हज़ारों बातें जाननी होंगी। पर दूसरी तरफ़ हम एक क्षण भी बर्बाद नहीं कर सकते हैं। अगर हम आज स्टोक मोरन चलें तो हम तुम्हारे सौतेले पिता की जानकारी के बिना उन कमरों को देख सकेंगे?"

"हाँ, उन्होंने कहा भी था कि वे किसी ज़रूरी काम के सिलसिले में आज शहर जाने वाले हैं। सम्भव है कि वे आज पूरा दिन घर से दूर रहें इसलिए आपका ध्यान भंग करने के लिए कोई नहीं होगा। हमारे पास एक आया है लेकिन वह बहुत बूढ़ी और मूर्ख है। उसे तो मैं आसानी से बाहर भेज दूँगी।"

"बहुत बढ़िया। वॉटसन तुम्हें तो इस दौरे से कोई आपत्ति नहीं है?"

"बिलकुल नहीं।"

"तब तो हम दोनों चलेंगे। और तुम अभी क्या करोगी?"

"अब जब मैं शहर में आई हूँ तो एक-दो काम निपटा लूँ। लेकिन मैं बारह बजे की ट्रेन से वापस लौट जाऊँगी ताकि आपके आने के समय पर मैं वहाँ रहूँ।"

"हम वहाँ दोपहर में जल्दी पहुँच जाएँगे। मुझे भी कुछ काम निपटाने हैं। क्या तुम नाश्ता करके नहीं जाओगी?"

"नहीं, मुझे जाना होगा। अपनी परेशानी आपको बताकर मेरे दिल का बोझ हल्का हो गया है। आज दोपहर में मुझे आपका इंतज़ार रहेगा।" उसने अपना मोटा नकाब मुँह पर डाला और कमरे से तेज़ी से निकल गई।

"तुम इस बारे में क्या सोचते हो, वॉटसन?" शरलॉक ने अपनी कुर्सी में पीछे लुढ़कते हुए कहा।

"यह मुझे बड़ा ही काला और पाप-भरा मामला लगता है।"

"काफ़ी काला और काफ़ी पाप-भरा।"

"लेकिन फिर भी जैसाकि इस महिला ने कहा कि उस कमरे की दीवारें और फ़र्श एकदम मज़बूत थे और दरवाज़े, चिमनी तथा खिड़की से घुसना नामुमकिन था तब तो उसकी बहन मरते वक़्त एकदम अकेली रही होगी!"

"लेकिन फिर रात में बजने वाली उस सीटी से क्या अर्थ निकलता है और साथ ही मरने वाली औरत ने जो शब्द कहे थे उनका क्या मतलब है?"

"मैं नहीं कह सकता।"

"तुम रात में बजने वाली सीटी और जिप्सियों के उस झुंड, जोकि इस डॉक्टर के क़रीबी थे, की बातों को आपस में मिलाओ तो एक बात पर विश्वास होता है कि अपनी सौतेली बेटियों की शादी न होने देने में डॉक्टर का कोई हित तो है। उस पट्टे की तरफ़ संकेत और हेलेन स्टोनर का लोहे के टकराने की आवाज़ सुनना जोकि बहुत सम्भव है उस लोहे के सरिये की हो जो खिड़की की सुरक्षा के लिए लगा था, इस सब से मुझे लगता है कि यह गुत्थी इन्हीं संकेतों के आधार पर सुलझेगी।"

"अच्छा लेकिन जिप्सियों ने क्या किया होगा?"

"इसका अनुमान मैं नहीं लगा सकता।"

"मुझे इस बयान में कई गड़बड़ियाँ लगती हैं।"

"मुझे भी। इसी वजह से हम आज स्टोक मोरन जा रहे हैं। मैं देखना चाहता हूँ कि क्या ये गड़बड़ियाँ बहुत घातक हैं या फिर इनका कोई समाधान मिलेगा। अरे पर ये क्या है?"

होम्स का यह आख़िरी वाक्य इसलिए था क्योंकि हमारा दरवाज़ा अचानक भड़ाक करके खुला और एक लम्बा तगड़ा आदमी हमारे

सामने था। उसकी वेशभूषा अजीब-सी थी। किसान और कारीगर के कपड़ों का मिला-जुला रूप। उसने एक काला टोप पहना हुआ था, लम्बा फ्रॉक कोट था और पैरों में ऊँची पट्टियाँ थीं और हाथ में शिकार करने वाला चाबुक झूल रहा था। वह इतना लम्बा था कि उसका टोप दरवाज़े के ऊपरी हिस्से से टकरा रहा था। उसका चेहरा बहुत बड़ा था जिस पर हज़ारों झुर्रियाँ पड़ी हुई थीं, चेहरा सूरज की जलन से पीला था और चेहरे पर क्रूरता थी, उसने अपनी गहरी और खा जाने वाली निगाहों से हम दोनों को बारी-बारी देखा। उसकी ऊँची माँसरहित नाक उसे किसी शिकारी पक्षी-सा दिखा रही थी।

"तुममें से होम्स कौन है?" उस विचित्र व्यक्ति ने पूछा।

"मैं हूँ, महाशय, लेकिन आपका परिचय?" मेरे साथी ने पूछा।

"मैं हूँ डॉक्टर ग्रिमेस्बी रॉयलॉट, स्टोक मोरन से।"

"ओके डॉक्टर।" होम्स ने सपाट स्वर में कहा, "बैठिये।"

"मैं वैसा कुछ नहीं करूँगा। मेरी सौतेली बेटी यहाँ आई थी। मैंने उसका पता लगा लिया था। वह आपसे क्या कहने आई थी।"

"आजकल मौसम बड़ा ठंडा है, है कि नहीं?" होम्स ने कहा।

"उसने आपसे क्या कहा?" वह बूढ़ा बुरी तरह से चिल्लाया।

"मैंने सुना है कि जंगली फूल अच्छे खिलते हैं।" मेरे साथी ने बिना झिझके बोलना जारी रखा।

"ओह, तुम मुझे भड़काना चाहते हो।" हमारे नए मेहमान ने एक क़दम आगे बढ़ते हुए और शिकारी चाबुक घुमाते हुए कहा, "मैं तुम्हें अच्छी तरह से जानता हूँ, बदमाश, मैंने तुम्हारे बारे में पहले से सुन रखा है। तुम होम्स हो, हर काम में नाक घुसड़ने वाले।"

मेरा दोस्त मुस्कराया।

"होम्स, बड़ा कामकाजी!"

मेरे दोस्त की मुस्कान और चौड़ी हो गई।

"होम्स, स्कॉटलैंड यार्ड का तारणहार।"

होम्स खुलकर हँसा, उसने कहा, "आपकी बातचीत बड़ी मज़ेदार है। जब आप बाहर जाएँ तो दरवाज़ा बन्द करते जाएँ, क्योंकि बाहर तेज़ हवा चल रही है।"

"मैं तभी जाऊँगा जब अपनी बात कह लूँगा। तुम मेरे मामलात में टाँग अड़ाने की कोशिश मत करो। मुझे पता है कि मेरी बेटी यहाँ आई थी। मैंने उसका पता लगा लिया था। मेरे साथ पंगा लेना अच्छा नहीं होता। समझे।" उसने तेज़ी से आगे बढ़कर पोकर के खेल का एक मोहरा उठाया और अपने बड़े भूरे हाथों के बीच मरोड़ दिया।

"देखा! मेरी पकड़ से दूर रहना।" वह फुफकारा और मोहरे को आतिशदान में फेंककर कमरे से बाहर चला गया।

"यह बड़ा मिलनसार आदमी लगता है," होम्स ने हँसते हुए कहा, "मैं इतना भारी-भरकम नहीं हूँ पर अगर वह कुछ देर और यहाँ रुका होता तो मैं उसे दिखा देता कि मेरी पकड़ उसकी पकड़ से कमज़ोर नहीं है।" उसने बोलते-बोलते वह पोकर का मुड़ा हुआ मोहरा उठाया और थोड़ा ज़ोर लगाकर उसे सीधा कर दिया।

"सोचो ज़रा उसकी गुस्ताखी। मुझे सरकारी जासूसी एजेंसी के साथ मिलाकर रख दिया, हद है यार। चलो, इस घटना से हमें अपनी जाँच करने के लिए उत्साह मिलेगा। बस मैं यही उम्मीद करता हूँ कि हमारी उस छोटी दोस्त को यह दुष्ट इस बात पर कोई सज़ा न दे। ख़ैर चलो वॉटसन, अब हम नाश्ता करेंगे। उसके बाद मैं ज़रा दस्तावेज़ रखने वाले ऑफ़िस तक जाऊँगा, मुझे उम्मीद है कि वहाँ कुछ ऐसी जानकारी ज़रूर मिलेगी जो इस मामले में मददगार साबित होगी।"

तब लगभग एक बजा होगा जब शरलॉक होम्स बाहर से वापस आया। उसके हाथ में एक नीला काग़ज़ था जिस पर कुछ जानकारियाँ और संख्याएँ लिखी हुई थीं।

"मैंने इसकी मृत बीवी की वसीयत देखी," उसने कहा, "उसका सही अर्थ निकालने के लिए मुझे इससे जुड़े निवेशों का आज का मूल्य निकालना पड़ा। उसकी बीवी की मृत्यु के समय जो आमदनी 1100 डॉलर से कुछ ही कम थी वह कृषि क़ीमतों के कम होने की वजह से अब घटकर 750 डॉलर के आसपास रह गई है। शादी होने के बाद हर लड़की उसमें से 250 डॉलर ले सकती है। इससे साफ़ ज़ाहिर होता है कि अगर उन दोनों की शादी हो जाती तो यह आमदनी बेहद कम हो जाती, यहाँ तक कि एक की शादी भी इसे काफ़ी कम कर देती। मेरा सुबह का काम बेकार नहीं गया, क्योंकि इससे यह साबित हो गया कि इस तरह का कुछ भी होने के रास्ते में रुकावट बनने का उसी के पास सबसे बड़ा कारण था। और अब वॉटसन, अब समय व्यर्थ नहीं कर सकते हैं क्योंकि उस बूढ़े को पता है कि हम इस मामले में रुचि ले रहे हैं। इसलिए अगर तुम तैयार हो तो हम टैक्सी मँगा लें और वॉटरलू चलें। अच्छा होगा अगर तुम अपना रिवॉल्वर भी अपनी जेब में रख लोगे। जो आदमी लोहे की मोहरों को मरोड़ सकता है उससे बात करते समय यह रिवॉल्वर एक अच्छा जवाब है। बस इसकी और अपने दाँतों के ब्रश की ही हमें दरकार है।"

सौभाग्य से हमें वॉटरलू पर फ़ौरन लेदरहेड के लिए ट्रेन मिल गई। वहाँ से हमने एक गाड़ी ली और सर्रे की ख़ूबसूरत गलियों में चार-पाँच मील का रास्ता तय किया। वह एक बढ़िया दिन था, धूप खिली हुई थी और बादल के छोटे-छोटे टुकड़े आकाश में गुज़र

रहे थे। पेड़ों और रास्ते के किनारे लगी झाड़ियों में पत्ते फूट रहे थे और मिट्टी की भीनी-भीनी सुगंध फैली हुई थी। मेरे लिए तो यह बड़ा अजीब-सा मेल था, कहाँ यह ख़ुशगवार मौसम और कहाँ वह ख़तरनाक अभियान जिसके लिए हम यहाँ आए थे। मेरा दोस्त आगे बैठा हुआ था, उसके हाथ बँधे हुए थे, ठोड़ी नीचे झुकी हुई थी, उसका टोप भी नीचे झुका हुआ था। वह गहरे ख़यालों में डूबा हुआ था। अचानक वह जागृत हुआ, उसने मेरे कन्धों पर थपकी दी और चारागाह की तरफ़ इशारा किया।

"उधर देखो!" उसने कहा।

ढलान पर पेड़ों से भरा एक बाग़ दिख रहा था जोकि ऊँचाई पर अधिक घना हो गया था। उस के पेड़ों की शाखाओं के बीच से मकानों की चोटियाँ दिख रही थीं और एक पुरानी हवेली की छत का ऊँचा पेड़ दिख रहा था।

"स्टोक मोरन?" उसने पूछा

"हाँ जनाब। वह डॉक्टर ग्रिम्सेबी रॉयलॉट की हवेली है।" ड्राइवर ने जवाब दिया।

"वहाँ कुछ निर्माण कार्य हो रहा है।" होम्स ने कहा, "क्या हम वहाँ जा रहे हैं?"

"गाँव तो वहाँ है," ड्राइवर ने बाईं तरफ़ के कुछ घरों की तरफ़ इशारा करते हुए कहा, "लेकिन अगर आपको उस घर तक जाना है तो आप अगर इस सीढ़ी से होकर जाएँगे तो आपको छोटा पड़ेगा। इसके बाद फुटपाथ से खेतों में होते हुए। वह देखिये वहाँ, जहाँ वह महिला घूम रही है।"

"और वह, अनुमान से कुमारी स्टोनर हैं," होम्स ने अपनी आँखों के ऊपर ज़ोर डालते हुए देखकर कहा, "हाँ सही है, हमें वही करना

चाहिए जो आपने कहा है।"

हम गाड़ी से उतरे। उसका किराया दिया और गाड़ी वापस लेदरहेड की तरफ़ चल दी।

"मैंने भी यही सोचा था," होम्स ने कहा जब हम सीढ़ी चढ़ रहे थे, "इस आदमी को ऐसा ही लगना चाहिए था कि हम कोई आर्किटेक्ट हैं जो अपने काम के सिलसिले में यहाँ आए हैं। इससे कोई अफ़वाह नहीं फैलेगी। नमस्कार, मिस स्टोनर, आपने देखा हम अपने वादे के पक्के निकले।"

हमारी सुबह की मुवक्किल तेज़ी से लपककर बड़ी प्रसन्नता के साथ हमसे मिली। "मैं बड़ी बेसब्री से आप लोगों का इंतज़ार कर रही थी," उसने बड़ी गर्मजोशी से हमसे हाथ मिलाते हुए कहा, "सब कुछ बढ़िया ढंग से हुआ। डॉक्टर रॉयलॉट शहर गए हुए हैं और शाम से पहले उनके आने की कोई संभावना नहीं है।"

"हमें डॉक्टर से मिलने का सौभाग्य मिल चुका है," होम्स ने कहा, और थोड़े से शब्दों में उसने बता दिया कि क्या हुआ था। उसे सुनते हुए मिस स्टोनर का रंग फीका पड़ता जा रहा था।

"हे मेरे भगवान!" वह चिल्लाई, "इसका मतलब है कि उसने मेरा पीछा किया था।"

"लगता तो यही है।"

"वह इतना चालाक है कि मुझे नहीं पता कि मैं कब तक सुरक्षित हूँ। जब वह वापस लौटेगा तो पता नहीं क्या कहेगा?"

"वह अपना ख़ुद का बचाव करेगा क्योंकि उसे पता है कि कोई उससे भी ज़्यादा चालाक अब उसके पीछे पड़ चुका है। तुम आज रात अपने आपको ताले में बन्द रखो। अगर वह हिंसक हुआ तो हम तुम्हें तुम्हारी आंटी के पास हैरो ले जाएँगे। अब हमें अपने समय

का सदुपयोग करने दो। हमें फ़ौरन उन कमरों में ले चलो जिनका हमें निरीक्षण करना है।"

वह इमारत सलेटी रंग की थी और पत्थरों से बनी थी। उसका बीच का हिस्सा काफ़ी ऊँचा था और दो वक्राकार विंग्स ऐसे आपस में मिले हुए थे जैसे केकड़े के पंजे आपस में मिले हों। इनमें से एक विंग में खिड़कियाँ टूटी हुई थीं और उन्हें लकड़ी के फट्टों से ढका हुआ था। उन्हें देखकर खंडहर का एहसास हो रहा था। बीच का हिस्सा फिर भी ठीकठाक ढंग से मरम्मत किया दिखता था लेकिन दाईं तरफ़ का हिस्सा तो कुछ आधुनिक लगता था जिसमें खिड़कियों पर परदेदार पट्टियाँ लगी थीं, चिमनियों से नीला धुआँ निकल रहा था जिससे लगता था कि यही वह हिस्सा है जहाँ पर यह परिवार रहता है। दीवार के आख़िर में एक मचान बँधी हुई थी और पत्थर के काम को तोड़ा हुआ था पर जब हम वहाँ का दौरा कर रहे थे तब कोई भी मज़दूर काम करता हुआ नहीं दिखा। होम्स ने उस ऊबड़-खाबड़ घास वाले मैदान में ऊपर-नीचे कई चक्कर लगाए और बड़े ग़ौर से खिड़कियों के बाहरी भागों का मुआयना किया।

"मुझे लगता है कि यह वह कमरा है जहाँ तुम सोया करती हो, तुम्हारी बहन का कमरा बीच वाला है और डॉक्टर रॉयलॉट का कक्ष मुख्य भवन के साथ वाला है।"

"बिलकुल सही। लेकिन आजकल मैं बीच वाले कमरे में सो रही हूँ।"

"मरम्मत का काम पूरा होने तक, जैसाकि मैं समझता हूँ। ख़ैर ऐसा लगता है कि उस आख़िरी दीवार की मरम्मत करने का कोई ख़ास कारण नहीं है।"

"कोई नहीं था। मुझे लगता है कि वह मुझे मेरे कमरे से हटाने

के लिए एक बहाना है।"

"ओह, इससे कुछ समझ आता है। इस सँकरे विंग के दूसरी तरफ़ वह गलियारा है जहाँ ये तीनों कमरे खुलते हैं। यक़ीनन, उनमें खिड़कियाँ भी हैं।"

"हाँ, पर वे तो बहुत छोटी हैं। इतनी छोटी हैं कि उनमें से कोई निकल नहीं सकता।"

"चूँकि तुम दोनों अपने कमरों को अन्दर से लॉक करके सोती थीं इसलिए इस तरफ़ से कोई कमरों में नहीं आ सकता था। अब क्या तुम अपने कमरे में जाओगी और शटर बन्द करोगी?"

मिस स्टोनर ने वैसा ही किया और होम्स ने अच्छी तरह से निरीक्षण करने के बाद खिड़की के शटर को ताक़त लगाकर खोलने का पूरा प्रयास किया लेकिन उसे कोई सफलता नहीं मिली। ऐसी कोई दरार भी नहीं मिली जिससे चाकू डालकर शटर के सरिये को उठाया जा सकता हो। फिर उसने बड़ी बारीक़ी से कब्जों का निरीक्षण किया लेकिन वे ठोस लोहे के बने हुए थे और मज़बूती से जड़े हुए थे।

"हूँ," उसने असमंजस में अपनी ठोड़ी को खुजाते हुए कहा, "जो मैं सोच रहा था उसमें सच में कुछ दिक़्क़तें आ रही हैं। यदि ये शटर बन्द हों तो इनमें से कोई भी नहीं निकल सकता। चलो अन्दर देखते हैं शायद कुछ पता चले।"

किनारे के एक छोटे-से दरवाज़े से हम सफ़ेदी किए गए एक गलियारे में दाख़िल हुए जिसमें वे तीनों सोने के कमरे खुलते थे। होम्स ने तीसरा कक्ष देखने से इनकार कर दिया इसलिए हम सीधे दूसरे कक्ष की तरफ़ बढ़े, वह कमरा जिसमें मिस स्टोनर आजकल सो रही थीं और जिसमें उनकी बहन का अन्त हुआ था। यह एक छोटा-सा आरामदेह कमरा था जिसमें छत थोड़ी नीची थी, एक खुला

हुआ आतिशदान था पुराने गाँव के घरों जैसा। किनारे पर ड्राअर्स वाली एक भूरे रंग की अलमारी खड़ी थी। दूसरे कोने में सफ़ेद चादर बिछा एक पलंग पड़ा था और खिड़की की बाईं तरफ़ ड्रेसिंग टेबल थी। ये सामान और बेंत की बनी दो छोटी कुर्सियाँ, बस यही फ़र्नीचर था उस कमरे में और इसके अलावा एक चौरस क़ालीन था। दीवारों के पैनल भूरे थे, वे ओक के बने थे, उनमें दीमक लगी थी और वे इतने बदरंग हो गए थे कि लगता था कि वे तभी के बने हुए हैं जब यह भवन बना होगा। होम्स ने एक कुर्सी किनारे खींची और उस पर चुपचाप बैठकर पूरे कमरे के एक-एक विवरण का बार-बार मुआयना करने लगा।

"ये घंटी किसके लिए है?" उसने बिस्तर के पीछे लटकती घंटी की रस्सी को देखते हुए पूछा जिसका फुँदना तकिए पर पड़ा था।

"ये हाउसकीपर के कमरे में जाती है।"

"यह बाक़ी सब सामान के मुक़ाबले नयी लगती है।"

"हाँ इसे दो-तीन साल पहले ही लगाया गया है।"

"मेरे ख़याल से तुम्हारी बहन ने इसके लिए कहा होगा।"

"नहीं, मैंने तो उसे कभी इसका इस्तेमाल करते हुए नहीं सुना। हमें जो कुछ चाहिए होता था हम अपने आप ले लेते थे।"

"सचमुच! तब तो इतनी बढ़िया घंटी की रस्सी यहाँ लगाना फ़ुज़ूल ही था। अच्छा, अब मैं ज़रा इस फ़र्श का मुआयना कर लूँ।" उसने अपना लेंस हाथ में लिया और ज़मीन पर पेट के बल लेटकर आगे-पीछे सरकते हुए लकड़ी के बोर्ड्स के बीच की दरारों का मुआयना करने लगा। उसके बाद उसने चैम्बर के पैनलों के लकड़ी के काम का उसी तरह से मुआयना किया। उसके बाद वह पलंग के पास गया और कुछ क्षण तक उसे निहारा, उसी के साथ-साथ

उसकी निगाहें दीवार पर भी ऊपर-नीचे आ-जा रही थीं। अन्त में उसने घंटी की रस्सी को अपने हाथ में लिया और तेज़ी से खींचा।

"यह बजती क्यों नहीं है?"

"क्या! बजती नहीं?"

"नहीं, बल्कि ये तो किसी तार से भी जुड़ी नहीं है। बड़ी अजीब बात है। देखो ऊपर बस एक कुंडे से बँधी है, वहाँ जहाँ पर रोशनदान के लिए छोटी-सी खुली जगह है।"

"बड़ा अजीब है। मैंने इस पर पहले कभी ध्यान नहीं दिया।"

"ताज्जुब है," रस्सी को खींचते हुए होम्स बड़बड़ाया, "इस कमरे के बारे में एक या दो बड़ी अनोखी बातें हैं। जैसेकि कैसा मूर्ख बिल्डर रहा होगा जिसने रोशनदान ऐसा बनाया जो एक दूसरे कमरे में खुलता है जबकि इसी मेहनत से वह ऐसा रोशनदान बना सकता था जिससे बाहरी हवा मिलती।"

"यह भी नया है।" महिला ने कहा।

"उसी वक़्त का जब घंटी की रस्सी लगाई गई थी?" होम्स ने पूछा।

"हाँ, उस वक़्त कई छोटे-मोटे परिवर्तन किए गए थे।"

"ये सारे बड़े मज़ेदार लगते हैं—नकली घंटी की रस्सी और ऐसा रोशनदान जिससे हवा ही न मिले। आपकी इजाज़त हो मिस स्टोनर तो अब हम अन्दर के कमरों में अपनी पड़ताल करेंगे।"

डॉक्टर ग्रिमेस्बी रॉयलॉट का कक्ष अपनी सौतेली बेटियों के कमरों से बड़ा था लेकिन सादे ढंग से सुसज्जित था। एक साधारण पलंग, ज़्यादातर तकनीकी किताबों से भरा एक शेल्फ, पलंग के पास रखी एक आरामकुर्सी, दीवार के साथ रखी एक कुर्सी, एक गोल मेज़ और एक लोहे की तिज़ोरी, यही कुछ सामान था जो आँखों को

दिखाई दे रहा था। होम्स ने चारों तरफ़ घूमकर उन सबका बड़ी तन्मयता से निरीक्षण किया।

"इसमें क्या है?" उसने तिज़ोरी को थपथपाते हुए पूछा।

"मेरे सौतेले पिता के कारोबार के काग़ज़।"

"ओह, इसका मतलब है कि तुमने इसके अन्दर देखा है।"

"बस एक बार, बहुत साल पहले। मुझे याद है कि यह काग़ज़ों से भरा था।"

"पर क्या इसमें कोई बिल्ली भी है?"

"नहीं, पर आपका ख़याल बड़ा अजीब है।"

"शायद। पर ज़रा इधर देखो," उसने दूध की एक छोटी-सी तश्तरी उठाई जो तिजोरी के ऊपर रखी थी।

"नहीं, हमारे पास बिल्ली नहीं है। पर हाँ, एक चीता और एक लंगूर ज़रूर है।"

"अरे हाँ, हाँ। पर चीता एक बड़ा जानवर है और इतनी छोटी तश्तरी भर दूध से उसका पेट नहीं भरेगा। लेकिन मैं एक बात का इत्मीनान कर लेना चाहता हूँ।"

वह लकड़ी की कुर्सी के आगे चौकड़ी मारकर बैठ गया और बड़े ध्यान से उसने कुर्सी का निरीक्षण किया।

"धन्यवाद। अब सब तय हो गया!" उसने उठते हुए और लेंस अपनी जेब में रखते हुए कहा। "देखो, यहाँ पर कुछ सनसनीखेज़ मामला है।"

जिस वस्तु ने उसका ध्यान खींचा था, वह थी पलंग के एक कोने में लटका कुत्ते का एक छोटा-सा पट्टा। वह पट्टा लपेटा हुआ था और उसे इस तरह से बाँधा गया था कि वह चाबुक की डोरी का फंदा बन गया था।

"इससे तुम्हें क्या लगता है, वॉटसन?"

"यह काफ़ी सामान्य पट्टा है। लेकिन मुझे यह नहीं पता कि इसे बाँधा क्यों गया है?"

"नहीं यह इतना सामान्य नहीं है। जानते हो यह दुनिया बड़ी दुष्ट है। जब कभी कोई चालाक आदमी जुर्म की तरफ़ अपना दिमाग़ लगाता है तो वह बहुत बुरा होता है। मिस स्टोनर, मुझे लगता है कि मैंने काफ़ी कुछ देख लिया है। अब अगर आपकी इजाज़त हो तो हम लॉन में चलें?"

मैंने अपने दोस्त के चेहरे पर कभी इतनी कठोरता नहीं देखी थी, न ही उसकी भौंहों को इस तरह से तना हुआ देखा था जितना कि इस जाँच के दृश्य से हटते हुए देखा। हमने लॉन में एक तरफ़ से दूसरी तरफ़ कई चक्कर लगाए पर न तो मेरी और न मिस स्टोनर की हिम्मत हुई उसका ध्यान भंग करने की। वह ख़ुद अपने ख़यालों से बाहर आया।

"यह बहुत ज़रूरी है मिस स्टोनर," उसने कहा, "कि आप मेरी सलाह का पूरी तरह से पालन करें।"

"मैं बिलकुल करूँगी।"

"मामला बहुत ज़्यादा गम्भीर है। तुम्हारी ज़िन्दगी मेरी बातों को मानने पर ही निर्भर है।"

"मैं आपको विश्वास दिलाती हूँ कि मैं आपकी हर बात मानूँगी।"

"सबसे पहली बात तो यह है कि मैं और मेरा दोस्त रात तुम्हारे कमरे में गुज़ारेंगे।"

मैंने और मिस स्टोनर ने उसे ताज्जुब से देखा।

"हाँ ऐसा ही होना चाहिए। मुझे लगता है कि वह वहाँ गाँव की सराय है?"

"हाँ, उसका नाम क्राउन इन है।"

"बहुत अच्छे। तो वहाँ से तुम्हारी खिड़की दिखती होगी?"

"बेशक।"

"तो जब तुम्हारा सौतेला बाप आ जाए तो तुम सरदर्द का बहाना करके अपने कमरे में ही रहना। जब तुम्हें यह लग जाए कि वे सोने चले गए हैं तो तुम अपनी खिड़की के शटर खोल देना, कुंडी हटा देना और इशारा देने के लिए वहाँ एक लैंप रख देना और उसके बाद जो तुम्हें चाहिए हों वे वस्तुएँ लेकर चुपके से उस कमरे में चली जाना जिसमें तुम रहा करती थीं। मुझे भरोसा है कि उस कमरे में मरम्मत के काम के कारण होने वाली परेशानी के बावजूद तुम वहाँ एक रात गुज़ार लोगी।"

"हाँ, आराम से।"

"बाक़ी सब तुम हम पर छोड़ दो।"

"पर आप क्या करेंगे?"

"हम तुम्हारे कमरे में रात गुज़ारेंगे और उस आवाज़ को जानने की कोशिश करेंगे जो तुम्हें परेशान किए हुए है।"

"मुझे लगता है मिस्टर होम्स कि आपने अपनी कोई राय क़ायम कर ली है।" मिस स्टोनर ने मेरे साथी की बाँह पर हाथ धरते हुए कहा।

"शायद।"

"फिर, दया करके मुझे बताइए न, कि मेरी बहन की मौत का कारण क्या था?"

"मैं कुछ कहने से पहले साफ़ सबूत इकठ्ठा करना चाहता हूँ।"

"आप कम से कम ये तो बता सकते हैं कि क्या मेरा ख़याल सही है? क्या वह किसी अचानक डर से मरी थीं?"

"नहीं मैं ऐसा नहीं सोचता। मेरे विचार से इसके पीछे कुछ और ठोस कारण है। अब हमें चलना चाहिए मिस स्टोनर क्योंकि अगर डॉ. रॉयलॉट आ गए और उन्होंने हमें देख लिया तो हमारा यहाँ आना बेकार हो जाएगा। चलो, हम चलते हैं, और तुम बहादुरी से वही करना जो हमने कहा है। अगर तुमने हमारे कहे अनुसार किया तो मैं तुम्हें विश्वास दिलाता हूँ कि हम तुम्हारी ज़िन्दगी के ख़तरे को हमेशा के लिए दूर कर देंगे।"

शरलॉक होम्स और मुझे क्राउन इन में कमरा मिलने में कोई कठिनाई नहीं हुई। अपनी खिड़की से हम हवेली के दरवाज़े और उस हवेली के रिहायशी कमरों पर नज़र रख सकते थे। शाम के धुँधलके में हमने डॉ. ग्रिमेस्बी रॉयलॉट को अपने सामने से गाड़ी में गुज़रते देखा। उनकी विशाल काया के आगे वह लड़का दबा हुआ-सा लग रहा था जो गाड़ी खींच रहा था। हवेली का भारी लोहे का दरवाज़ा खोलने में उस लड़के को कुछ परेशानी हुई। हमने डॉ. की कर्कश आवाज़ सुनी और देखा कि वह लड़के की तरफ़ ग़ुस्से से मुक्का दिखा रहा था। गाड़ी वापस चली गई और उसके कुछ मिनट बाद हमने पेड़ों के बीच से बैठक के कमरे से लैंप का प्रकाश आते देखा।

"तुम्हें पता है वॉटसन," होम्स ने उस वक़्त कहा जब हम अँधेरे में साथ-साथ बैठे हुए थे, "आज तुम्हें अपने साथ ले जाते हुए मुझे कुछ झिझक हो रही है। आज सच में कुछ ख़तरे वाली बात है।"

"क्या मैं कुछ मदद कर सकता हूँ?"

"तुम्हारी उपस्थिति सच में बहुमूल्य रहेगी।"

"तब तो मैं ज़रूर साथ चलूँगा।"

"बड़ी मेहरबानी।"

"तुम ख़तरे की बात कर रहे हो। उसका मतलब है कि उस कमरे

में तुमने मुझसे ज़्यादा कुछ देखा था, ऐसा जो मैं नहीं देख पाया।"

"नहीं, ऐसा नहीं है। पर शायद मैं कुछ ज़्यादा निष्कर्ष निकाल पाया। मुझे लगता यही है कि तुमने वह सब देखा जो मैंने देखा था।"

"मुझे तो वहाँ कुछ भी ख़ास नहीं दिखा सिवाय घंटी की रस्सी के और उससे क्या निष्कर्ष निकलता है इसका मुझे अन्दाजा नहीं है।"

"तुमने रोशनदान देखा था?"

"हाँ, लेकिन मुझे लगता है कि दो कमरों के बीच कोई छोटी-सी खुली जगह होना कोई बड़ी बात नहीं है। वह तो इतना छोटा था कि उसमें से एक चूहा भी शायद ही निकल सके।"

"मुझे स्टोक मोर्गन आने से पहले ही पता था कि हमें वहाँ एक रोशनदान मिलेगा।"

"मेरे प्यारे होम्स...।"

"अरे सच, मुझे पता था। तुम्हें याद है उसने अपनी बात में कहा था कि उसकी बहन डॉ. रॉयलॉट के सिगार की गंध को सूँघ सकती थी। उसे सुनकर ही पता लग रहा था कि दोनों कमरों के बीच कोई खुला ज़रिया होगा। वह छोटा-सा ही होगा वरना वह जाँच अधिकारी की रिपोर्ट में आ जाता। मैंने अनुमान लगाया वह रोशनदान होगा।"

"लेकिन उससे क्या नुक़सान हो सकता है?"

"ख़ैर, बड़ा विचित्र संयोग है। एक रोशनदान बनाया जाता है, एक रस्सी लटकायी जाती है और महिला जोकि पलंग पर सोती है वह मर जाती है। तुम्हें यह अजीब-सा नहीं लगता है?"

"मुझे अभी भी इनमें कोई सम्बन्ध नहीं दिख रहा है।"

"क्या तुम्हें पलंग के बारे में कुछ विचित्र नहीं लगता है?"

"नहीं।"

"वह क्लैंप द्वारा फ़र्श से जकड़ा हुआ था। क्या तुमने इससे

पहले किसी पलंग को इस तरह से जकड़े हुए देखा है?"

"नहीं ऐसा तो नहीं देखा है।"

"वह महिला अपना पलंग खिसका नहीं सकती होगी। वह पलंग हमेशा रोशनदान और उस रस्सी के सामने उसी स्थिति में रहता होगा जिसे कभी भी घंटी बजाने के लिए इस्तेमाल नहीं किया जाना था।"

"होम्स," मैं चिल्लाया, "मुझे हल्का-सा एहसास हो रहा है कि तुम क्या कहना चाहते हो। हम बिलकुल सही समय पर आए हैं वरना कुछ और भयानक जुर्म हो जाता।"

"बहुत भयानक। जब कोई डॉक्टर ग़लत रास्ते पर चल पड़ता है तो वह अपराधियों में अव्वल हो जाता है। उसके पास धीरज भी होता है और ज्ञान भी। पामर और प्रिटचर्ड अपने पेशों में अव्वल थे। पर यह आदमी उनसे भी गहरा वार करता है, लेकिन मैं सोचता हूँ, वॉटसन कि हम इससे भी गहरा वार कर सकते हैं। आज की रात पूरी होने से पहले हमें कई ख़तरे देखने हैं, इसलिए अच्छा यही है कि आराम से पाइप पिया जाए और कुछ घंटों के लिए अपना दिमाग़ कुछ हँसी-ख़ुशी की बातों में लगाएँ।"

लगभग नौ बजे के क़रीब पेड़ों के बीच से आती रोशनी बुझ गई और हवेली की दिशा में अँधेरा छा गया। धीरे-धीरे दो घंटे निकल गए और तभी, अचानक ग्यारह बजे, हमारे ठीक सामने की तरफ़ एक अकेली तेज़ रोशनी चमकी।

"वह रहा हमारे लिए संकेत," होम्स ने अपने पैरों पर उछलते हुए कहा, "यह बीच वाली खिड़की से आया है।"

जब हम बाहर निकल रहे थे तो होम्स ने सराय के मालिक से कहा कि 'हम एक परिचित से मिलने जा रहे हैं और चूँकि देर हो सकती है इसलिए हो सकता है कि हम रात वहीं गुज़ारें।' अगले क्षण

हम अँधेरी सड़क पर थे, हमारे चेहरों पर ठंडी हवा लग रही थी, हमारे सामने एक पीली रोशनी झिलमिला रही थी जोकि इस अँधेरे में से हमें अपने दुष्कर कार्य की ओर लिए जा रही थी।

मैदान पार करने में कोई ज़्यादा दिक़्क़त नहीं हुई क्योंकि उसकी दीवार कई जगहों से टूटी हुई थी। पेड़ों के बीच से अपना रास्ता बनाते हुए हम लॉन में पहुँचे, उसे पार किया और खिड़की से अन्दर घुसने ही वाले थे कि तभी अचानक ऐसा लगा जैसे झाड़ियों के बीच छिपा हुआ कोई बच्चा घास पर कूदा और कराहता हुआ तेज़ी से लॉन पार करके अँधेरे में कहीं गुम हो गया।

"हे भगवान!" मैं फुसफुसाया, "तुमने देखा!"

कुछ पलों के लिए होम्स भी वैसे ही आश्चर्य में पड़ गया था जैसेकि मैं। उसका हाथ मेरी कलाई पर कस गया था। पर फिर वह धीमे-से हँसा और उसने मेरे कानों में कहा, "यह बड़ा मज़ेदार घर है," वह फुसफुसाया, "वह लंगूर था।"

मैं उन अजीब पालतू जानवरों के बारे में भूल चुका था जो डॉक्टर के पास थे। वहाँ एक चीता भी था। हे भगवान क्या पता किसी वक़्त वह भी हमारे कन्धों पर आ बैठे! मैं इस बात को मानता हूँ कि जब मैं होम्स के पीछे-पीछे अपने जूते उतारकर कमरे के अन्दर घुसा, मैंने तभी अपने आप को सुरक्षित महसूस किया। मेरे साथी ने चुपचाप शटर बन्द कर दिए। लैंप को मेज़ पर रख दिया, और कमरे में चारों ओर निगाहें दौड़ाईं। सब कुछ वैसा ही था जैसा हमने सुबह देखा था। उसके बाद मेरे पास सरक कर उसने अपने हाथ से एक बिगुल-सा बनाया और बहुत धीमे-से मेरे कान में कहा,"ज़रा सी भी आवाज़ हमारे प्लान को बर्बाद कर देगी।"

मैंने सिर हिलाकर संकेत दिया कि मैंने बात सुन ली है।

"हमें रोशनी के बिना बैठना होगा वरना वह रोशनदान से देख लेगा।"

मैंने दोबारा सहमति में सिर हिलाया।

"बिलकुल भी नहीं सोना, इसी पर तुम्हारी ज़िन्दगी निर्भर है। अपनी पिस्तौल तैयार रखो, हो सकता है उसकी ज़रूरत पड़े। मैं पलंग के एक सिरे पर बैठूँगा और तुम उस कुर्सी पर।"

मैंने अपना रिवॉल्वर निकाला और उसे मेज़ पर रख दिया। होम्स अपने साथ एक लम्बी छड़ी लाया था, उसे उसने बिस्तर पर अपने बाज़ू में रख लिया। उसके पास उसने एक माचिस की डिब्बी और एक मोमबत्ती रख दी। उसके बाद उसने लैंप बुझा दिया और हम अँधेरे में बैठे रह गए।

मैं उस डरावनी चौकसी को कैसे भूल सकता हूँ! कोई आवाज़ सुनाई नहीं दे रही थी, किसी के साँस लेने तक की भी नहीं और तब भी मुझे पता था कि मेरा साथी मुझसे बस कुछ दूर चौकन्ना बैठा है, ठीक उसी तरह बेचैनी-भरे तनाव में जैसेकि मैं। शटर गिरने से रोशनी की हलकी-सी भी किरण आना बन्द हो गई थी और हम घुप्प अँधेरे में बैठे इंतज़ार कर रहे थे। बाहर से कभी-कभी रात के किसी पक्षी की आवाज़ सुनाई दे जाती और कभी हमारी खिड़की पर कोई बिल्ली जैसी मिमियाहट यह जता जाती कि चीता आज़ाद घूम रहा है। दूर से हमें गिरिजाघर के घंटे की आवाज़ आती सुनाई देती थी जोकि हर पन्द्रह मिनट के बाद बजती थी। वे पन्द्रह मिनट कितने लम्बे लग रहे थे। बारह बजे, फिर एक, फिर दो, फिर तीन और हम यूँ ही बैठे हुए थे, हम पर जो गुज़रने वाला है उसका इंतज़ार करते हुए।

अचानक एक क्षण के लिए रोशनदान की दिशा में प्रकाश हुआ

जो फ़ौरन ही ग़ायब भी हो गया लेकिन उसके बाद तेल जलने की और किसी धातु के गरम होने की तेज़ गंध आई। बाजू के कमरे में किसी ने काले रंग की लालटेन जलाई। मैंने किसी के चलने की बहुत धीमी आवाज़ सुनी और उसके बाद सब शान्त हो गया, हालाँकि गंध थोड़ी तेज़ हो गई। मैं लगभग आधा घंटे तक अपने कानों पर ज़ोर दिए बैठा रहा। तभी अचानक एक और आवाज़ सुनाई देने लगी, बड़ी महीन, बड़ी आरामदेह जैसे किसी चाय की केतली की छोटी-सी नली में से भाप निकल रही हो। जैसे ही होम्स ने यह आवाज़ सुनी वह झपटकर पलंग से उठा, उसने माचिस जलाई और अपनी छड़ी से घंटी खींचने की रस्सी पर ग़ुस्से से प्रहार करने लगा।

"तुमने इसे देखा वॉटसन?" वह चीख़ा, "तुमने इसे देखा?"

लेकिन मैं कुछ नहीं देख पाया। जब होम्स ने माचिस जलाई तो मैंने हल्की सी सीटी की आवाज़ सुनी थी लेकिन मेरी नींद से बोझिल आँखों पर अचानक पड़े प्रकाश की वजह से मेरे लिए यह देखना नामुमकिन हो गया था कि मेरे दोस्त ने किस पर इतनी बुरी तरह से प्रहार किया था। हाँ, लेकिन मैं इतना देख सका कि उसका बुरी तरह से पीला पड़ गया चेहरा डर और नफ़रत से भरा हुआ था।

उसने प्रहार करना बन्द कर दिया था और रोशनदान की तरफ़ देख रहा था कि तभी अचानक रात के सन्नाटे को तोड़ती हुई एक ऐसी डरावनी चीख़ सुनाई दी जैसी मैंने आज तक नहीं सुनी है। वह तेज़ से तेज़ हुई जा रही थी, उस चीख़ में दर्द, डर और ग़ुस्सा सब एक साथ मिला हुआ था। बाद में पता चला कि उस चीख़ ने गाँव में दूर-दूर तक लोगों को अपनी नींद से जगा दिया था। उस चीख़ ने हमारे कलेजे को भी जमा दिया था और मैं और होम्स एक-दूसरे

को तब तक घूरते हुए खड़े रहे जब तक कि वह चीख़ पूरी तरह शान्त नहीं हो गई।

"इसका क्या मतलब हो सकता है?" मैं हाँफ रहा था।

"इसका मतलब है कि सब समाप्त हो गया," होम्स ने जवाब दिया, "और शायद सब अच्छे के लिए ही हुआ है। अपनी पिस्तौल लो। अब हम डॉ. रॉयलॉट के कमरे में घुसेंगे।"

बड़े गम्भीर चेहरे के साथ उसने लैंप जलाया और गलियारे में आगे-आगे चला। उसने कमरे के दरवाज़े पर दो बार दस्तक दी पर अन्दर से कोई जवाब नहीं आया। फिर उसने दरवाज़े का हैंडल घुमाया और अन्दर दाख़िल हुआ, उसके पीछे-पीछे मैं था पिस्तौल के घोड़े पर हाथ जमाये हुए।

हमारी आँखों को एक ही दृश्य दिखाई दिया। मेज़ के ऊपर काली लालटेन जल रही थी जिसका शटर आधा खुला था। इसकी एक तेज़ किरण लोहे की तिजोरी पर पड़ रही थी जिसका दरवाज़ा खुला हुआ था। इस मेज़ के पास लकड़ी की कुर्सी पर डॉ. ग्रिमेस्बी रॉयलॉट बैठा था, उसने लम्बा सलेटी रंग का ड्रेसिंग गाउन पहन रखा था जिसके नीचे उसके नंगे घुटने दिखाई दे रहे थे, उसके पैर लाल रंग के स्लीपरों में धँसे हुए थे। उसकी गोदी में छोटे हत्थे वाला चाबुक पड़ा हुआ था जिसे हमने सुबह देखा था। उसकी ठोड़ी ऊपर उठी हुई थी और उसकी आँखें छत के किनारे को देखते हुए डरावने तरीक़े से जमी हुई थीं। उसकी भौंहों के पास एक अनोखा पीला पट्टा था जिस पर भूरे से रंग के चकत्ते थे जोकि लगता था कि उसके सिर में कसकर बँधा हुआ था। जब हम दाख़िल हुए तो उसने न कोई आवाज़ की और न ही कोई इशारा किया।

"पट्टा! चकत्तेदार पट्टा!" होम्स फुसफुसाया।

मैं एक क़दम आगे बढ़ा। तभी अचानक वह अजीब-सा पट्टा सरकने लगा। और फिर रॉयलॉट के सिर में से एक साँप ने अपना हीरे के आकार का सिर और फूली हुई गर्दन उठाई।

"यह स्वैम्प एडेर है," होम्स चिल्लाया, "भारत का सबसे ख़तरनाक साँप। यह डॉ. इसके काटने से दस सेकंड के अन्दर ही मर गया होगा। सचमुच हिंसा करने वाले को ख़ुद अपनी हिंसा का शिकार होना पड़ता है। जो दूसरों के लिए गड्ढा खोदता है उसे भी उसी गड्ढे में गिरना पड़ता है। पहले हम इस प्राणी को इसके बिल में पहुँचा दें, उसके बाद मिस स्टोनर को सुरक्षित स्थान पर पहुँचा दें और तब काउंटी पुलिस को सूचना देंगे कि यहाँ क्या हुआ है।"

जब वह यह सब बोल रहा था उसी दौरान उसने मरे हुए आदमी की गोद से चाबुक निकाला और साँप के गले में लपेटते हुए साँप को उठाया तथा साँप को अपने से दूर रखते हुए उसे खुली हुई तिज़ोरी के अन्दर करके तिज़ोरी बन्द कर दी।

ये थे स्टोक मोरन के डॉ. ग्रिमेस्बी रॉयलॉट की मौत के सच्चे तथ्य। अब यह ज़रूरी नहीं कि मैं इस बात को और लम्बा करूँ यह विस्तार से बताते हुए कि हमने उस डरी हुई लड़की को यह ख़बर कैसे सुनाई, कैसे हमने उसे अपनी आंटी के घर हैरो पहुँचाया और कैसे क़ानून की धीमी प्रक्रिया आख़िरकार इस नतीजे पर पहुँची कि डॉ. की मौत अपने खेलते वक़्त असावधानीवश हो गई। इस केस के बारे में अगले दिन अपनी वापसी यात्रा में मैं अपने दोस्त से जो थोड़ा बहुत जान पाया वह यह है :

"मैंने पहले एकदम ग़लत अन्दाज़ लगाया था," उसने कहा, "जिससे यह साबित होता है मेरे प्यारे वॉटसन कि अधूरी जानकारी पर कोई निष्कर्ष निकालना कितना ख़तरनाक होता है। उस बेचारी

लड़की द्वारा जिप्सियों की मौजूदगी और 'पट्टे' शब्द का प्रयोग, जोकि उसने उसके लिए इस्तेमाल किया था जो उसने अपनी माचिस के झीने प्रकाश में देखकर समझा था, मुझे ग़लत सोच पर डालने के लिए काफ़ी था। हाँ मैं अपनी समझदारी पर इतना तो गर्व कर सकता हूँ कि उस कमरे को देखते ही मैंने अपनी राय बदल डाली थी। मुझे लगा था कि इस कमरे में रहने वाले के लिए खिड़की और दरवाज़े से कोई ख़तरा नहीं आ सकता था। और मेरा ध्यान फ़ौरन उस रोशनदान तथा बिस्तर पर लटकती घंटी की रस्सी पर केंद्रित हो गया। इस बात का पता चलने से कि वह रस्सी बिना काम के लटकी है और पलंग फ़र्श से जकड़ा गया है यह शक बढ़ा कि वह रस्सी किसी चीज़ को रोशनदान के छेद से होकर पलंग तक लाने का ज़रिया है और मेरे दिमाग़ में फ़ौरन 'साँप' का ख़याल आया। जब मुझे यह बताया गया कि डॉक्टर के पास हिंदुस्तान से कई प्राणी आए हैं तब मुझे लगा कि शायद मैं सही रास्ते पर हूँ। एक ऐसे ख़तरनाक ज़हर का इस्तेमाल करने का विचार जोकि किसी भी रासायनिक जाँच में पकड़ में न आ सके। यह किसी ऐसे निर्दयी दिमाग़ वाले शख़्स का काम हो सकता है जिसे पूर्व में इस तरह का प्रशिक्षण मिला हो। यह ज़हर कितनी तेज़ी से असर करता है यह भी उस आदमी के ध्यान में होगा और उसकी सोच के मुताबिक़ इसका इस्तेमाल उसके हित की बात ही होगी। अब यह तो कोई बहुत ही तेज़ दिमाग़ जाँचकर्ता ही उन दो छोटे काटने के निशानों का पता लगा सकता था जहाँ पर फ़न गड़े थे। उसके बाद मैंने सीटी के बारे में सोचा। निश्चय ही वह यह चाहता होगा कि सुबह होने से पहले साँप को वापस बुला लिया जाए ताकि पीड़िता को इसका पता न चले। उसने इसके लिए साँप को बुलाने के लिए दूध के इस्तेमाल से प्रशिक्षित

किया होगा, याद है न वह दूध की प्लेट जो हमने देखी थी। वह जो समय बेहतर समझता होगा उस वक़्त साँप को रोशनदान पर रख देता होगा। उसे भरोसा था कि वह साँप रस्सी से उतरकर पलंग पर ही जाएगा। वह साँप शिकार को काटे या न काटे, हो सकता है कि पूरे एक सप्ताह तक शिकार इसके काटने से बच जाए, लेकिन देर सबेर उस लड़की को इसका शिकार होना ही था।

"मैं डॉ. के कमरे में घुसने से पहले ही इन सब निष्कर्षों पर पहुँच चुका था। उसकी कुर्सी को देखने से मुझे पता चला था कि उसे इस पर खड़े होने की आदत है जोकि रोशनदान तक पहुँचने के लिए ज़रूरी रहा होगा। तिजोरी का होना, दूध की तश्तरी और चाबुक के फंदे ने रहे-सहे शक को भी दूर दिया था। मिस स्टोनर ने जो किसी धातु के टकराने की तेज़ आवाज़ सुनी थी वह निश्चय ही उसके सौतेले पिता द्वारा इस ख़तरनाक जीव को सेफ़ में जल्दी से बन्द करने की होगी। एक बार मेरे दिमाग़ में सब कुछ साफ़ हो गया तो मैंने वे क़दम उठाए जिनसे इस मामले को साबित किया जा सके। मैंने जीव के फुफकारने की आवाज़ सुनी जोकि तुमने भी सुनी होगी तो मैंने तुरन्त रोशनी कर दी और उस पर हमला कर दिया जिसकी वजह से वह रोशनदान के रास्ते वापस भाग गया।

"और इसी ग़ुस्से में वह दूसरी तरफ़ अपने मालिक पर टूट पड़ा। मेरे कुछ प्रहारों ने उसके भीतर के ग़ुस्से को जगा दिया जिसकी वजह से जो आदमी उसके सामने सबसे पहले आया उसने अपना ग़ुस्सा उसी पर उतार दिया। इस तरीक़े से अप्रत्यक्ष रूप से मैं डॉ. ग्रिमेस्बी रॉयलॉट की मौत का दोषी हूँ लेकिन मुझे इसका कोई पछतावा नहीं है।"

तीन विद्यार्थी

साल '95 की बात है जब कुछ ऐसी घटनाओं के चलते, जिनमें पड़ने की मुझे कोई ज़रूरत नहीं थी, मुझे और मिस्टर शरलॉक होम्स को कुछ सप्ताह अपने एक महान विश्वविद्यालयीय क़स्बे में बिताने पड़े थे। उसी दौरान एक जासूसी काम हम पर आ पड़ा था। उसी के बारे में मैं आपको बताने जा रहा हूँ। अब यह बात तो साफ़ है कि अगर मैं किसी भी ऐसी बात का उल्लेख अपने क़िस्से में करूँगा जिससे कि पाठकों पर उस कॉलेज या उस अपराधी की पहचान ज़ाहिर हो जाए तो यह नाइंसाफ़ी और बदतमीज़ी होगी। यह इतना अफ़सोसनाक क़िस्सा था जोकि अपने आप में ही दफ़न रह जाए तो बेहतर है। लेकिन कुछ बातों का उल्लेख छोड़ने को मजबूर होते हुए भी मैं इस अभियान की चर्चा इसलिए करना चाहता हूँ क्योंकि इसमें मेरे दोस्त की कुछ वे विशेषताएँ उभरकर सामने आती हैं जिनके लिए वह जाना जाता है। मैं ऐसी बातों को बताने से बचने की कोशिश करूँगा जिनसे ये घटनाएँ एक ख़ास जगह की लगने लगें या इनसे जुड़े लोगों की पहचान के बारे में कोई संकेत मिल जाए।

उस वक़्त हम एक लाइब्रेरी के पास एक सुसज्जित लॉज में रह रहे थे। उस लाइब्रेरी में शरलॉक होम्स इंग्लैंड के कुछ पुराने

राजपत्रों पर अनुसंधान कर रहा था। उस खोज के परिणाम इतने आश्चर्यजनक थे कि आगे कभी मैं उनके बारे में भी लिखूँगा। एक शाम सेंट ल्यूक्स कॉलेज के लेक्चरर मिस्टर हिल्टन सोमस हमसे मिलने आए। वे एक लम्बे-पतले आदमी थे पर नर्वस और उत्तेजित स्वभाव वाले—मैं उनके बेचैनी-भरे स्वभाव से परिचित था लेकिन उस दिन वे कुछ इतने ज़्यादा उत्तेजित थे कि साफ़ लग रहा था कि कुछ बड़ा अजीब-सा घटित हुआ होगा।

"मुझे भरोसा है मिस्टर होम्स कि आप मेरे लिए कुछ घंटों का वक़्त ज़रूर निकालेंगे। सेंट ल्यूक्स में बड़ा दर्दनाक वाक़िया हुआ है। ये तो ख़ुशक़िस्मती की बात है कि इस समय आप शहर में हैं वरना मैं किसके पास जाता?"

"फ़िलहाल तो मैं काफ़ी व्यस्त हूँ। मैं अभी अपना ध्यान बँटने नहीं देना चाहता हूँ," मेरे दोस्त ने जवाब दिया, "मैं आपको यही सलाह दूँगा कि आप पुलिस की मदद लें।"

"नहीं, नहीं, जनाब वह तो नामुमकिन है। पुलिस को एक बार बुला लिया तो फिर बात को फैलने से रोकना मुश्किल हो जाएगा और कॉलेज की इज़्ज़त के लिए इस मामले को सबके सामने आने से बचाना है। आप बहुत सूझ-बूझ वाले व्यक्ति हैं। पूरे संसार में आप ही हैं जो मेरी मदद कर सकते हैं। मैं आपसे गुज़ारिश करता हूँ मिस्टर होम्स कि आप मेरी जितनी भी मदद हो सके, ज़रूर करें।"

मेरा दोस्त अभी भी बेकर स्ट्रीट के जाने-पहचाने माहौल से दूर होने के असर से बाहर नहीं आया था। अपनी नोटबुकों, अपने रसायनों और अपने अस्त-व्यस्त कमरे के बिना वह बड़ा असहज महसूस कर रहा था। उसने बड़े ही अनिच्छुक ढंग से अपने कंधे हिलाकर स्वीकृति दी और हमारे मेहमान ने जल्दी-जल्दी और बड़ी

उत्तेजना के साथ इशारे करते हुए, अपनी बात कहना शुरू किया।

"मैं आपको बताना चाहता हूँ, मिस्टर होम्स कि कल फोर्टस्क्वे स्कॉलरशिप की परीक्षा का पहला दिन है। मैं उसके परीक्षकों में से एक हूँ। मेरा विषय ग्रीक भाषा है और पहले प्रश्नपत्र में ग्रीक अनुवाद का एक ऐसा लम्बा अनुच्छेद आने वाला था जिसे परीक्षा देने वालों ने न देखा हो। यह अनुच्छेद प्रश्नपत्र में छपा है और अगर किसी को पहले से इसका पता चल जाए तो उसे बहुत फायदा होगा क्योंकि वह पहले से इसकी तैयारी कर सकेगा। इसी वजह से प्रश्नपत्र को गोपनीय रखने के लिए बड़ी सावधानी बरती जाती है।

"आज लगभग तीन बजे, इस प्रश्नपत्र के प्रूफ प्रिंटर के यहाँ से आए थे। उस प्रश्न में थुकीदिदेस का आधा अध्याय शामिल है। मुझे उसे फिर ध्यान से पढ़ना था क्योंकि उसमें कोई भी ग़लती नहीं होनी चाहिए। शाम साढ़े चार बजे तक मेरा काम पूरा नहीं हुआ था पर चूँकि मैंने एक दोस्त से वादा कर रखा था कि मैं शाम की चाय उसके साथ पियूँगा इसलिए मैं प्रूफ़्स को मेज़ पर छोड़कर वहाँ से चला गया। एक घंटे से कुछ ज़्यादा समय तक मैं कमरे में नहीं था।

"आप जानते ही हैं मिस्टर होम्स कि हमारे कॉलेज के दरवाज़े दोहरे हैं—हरे रंग के वेलवेट लगे अन्दर की तरफ़ और बाहर की तरफ़ भारी ओक लकड़ी से बने हुए। जब मैं बाहरी दरवाज़े के पास पहुँचा तो मुझे यह देखकर ताज्जुब हुआ कि उसके अन्दर एक चाभी लगी हुई थी। पहले मुझे लगा कि शायद मैं अपनी चाभी लगी छोड़ गया हूँगा पर जब मैंने अपनी जेब टटोली तो अपनी चाभी को वहीं पाया। उस चाभी की डुप्लीकेट चाभी एक ही थी और वह मेरे नौकर बैनिस्टर के पास रहती थी—जो पिछले तीन साल से मेरे कमरे की देखभाल कर रहा था और जिसकी ईमानदारी पर कोई शक नहीं हो

सकता। मैंने पाया कि वह चाभी वाक़ई उसी की थी। मुझे लगा कि शायद वह यह देखने के लिए कमरे में आया होगा कि मैंने चाय पी या नहीं और जाते वक़्त लापरवाही में चाभी दरवाज़े में लगी छोड़ गया होगा। उसका मेरे कमरे में आना मेरे कमरे से जाने के कुछ मिनट के भीतर ही हुआ होगा। उसका इस तरह से चाभी को भूलना किसी और वक़्त कोई ख़ास मायने नहीं रखता लेकिन आज इस हरकत का बड़ा ख़राब नतीजा निकला।

"जैसे ही मैंने डेस्क पर नज़र डाली, मुझे फ़ौरन यह आभास हुआ कि किसी ने मेरे काग़ज़ात को खँगाला है। इस बात का पता उन तीन लम्बी काग़ज़ की शीटों से चला जिन्हें मैंने एक साथ रखा था लेकिन अब मैंने उनमें से एक को ज़मीन पर पाया, एक को खिड़की के पास छोटी मेज़ पर पाया जबकि एक उसी जगह रखी हुई थी जहाँ मैंने उसे छोड़ा था।"

पहली बार होम्स में कुछ चेतना-सी आई।

"पहला पृष्ठ ज़मीन पर, दूसरा खिड़की के पास और तीसरा अपनी पहले वाली जगह पर ही!" उसने कहा।

"बिलकुल, मिस्टर होम्स। पर ताज्जुब है कि ये आपको कैसे पता?"

"कृपया आप अपनी इस दिलचस्प बात को जारी रखें।"

"एक पल को मैंने सोचा कि शायद बैनिस्टर ने मेरे काग़ज़ों को देखने की कोशिश की होगी। पर उसने इस बात से साफ़ इनकार किया है और मैं समझता हूँ कि उसकी बात भरोसे के लायक़ है। दूसरी सम्भावना यह है कि कोई वहाँ से गुज़र रहा होगा और उसने चाभी को लगे हुए देखा होगा जिससे उसे लगा होगा कि मैं कमरे में नहीं हूँ और वह प्रश्नपत्र देखने के लिए कमरे के अन्दर घुस गया

होगा। आख़िर बहुत बड़ी रक़म का सवाल है क्योंकि इस स्कॉलरशिप में बहुत पैसा मिलने वाला है और कोई भी चालाक आदमी अपने साथियों के मुक़ाबले फ़ायदा उठाने के लिए ऐसा ख़तरा उठाने के लिए तैयार रहेगा।

"इस घटना से बैनिस्टर बड़ा दुखी है। जब उसने यह देखा कि प्रश्नपत्र के प्रूफ़्स से छेड़छाड़ की गई है तो वह लगभग बेहोश ही हो गया था। मैंने उसे थोड़ी-सी ब्रांडी पिलाई और वह कुर्सी पर लुढ़क गया। मैंने कमरे का बड़ी बारीक़ी से निरीक्षण किया। मैंने देखा कि उन बिखरे हुए काग़ज़ों के अलावा भी उस घुसपैठिए ने अपनी मौजूदगी के कुछ निशान छोड़े हैं। खिड़की पर पेंसिल तेज़ करने से गिरे पेंसिल की लकड़ी के कई छिलके पड़े हुए थे। पेंसिल के सिक्के का एक टूटा हुआ हिस्सा भी पड़ा था। साफ़ था कि उस बदमाश ने बड़ी जल्दी में उस प्रश्नपत्र की नक़ल की होगी। इस चक्कर में उसकी पेंसिल की नोक टूट गई होगी जिसे उसने शार्पनर से फटाफट दुबारा बनाया होगा।"

"बहुत बढ़िया!" होम्स ने कहा, जैसे-जैसे इस केस में उसकी दिलचस्पी बढ़ती जा रही थी वैसे-वैसे वह अपनी रंगत में आता जा रहा था, "लगता है कि क़िस्मत तुम्हारे साथ है।"

"नहीं, अभी बात पूरी नहीं हुई है। मेरे पास एक नयी राइटिंग टेबल है जिसकी सतह पर लाल रंग का बढ़िया चमड़ा लगा हुआ है। मैं क़सम खाकर कहता हूँ और बैनिस्टर भी क़सम खाकर कह सकता है कि वह एकदम चिकना था और उस पर कोई दाग़-धब्बा नहीं था। लेकिन अब वह एक जगह से लगभग तीन इंच कटा हुआ है, यह कोई खरोंच नहीं है, बल्कि साफ़-साफ़ कटा हुआ है। सिर्फ़ यही नहीं, मेज़ पर मुझे काली चिकनी मिट्टी का एक छोटा-सा गोला

भी मिला। उस पर बुरादे के कुछ निशान भी थे। मुझे विश्वास है कि ये निशान उसी शख़्स ने छोड़े होंगे जिसने काग़ज़ात को खँगाला था। पर उसके पैरों के निशान या कोई और ऐसा सुराग नहीं मिला जिससे कि उसके बारे में पता चल सकता। मैं तो सोच-सोचकर परेशान हो गया था तभी मुझे याद आया कि आप इस वक़्त शहर में ही हैं और मैं फ़ौरन आपके पास आ गया। मिस्टर होम्स कृपया मेरी मदद करें। आप मेरी परेशानी को समझ सकते हैं। या तो मुझे उस आदमी को ढूँढ़ना होगा या फिर परीक्षा को तब तक स्थगित करना होगा जब तक कि दूसरा प्रश्नपत्र तैयार न हो जाए और यह काम अपने उच्च अधिकारियों को स्पष्टीकरण दिए बिना नहीं हो सकता है और अगर ऐसा किया तो हंगामा हो जाएगा। तब तो न सिर्फ़ कॉलेज की बल्कि यूनिवर्सिटी की भी बदनामी होगी। सबसे बड़ी बात यह है कि मैं चाहता हूँ कि यह मामला चुपचाप निपट जाए।"

"ठीक है, मैं इस मामले को देखूँगा और आपको आवश्यक सलाह भी दूँगा," होम्स ने उठते हुए और अपना कोट पहनते हुए कहा, "इस केस में कुछ बात तो है। क्या आपके कमरे में के प्रूफ़्स आने के बाद कमरे में कोई आया था?"

"हाँ, दौलत रास आया था। वह एक जवान हिन्दुस्तानी लड़का है जो इसी इमारत में ऊपर के तल पर रहता है। वह अन्दर आया था परीक्षाओं के बारे में कुछ पूछने।"

"अच्छा, यानी कि वह कमरे में दाख़िल हुआ था?"

"हाँ।"

"और उस वक़्त प्रूफ़्स आपकी मेज़ पर पड़े थे?"

"मेरी याददाश्त के मुताबिक़ उस वक़्त वे गोल करके रखे हुए थे।"

"लेकिन उन्हें देखकर पता तो लग सकता होगा कि ये प्रूफ़्स हैं?"

"शायद।"

"कमरे में और कोई नहीं आया था?"

"नहीं।"

"क्या किसी को यह पता था कि प्रूफ़्स आने वाले हैं?"

"प्रिंटर के अलावा किसी को नहीं।"

"क्या बैनिस्टर को मालूम था?"

"नहीं, उसे भी नहीं मालूम था।"

"तो बैनिस्टर इस वक़्त कहाँ है?"

"वह बहुत बीमार है, बेचारा। मैंने उसे वहीं कुर्सी पर लेटे रहने दिया है। मुझे तो आपके पास आने की जल्दी थी।"

"आपने दरवाज़ा खुला छोड़ दिया है?"

"हाँ, लेकिन प्रूफ़्स को ताले में बन्द कर दिया है।"

"ऐसा लगता है मिस्टर सोमस कि अगर उस हिंदुस्तानी लड़के ने उन मुड़े हुए काग़ज़ों को प्रश्नपत्र के प्रूफ़्स के रूप में पहचान न लिया हो तो फिर जिस भी आदमी ने ये हरकत की है उसे प्रश्नपत्र अचानक ही मिला होगा। जब वह वहाँ आया होगा तब उसे पता नहीं होगा कि वहाँ प्रश्नपत्र के प्रूफ़्स हैं।"

"ऐसा ही मुझे भी लगता है।"

होम्स के होंठों पर एक रहस्यमयी मुस्कान उभरी।

"ठीक है," उसने कहा, "चलो हम वहाँ चलते हैं। वॉटसन, यह केस तुम्हारी रुचि के लायक़ नहीं है क्योंकि ये दिमाग़ी मामला है, शारीरिक बहादुरी का नहीं। फिर भी अगर तुम साथ आना चाहो तो आ जाओ। चलिए मिस्टर सोमस।"

हमारे मुवक्किल की बैठक में एक बड़ी लेकिन नीची जालीदार खिड़की थी जो कॉलेज के काई जमे बरामदे की तरफ़ खुलती थी।

गोथिक शैली में बने दरवाज़े से पत्थरों की एक घिसी हुई सीढ़ी ऊपर जाती थी। अध्यापक का कक्ष निचली मंज़िल पर था। ऊपर की मंज़िलों में तीन विद्यार्थी रहते थे। हर मंज़िल पर एक। जब हम वहाँ पहुँचे तो शाम घिरने लगी थी। होम्स ने रुककर बड़ी ग़ौर से खिड़की को देखा। फिर वह उस तक गया और अपनी एड़ियों पर उचककर अपनी गर्दन ऊँची करके कमरे के अन्दर झाँकने लगा।

"वह दरवाज़े से ही आया होगा। यहाँ से कमरे में घुसने की कोई जगह नहीं है।" मिस्टर सोमस ने कहा।

"जनाब," होम्स ने मुस्कराते हुए एक नज़र हमारे उस मार्गदर्शक पर डाली और कहा, "अगर यहाँ जानने लायक़ कुछ नहीं है तो चलिए कमरे में चलें।"

मिस्टर सोमस ने बाहरी दरवाज़े को खोला और हम उसके कमरे में दाख़िल हुए। हम दरवाज़े के पास खड़े रहे जबकि होम्स कालीन का निरीक्षण करने लगा।

"ओह, यहाँ तो कोई निशान नहीं मिला," उसने कहा, "इतने शुष्क दिन पर पैरों का निशान पड़ना भी सम्भव नहीं था। आपका नौकर भी यहाँ नहीं है। लगता है उसकी तबियत काफ़ी ठीक हो गई है। आपने कहा था कि आपने उसे कुर्सी पर लेटा छोड़ दिया था। पर कौन-सी कुर्सी पर?"

"वह खिड़की के साथ वाली।"

"समझा। इस छोटी मेज़ के नज़दीक वाली। अब आप लोग अन्दर आ जाइए। मैंने कालीन की जाँच कर ली है। हम छोटी मेज़ से ही शुरू करते हैं। यहाँ क्या हुआ होगा वह काफ़ी साफ़ समझ आ रहा है। वह आदमी अन्दर आया होगा और उसने बीच की मेज़ से एक-एक शीट करके काग़ज़ उठाए होंगे। वह उन्हें उठाकर खिड़की

के पास वाली मेज़ पर आया होगा क्योंकि वहाँ से वह इस बात पर नज़र रख सकता था कि आप आ तो नहीं रहे हैं ताकि उसे वक़्त रहते भागने का मौक़ा मिल जाए।"

"पर वह ऐसा नहीं कर सका होगा क्योंकि मैं तो बाजू के दरवाज़े से आया था।" सोमस ने कहा।

"बढ़िया है! मेरे दिमाग़ में भी यही था। चलिए अब मुझे वे तीनों शीट्स देखने दीजिए। इन पर उँगलियों के कोई निशान हैं? नहीं हैं। ख़ैर उसने पहले इसे उठाया होगा और इसकी नक़ल उतारी होगी, उसे इस काम में कम से कम कितनी देर लग सकती है? पन्द्रह मिनट। फिर उसने इसे नीचे फेंक दिया होगा और अगली शीट उठाई होगी। वह उसकी नक़ल कर ही रहा होगा कि उसे आपके आने की आहट लगी होगी और वह इतनी जल्दी में यहाँ से भागा होगा कि उसे इन काग़ज़ात को वापस करीने से रखने का मौक़ा ही नहीं मिला होगा। चूँकि आप बाहर के दरवाज़े से आए थे इसलिए आपको सीढ़ियों पर तेज़ी से जाते पैरों की आवाज़ नहीं सुनाई दी होगी।"

"हाँ, नहीं सुनाई दी।"

"उसने इतनी जल्दी-जल्दी लिखा कि उसकी पेंसिल की नोक टूट गई और उसे उसको दोबारा बनाना पड़ा होगा जैसाकि आपने ख़ुद समझा था। यह बड़ी मज़ेदार बात है वॉटसन। वह पेंसिल कोई मामूली पेंसिल नहीं थी। वह सामान्य पेंसिलों के आकार से बड़ी होगी जिसका सीसे का सिक्का काफ़ी मुलायम होगा, उसका बाहरी रंग गहरा नीला होगा, उसकी निर्माता कम्पनी का नाम सिल्वर के अक्षरों में लिखा होगा और उस पेंसिल का जितना भी भाग बचा होगा वह डेढ़ इंच लम्बा ही होगा। ऐसी पेंसिल का पता लगाओ मिस्टर सोमस और आपको अपना अपराधी मिल जाएगा। और मैं आपको यह भी

बता देता हूँ कि उसके पास एक भोथरी धार वाला चाक़ू भी होगा।"

मिस्टर सोमस सूचनाओं के इस प्रवाह से हैरान थे। "मैं दूसरी सब बातें समझ गया," उन्होंने कहा, "लेकिन उसकी लम्बाई कैसे पता...?"

होम्स ने 'नन' लिखे एक छोटे-से लकड़ी के टुकड़े को दिखाया जिस पर उन अक्षरों के बाद लकड़ी का एक सामान्य हिस्सा था।

"कुछ समझे?"

"नहीं, अभी भी समझ नहीं आया।"

"वॉटसन, यह 'नन' क्या हो सकता है? यह एक शब्द के आख़िर में आया है। तुम्हें याद होगा कि जोहानन फेबर एक बहुत ही प्रसिद्ध निर्माता का नाम है। अभी यह साफ़ नहीं है कि क्या पेंसिल का उतना ही हिस्सा शेष रहा है जैसाकि सामान्यत: 'जोहानन' शब्द के बाद रहता है?" उसने छोटी मेज़ को प्रकाश के सामने किया, "मैं उम्मीद कर रहा था कि जिस काग़ज़ पर उसने लिखा होगा अगर वह काग़ज़ पतला होगा तो उस पर लिखने के कुछ निशान इस मेज़ की पॉलिश की हुई सतह पर ज़रूर रह गए होंगे। लेकिन यहाँ कोई निशान दिखाई नहीं दे रहा है। मुझे लगता है कि अब इस तरफ़ तो जानने के लिए कुछ नहीं बचा है। अब देखते हैं बीच की मेज़ को। मैं समझता हूँ कि आपने इस छोटे-से काले लिजलिजे गोले की बात की थी। ये कुछ-कुछ तिकोने आकार का है और जैसाकि आपने कहा था इसमें बुरादे के कण दिख रहे हैं। और मेज़ के चमड़े पर कटने का निशान भी साफ़ दिख रहा है। यह एक हल्के से चिरने से शुरू हुआ है और एक नुकीले छेद के रूप में ख़त्म हुआ है। मिस्टर सोमस आपने बड़ा अच्छा किया जो मेरा ध्यान इस केस की तरफ़ खींचा। अब यह बताइए कि ये जो दरवाज़ा है, इस दरवाज़े से कहाँ जाया जाता है?"

"मेरे बेडरूम में।"

"क्या आप इस घटना के होने के बाद उसमें गए थे?"

"नहीं, मैं तो सीधे आपके पास गया था।"

"मैं उसे देखना चाहूँगा। ओह, पुराने ढंग का क्या ख़ूबसूरत कमरा है। ज़रा आप एक मिनट बाहर ठहरें, मैं फ़र्श का मुआयना कर लूँ। ओफ़, यहाँ तो कोई सुराग नहीं है। ज़रा इस पर्दे को देखूँ। आप अपने कपड़े इसके पीछे टाँगते हैं। अगर किसी को इस कमरे में छिपना हो तो ये पर्दा ही एकमात्र जगह है क्योंकि पलंग तो बहुत नीचा है और वार्डरॉब में छिपने की जगह नहीं है।"

जिस सख़्ती और सतर्कता से होम्स ने उस परदे को हटाया उससे मुझे इस बात का एहसास हो गया था कि वह किसी भी आकस्मिक परिस्थिति के लिए तैयार है। लेकिन वहाँ कुछ नहीं निकला सिवाय खूँटियों पर लटके तीन-चार कोट-पैंट के। होम्स वहाँ से हटा और अचानक फ़र्श पर झुक गया।

"अरे! यह क्या है?" उसने कहा

वह एक ठीक वैसी ही तिकोनी लिजलिजी-सी चीज़ थी जैसी स्टडी रूम की मेज़ पर मिली थी। होम्स ने उसे अपनी हथेली पर रखकर प्रकाश के सामने किया।

"आपके उस मेहमान ने अपने आने के सबूत आपके स्टडी रूम और बेडरूम, दोनों जगह छोड़े हैं मिस्टर सोमस।"

"पर वह यहाँ क्यों आया होगा?"

"मेरे ख़याल से हुआ यूँ होगा कि आप उसकी उम्मीद से जल्दी वापस आ गए और आपके दरवाज़े पर आने तक उसे इसकी भनक नहीं लगी होगी। जब उसे इसका एहसास हुआ होगा तो उसने वह सारा सामान जोकि उसके यहाँ होने का सुराग दे देता, लेकर भागकर

आपके बेडरूम में छिपने में ही भलाई समझी होगी।"

"हे मेरे भगवान, यानी आप यह कह रहे हैं मिस्टर होम्स कि जब मैं इस कमरे में बैनिस्टर से बात कर रहा था तब वह चोर यहीं मौजूद था।"

"लगता तो ऐसा ही है।"

"लेकिन एक और बात हो सकती है मिस्टर होम्स, क्या आपने मेरे बेडरूम की खिड़की को देखा है?"

"जालीदार और शीशे लगी, सीसे के फ्रेम वाली, तीन खिड़कियाँ जिनमें से एक अपने कब्जों पर झूल रही है और इतनी बड़ी है कि कोई भी इनसान उसमें से आसानी से अन्दर आ सकता है।"

"बिलकुल ठीक। और वह इस कोण पर बनी है कि बरामदे से पूरी नहीं दिखती है। हो सकता है कि वह आदमी उसी खिड़की से अन्दर दाख़िल हुआ हो और बेडरूम से गुज़रते हुए अपने निशान छोड़ता गया हो और अपना काम हो जाने के बाद दरवाज़े से बाहर चला गया हो।"

होम्स ने बेताबी से अपना सिर हिलाया।

"इस बात को व्यावहारिक तरीक़े से समझना होगा," उसने कहा, "मेरे ख़याल से आपने कहा था कि यहाँ तीन विद्यार्थी हैं जो आपके दरवाज़े से होकर इस सीढ़ी का इस्तेमाल करते हैं।"

"हाँ, ऐसा ही है।"

"और वे सभी इस परीक्षा में बैठ रहे हैं?"

"हाँ।"

"क्या आपको उनसे ज़्यादा किसी और पर शक हो सकता है?"

सोमस इस बात पर ज़रा-सा झिझका।

"यह बड़ा नाज़ुक प्रश्न है," उसने कहा, "बिना किसी सबूत

के कुछ भी कहना नामुमकिन है।"

"सबूत की तलाश मैं करूँगा। आप मुझे उनके बारे में जानकारी दीजिए।"

"मैं संक्षेप में इन कमरों में रहने वाले उन तीनों लड़कों के व्यक्तित्व के बारे में आपको बताता हूँ। नीचे की मंज़िल पर रहने वाले का नाम गिलक्रिस्ट है। वह एक मेधावी छात्र है और अच्छा खिलाड़ी भी। वह कॉलेज की रग्बी और क्रिकेट टीम में खेलता है और बाधा दौड़ तथा लम्बी कूद में उसे इनाम भी मिले हैं। वह एक अच्छा मर्दाना व्यक्तित्व रखता है। उसके पिता सर जाबेज़ गिलक्रिस्ट वह बदनाम व्यक्ति थे जो घुड़दौड़ के शौक़ में बर्बाद हो गए थे। उस वजह से यह लड़का पैसे की काफ़ी मुश्किल में पड़ गया था लेकिन यह बड़ा मेहनती है। ज़रूर सफल होगा।

"दूसरी मंज़िल पर दौलत रास रहता है। वह हिन्दुस्तानी है। वह भी दूसरे हिन्दुस्तानियों की तरह बड़ा शांत और अपने आप में रहने वाला लड़का है। अपने काम में ठीकठाक है। ग्रीक में कमज़ोर है पर बड़ा व्यवस्थित काम करने वाला है।

"सबसे ऊँची मंज़िल पर माइल्स मक्लारेन रहता है। वह ऐसा लड़का है जो अपनी धुन में आ जाए तो कमाल कर दे। यूनिवर्सिटी का सबसे होशियार छात्र लेकिन बड़ा मनमौजी और भटके स्वभाव वाला है। वह अपने पहले साल में ही एक मामले में यूनिवर्सिटी से निकाल दिया जाने वाला था। इस सत्र में भी वह वक़्त बर्बाद करता रहा है और उसे ज़रूर परीक्षा से डर लग रहा होगा।"

"इसका मतलब आपका शक उस पर है?"

"नहीं, मैं यह नहीं कहूँगा। लेकिन इन तीनों में तो वही हो सकता है।"

"चलिए, अब आपके नौकर बैनिस्टर से बात करते हैं।"

वह लगभग पचास साल की उम्र का छोटे क़द का सफ़ेद चेहरे और बिना दाढ़ी-मूँछ वाला व्यक्ति था। वह अभी भी इस सदमे से बाहर नहीं आ पाया था। उसके चेहरे पर घबराहट थी और उसकी उँगलियाँ काँप रही थीं।

"हम इस दुर्घटना की जाँच कर रहे हैं, बैनिस्टर," उसके मालिक ने कहा।

"जी सर।"

"मैं समझता हूँ," होम्स ने कहा, "कि तुमने अपनी चाभी दरवाज़े में लगी छोड़ दी थी।"

"जी हाँ।"

"क्या यह अजीब नहीं है कि तुमने ऐसा उसी दिन किया जब प्रश्नपत्र के प्रूफ़्स यहाँ थे?"

"यह बड़ी ही बदक़िस्मती की बात थी। लेकिन मैं ऐसा पहले भी कुछ बार कर चुका हूँ।"

"तुम कमरे में कब आए थे?"

"लगभग साढ़े चार बजे। मिस्टर सोमस उसी समय चाय पीते हैं।"

"तुम यहाँ कितनी देर रहे?"

"जब मैंने देखा वे नहीं हैं तो मैं फ़ौरन लौट गया था।"

"क्या तुमने मेज़ पर पड़े इन काग़ज़ों को देखा था?"

"नहीं जनाब क़तई नहीं।"

"तुम चाभी दरवाज़े में लगी कैसे छोड़ गए थे?"

"मेरे हाथ में चाय की ट्रे थी। मैंने सोचा था कि वापस आकर चाभी ले लूँगा लेकिन फिर मैं भूल गया।"

"क्या बेडरूम के दरवाज़े में स्प्रिंग ताला है?"

"नहीं सर।"

"यानी वह हर समय खुला रहता है।"

"हाँ सर।"

"उस कमरे में से कोई भी बाहर आ जा सकता है?"

"हाँ जनाब।"

"जब मिस्टर सोमस वापस आए और तुम्हें बुलाया तो तुम बड़े परेशान हुए थे।"

"हाँ सर, चूँकि मुझे यहाँ काम करते इतने साल हो गए पर ऐसी कोई वारदात इससे पहले नहीं हुई थी। मैं तो लगभग बेहोश ही हो गया था।"

"ज़रा मुझे समझने दो। जब तुम्हारी तबियत बिगड़ना शुरू हुई तब तुम कहाँ खड़े थे?"

"मैं कहाँ खड़ा था? शायद, शायद यहाँ, दरवाज़े के पास।"

"यह बड़ा अजीब लग रहा है क्योंकि तुम उधर उस सिरे वाली कुर्सी पर बैठे जोकि एकदम कोने में है। तुम इतनी सारी दूसरी कुर्सियों को पार करके वहाँ क्यों गए?"

"पता नहीं जनाब! उस वक़्त मुझे समझ नहीं आ रहा था कि कहाँ बैठूँ।"

"मिस्टर होम्स मुझे नहीं लगता कि इसे उस वक़्त कुछ ज़्यादा सूझा होगा। उस वक़्त इसकी हालत बहुत ख़राब थी।"

"जब तुम्हारे मालिक यहाँ से गए थे तब भी तुम यहाँ रुके हुए थे?"

"बस शायद एकाध मिनट के लिए। उसके बाद मैंने दरवाज़े पर ताला लगा दिया था और अपने कमरे में चला गया था।"

"तुम्हें किस पर शक है?"

"मैं इस बारे में कुछ नहीं कह सकता जनाब क्योंकि मुझे नहीं लगता है कि इस यूनिवर्सिटी में कोई भी ऐसा लड़का है जो इस तरह का काम करेगा।"

"शुक्रिया। तुम्हारा काम ख़त्म हो गया" होम्स ने कहा, "बस एक बात और। तुमने यहाँ ऊपर रहने वाले तीनों लड़कों को तो इस गड़बड़ के बारे में कुछ नहीं बताया न?"

"नहीं सर, एक शब्द भी नहीं।"

"तुम उनमें से किसी से मिले भी नहीं?"

"नहीं सर।"

"बहुत अच्छे। मिस्टर सोमस अब हम इस भवन का एक चक्कर लगाएँगे।"

ऊपर तीन मंज़िलों पर प्रकाश दिख रहा था।

"आपके तीनों पंछी अपने घोंसलों में ही हैं," होम्स ने ऊपर देखते हुए कहा, "अरे ये क्या? उनमें से एक तो बड़ा बेचैन दिख रहा है।"

वह हिन्दुस्तानी था जिसकी छाया उसके कमरे के पर्दे पर दिखाई दे रही थी। वह अपने कमरे में तेज़ी से चहलकदमी करता लग रहा था।

"मैं इन सबके कमरों में झाँकना चाहता हूँ। क्या यह सम्भव है?" होम्स ने पूछा।

"ये कोई मुश्किल बात नहीं है," सोमस ने जवाब दिया, "ये कमरे पूरे कॉलेज के सबसे पुराने कमरे हैं। इसलिए इन्हें देखने के लिए लोग आते रहते हैं। आइए मैं आपको दिखाता हूँ।"

"पर आप हममें से किसी का भी परिचय मत दीजिएगा," होम्स ने कहा।

सबसे पहले हमने गिलक्रिस्ट का दरवाज़ा खटखटाया। एक

लम्बे छरहरे लड़के ने दरवाज़ा खोला और हमारे आने का उद्देश्य समझकर हमें अन्दर आने दिया। वहाँ पर सच में मध्य युग के स्थापत्य के कुछ अद्भुत नमूने थे। उनमें से एक नमूने से तो होम्स इतना प्रभावित हो गया कि उसने उसका चित्र अपनी नोटबुक में उतारना शुरू कर दिया था। इस प्रक्रिया में उसकी पेंसिल टूट गई, उसे उस लड़के से उसकी पेंसिल माँगनी पड़ी और उसके बाद उस लड़के से चाकू लेकर अपनी ख़ुद की पेंसिल की नोक बनाई। उसने यही प्रक्रिया उस शान्त हिन्दुस्तानी लड़के के कमरे में भी अपनाई जो अपनी प्रश्नवाचक आँखों से हमें देख रहा था। जब होम्स ने उसके कमरे का मुआयना ख़त्म किया तो वह निश्चय ही प्रसन्न दिख रहा था। दोनों ही मामलों में मुझे नहीं लगा कि होम्स को वह सुराग मिला जिसकी वह तलाश कर रहा था। हाँ, तीसरे कमरे का हमारा दौरा नहीं हो पाया। जब हमने दरवाज़ा खटखटाया तो दरवाज़ा खुलने की बजाय अन्दर से ग़ुस्से भरे शब्दों की एक बौछार आई, "मुझे कोई परवाह नहीं कि तुम लोग कौन हो। भाड़ में जाओ," ग़ुस्से से चिल्लाते हुए वह बोल रहा था, "कल इम्तिहान है, मुझे परेशान मत करो।"

"बड़ा उजड्ड लड़का है," मिस्टर सोमस ने ग़ुस्से से उबलते हुए कहा और हम सीढ़ियाँ उतरने लगे, "हालाँकि उसे यह पता नहीं था कि दरवाज़ा मैंने खटखटाया था। लेकिन कुछ भी हो उसका व्यवहार बड़ा ख़राब था और आज की परिस्थिति में तो यह शक भी पैदा करता है।"

इस बात पर होम्स का जवाब बड़ा आश्चर्यजनक था।

"क्या आप मुझे उसके क़द की ऊँचाई सही-सही बता सकते हैं?" उसने पूछा।

"हाँ, कुछ-कुछ। वह हिन्दुस्तानी से लम्बा है और गिलक्रिस्ट से छोटा है। मेरे ख़याल से वह पाँच फ़ीट छः इंच का होगा।"

"यह बात जानना बहुत ज़रूरी है," होम्स ने कहा, "और अब मिस्टर सोमस हमें विदा दीजिए। गुड नाइट।"

मिस्टर सोमस आश्चर्य और परेशानी से चिल्लाए, "हे भगवान, मिस्टर होम्स, आप मुझे इस तरह मुसीबत में छोड़कर नहीं जा सकते हैं। आप हालात को समझ नहीं रहे हैं। कल परीक्षा है। मुझे आज रात ही कोई निश्चित क़दम उठाना होगा। अगर एक प्रश्नपत्र के साथ भी छेड़छाड़ हुई है तो मैं यह इम्तिहान नहीं होने दे सकता, चाहे जो हो जाए।"

"आप इस मामले को अभी ऐसे ही रहने दें। मैं कल सुबह जल्दी आ जाऊँगा और इस मामले पर बात करूँगा। मुझे उम्मीद है कि तब मैं इस मामले में किसी कार्रवाई के बारे में भी बता सकूँगा। तब तक आप यहाँ की किसी भी चीज़ को हाथ न लगाएँ, किसी को भी नहीं।"

"ठीक है, मिस्टर होम्स।"

"आप परेशान न हों। मैं आपकी समस्या का कोई न कोई हल ज़रूर निकाल लूँगा। मैं इस काले गोले को और पेंसिल की छीलन को अपने साथ ले जा रहा हूँ। गुड बाई।"

जब हम बाहर आ गए तो उस अन्धकार में हमने एक बार फिर उस भवन की खिड़कियों की तरफ़ देखा। हिन्दुस्तानी लड़का अभी भी कमरे में चक्कर काट रहा था। बाक़ी दोनों नज़र नहीं आ रहे थे।

जब हम मुख्य सड़क पर आ गए तब होम्स ने पूछा, "तो, वॉटसन, तुम क्या सोचते हो इस बारे में? ये तो तीन पत्ती के खेल जैसा हो गया, है कि नहीं? तीन आदमी हैं और उन्हीं में से कोई

मुज़रिम होगा। तुम्हें कौन लगता है?"

"वो ऊपर की मंज़िल वाला बदतमीज़। उसी का रिकॉर्ड सबसे ख़राब है। पर उस शान्त दिखने वाले हिन्दुस्तानी पर भी शक जाता है। आख़िर वह अपने कमरे में चक्कर क्यों लगा रहा है?"

"उसमें कोई ख़ास बात नहीं है। ऐसा बहुत से लोग करते हैं जब वे किसी पाठ को याद कर रहे होते हैं।"

"उसने हमें बड़ी अजीब नज़रों से देखा था।"

"वह तो तुम भी करोगे अगर एक साथ कई लोग तुम्हारे कमरे में घुस आएँ और वह भी तब जबकि तुम अपने कल होने वाले इम्तिहान की तैयारी कर रहे हो। उस वक़्त एक-एक क्षण क़ीमती होता है। इसमें भी कोई ख़ास बात नहीं है। पेंसिलें और चाकू भी मैंने जाँच लिए। उनमें भी सब ठीक मिला। लेकिन उस आदमी ने मुझे चक्कर में डाल रखा है।"

"किसने?"

"नौकर बैनिस्टर ने। इस मामले में उसकी भूमिका क्या है?"

"मुझे तो वह ईमानदार आदमी लगा।"

"मुझे भी। यही तो चक्कर में डालने वाली बात है। एक ईमानदार आदमी क्यों ऐसा करेगा? —ये देखो, स्टेशनरी के सामान की एक बड़ी दुकान। चलो हम अपनी तफ़्तीश यहीं से शुरू करते हैं।"

पूरे क़स्बे में स्टेशनरी की केवल चार बड़ी दुकानें थीं। होम्स ने चारों पर पेंसिल की छीलन दिखाकर वैसी ही पेंसिल की माँग की जिसके लिए उसने ज़्यादा पैसे देने का प्रस्ताव भी किया। सभी ने यही कहा कि यह बड़े असामान्य प्रकार की पेंसिल है जो आम तौर पर दुकानों के स्टॉक में नहीं रहती है। इसे तो आर्डर देकर मँगाना पड़ेगा। पेंसिल न मिल पाने से मेरे दोस्त को कोई निराशा

होती, नहीं दिखी, लेकिन उसने एक फीकी मुस्कान के साथ कंधे ज़रूर उचकाए थे।

"अच्छा नहीं हुआ वॉटसन। इस सबसे बेहतर सुराग का भी कोई नतीजा नहीं निकला। लेकिन मुझे लगता है कि हम इसके बिना भी मामले को सुलझा सकते हैं। ओह गॉड! नौ बज गए। हमारी मकान मालकिन साढ़े सात बजे से हरी मटर के लिए बड़बड़ा रही होगी। और तुम्हारे तम्बाकू का क्या होगा वॉटसन? खाना खाने में भी तुम अनियमित हो। मुझे तो लगता है, वह तुम्हें घर से निकाल देगी और मुझे भी तुम्हारे साथ जाना पड़ेगा लेकिन जाने से पहले हमें उस परेशान मास्टर, लापरवाह नौकर और तीन पढ़ाकू लड़कों वाली समस्या का हल तो निकालना ही होगा।"

फिर उस दिन होम्स ने उस मामले के बारे में और कोई बात नहीं की। उस रात हमने खाना देर से खाया था और होम्स उसके बाद देर तक बैठा सोचता रहा था। सुबह आठ बजे वह मेरे कमरे में आया।

"वॉटसन, हमें इसी वक़्त सेंट ल्यूक्स चलना है। क्या तुम बिना नाश्ता किए चल सकते हो?"

"ज़रूर।"

"जब तक हम उसे कुछ समाधान नहीं देंगे वह घबराया रहेगा।"

"क्या तुम्हारे पास उसे बताने के लिए कुछ अच्छी बात है?"

"लगता तो है।"

"यानी तुमने मामला सुलझा लिया है।"

"हाँ मेरे प्यारे वॉटसन, मैंने इस रहस्य को सुलझा लिया है।"

"लेकिन तुम्हें कौन-सा नया सुराग मिल गया?"

"अरे यार, तो क्या मैं सुबह छः बजे यूँ ही उठ गया था। मैंने

दो घंटे तक कड़ी मेहनत की और लगभग पाँच मील जाकर आया ताकि कुछ बात बन सके। ये देखो!"

उसने अपना हाथ आगे बढ़ाया। उसकी हथेली में मिट्टी के काले, लिजलिजे तीन गोले थे।

"क्यों होम्स? कल तो सिर्फ़ दो ही थे न?"

"और आज सुबह एक और! अब ये तो साफ़ पता चलता है कि ये तीसरा भी वहीं से आया होगा जहाँ से पहले दो आए थे। चलो वॉटसन, चलकर अपने दोस्त सोमस की परेशानी दूर करें।"

जब हम सोमस के कक्ष में पहुँचे तो वह वाक़ई बड़ी दयनीय हालत में था। कुछ ही घंटों में परीक्षा शुरू होने वाली थी और वह अभी भी यह तय नहीं कर पा रहा था कि लोगों को सचाई बता दे या फिर चुप लगा जाए! वह इतना परेशान था कि एक जगह टिक कर खड़ा भी नहीं हो पा रहा था। होम्स को देखते ही वह अपने दोनों हाथ खोलकर उसकी तरफ़ दौड़ा।

"शुक्र है भगवान का कि आप आ गए। मुझे तो लग रहा था कि आपने निराश होकर इस मामले से हाथ खींच लिया। बताइए मैं क्या करूँ?क्या इम्तिहान होने दूँ?"

"हाँ, बिलकुल होने दीजिए।"

"पर फिर वह बदमाश।"

"वह इम्तिहान में नहीं बैठेगा।"

"आप उसे जानते हैं?"

"लगता तो है। अगर इस मामले को लोगों के बीच नहीं लाना है तो हम अपने आप इसे हल करने की कोशिश करते हैं और इस जगह को एक अदालत में बदल लेते हैं। सोमस आप उस तरफ़ हो जाएँ और वॉटसन तुम उधर हो जाओ। मैं बीच में आरामकुर्सी लेकर

बैठता हूँ। मुझे लगता है कि अब हम उस अपराधी के दिल में डर पैदा करने के लिए तैयार हैं। ज़रा घंटी बजाना।"

बैनिस्टर अन्दर आया और हमारी अदालतनुमा तैयारी देखकर कुछ चकरा गया।

"क्या तुम दरवाज़ा बन्द कर दोगे," होम्स ने कहा, "अब बैनिस्टर, क्या तुम हमें कल की घटना के बारे में सच-सच बताओगे?"

वह बुरी तरह से घबरा गया।

"मैंने आपको सब कुछ बता दिया था सर।"

"उसमें तुम्हें कुछ और नहीं जोड़ना है?"

"कुछ भी नहीं जनाब।"

"ठीक है तब मैं तुमसे कुछ बातें पूछता हूँ। कल जब तुम उस कुर्सी पर बैठे थे तो क्या तुम किसी ऐसी चीज़ को छिपाने के लिए बैठे थे जिससे यह पता चल सकता था कि कमरे में कौन आया होगा?"

बैनिस्टर का चेहरा फक पड़ गया।

"नहीं सर, बिलकुल नहीं।"

"डरो नहीं, मैं तो बस एक अनुमान लगा रहा हूँ," होम्स ने विनम्रता से कहा, "मैं यह भी मानता हूँ कि मैं इस बात को साबित नहीं कर सकता हूँ। लेकिन ऐसा होना बहुत मुमकिन है क्योंकि जैसे ही मिस्टर सोमस की पीठ तुम्हारी तरफ़ हुई थी तुमने फ़ौरन उस आदमी को जाने दिया जोकि उस वक़्त बेडरूम में छिपा हुआ था।"

बैनिस्टर ने अपने सूखे होंठों पर जीभ फिराई।

"वहाँ कोई आदमी नहीं था, जनाब।"

"बात ये है बैनिस्टर कि अब तुम झूठ बोल रहे हो।"

उस नौकर के चेहरे पर हठ करने का भाव उतर आया।

"नहीं, वहाँ कोई आदमी नहीं था।"

"सच बताओ बैनिस्टर, सच।"

"मैंने कहा न कि वहाँ कोई आदमी नहीं था।"

"ठीक है, अगर तुम कोई जानकारी नहीं दे सकते हो तो जाने दो पर तुम इसी कमरे में रहो। तुम वहाँ, उस तरफ़ बेडरूम के दरवाज़े के पास खड़े रहो। अब, सोमस, मैं आपसे अनुरोध करता हूँ कि आप गिलक्रिस्ट के कमरे में जाइए और उसे यहाँ आने के लिए कहिए।"

कुछ क्षण बाद सोमस उस विद्यार्थी के साथ वापस लौटा। वह लड़का एक अच्छा-खासा व्यक्तित्व रखता था। लम्बा और फुर्तीला था और तेज़ क़दम से चलता था। चेहरा ख़ुशनुमा था। उसने कुछ परेशान नज़रों से हम सबको देखा और फिर उसकी निगाहें कोने में खड़े बैनिस्टर पर जाकर टिक गईं।

"ज़रा दरवाज़ा बन्द कर दो," होम्स ने कहा, "तो मिस्टर गिलक्रिस्ट यहाँ पर बस हम ही लोग हैं। अब यहाँ जो कुछ होगा उसके बारे में बाहर किसी को कुछ पता नहीं चलना चाहिए। हम यहाँ आपस में खुलकर बातें कर सकते हैं। हम यह जानना चाहते हैं कि इतना सभ्य लड़का होते हुए भी तुमने कल जो हरकत की वह क्यों की?"

वह बदनसीब लड़का लड़खड़ाकर पीछे हटा और उसने डर और निंदा से भरी एक नज़र बैनिस्टर पर डाली।

"नहीं, नहीं मिस्टर गिलक्रिस्ट, मैंने एक शब्द भी नहीं बोला है।" नौकर ने चिल्लाकर कहा।

"हाँ, अभी तक नहीं कहा पर अब कहोगे," होम्स ने कहा, "गिलक्रिस्ट, तुम्हें अन्दाज़ हो गया होगा कि बैनिस्टर की अभी की

बात के बाद तुम्हारी स्थिति ख़राब हो गई है और तुम्हारे बचाव का एक ही रास्ता है कि तुम सब कुछ सच-सच क़बूल कर लो।"

कुछ क्षण के लिए गिलक्रिस्ट के चेहरे पर दर्द के भाव उभरे जिन पर उसने नियंत्रण करने की कोशिश की। अगले ही पल वह अपने घुटनों पर बैठ गया और हाथों में अपना चेहरा छिपाकर रोने लगा।

"कोई बात नहीं, कोई बात नहीं," होम्स ने विनम्रता से कहा, "इनसान से ग़लती हो जाती है। जहाँ तक तुम्हारा सवाल है, कम से कम तुम्हें कोई बेरहम अपराधी तो नहीं कहेगा। अगर मैं पूरे वाक़ये का बयान मिस्टर सोमस से करूँ तो शायद तुम्हारे लिए ज़्यादा आसान रहेगा। मैं जहाँ कहीं कुछ ग़लत कहूँ तो तुम मुझे टोक देना।

"तो, मिस्टर सोमस जब आपने मुझसे यह कहा था कि किसी को भी, यहाँ तक कि बैनिस्टर को भी यह नहीं पता था कि प्रश्नपत्र के प्रूफ़्स कमरे में हैं तभी से इस मामले की एक रूपरेखा मेरे मन में आकार लेने लगी थी। सबसे पहला ख़याल आया प्रिंटर का, पर उसे अगर देखना होता तो वह तो प्रिंटिंग प्रेस में ही देख लेता। मुझे उस हिन्दुस्तानी पर शक नहीं हुआ क्योंकि अगर प्रश्नपत्र गोल करके रखे हुए थे तो उसे पता नहीं चल सकता था कि वे क्या हैं? और साथ ही यह भी अजीब-सा संयोग लगता था कि कोई आदमी उसी दिन कमरे में आएगा जिस दिन प्रश्नपत्र वहाँ हों। सो मैंने इस बात को भी ख़ारिज कर दिया। मुझे लग रहा था कि जो आदमी कमरे में दाख़िल हुआ था उसे पता था कि कमरे में प्रश्नपत्र रखे हुए हैं। लेकिन सवाल यह था कि उसे यह पता कैसे चला?

"जब मैं मैदान की तरफ़ से आपके कमरे के नज़दीक आया था तब मैंने खिड़की का मुआयना किया था। तब आपने कहा था कि 'मैं क्यों ऐसा समझ रहा हूँ कि कोई आदमी इस खिड़की से अन्दर

आने की कोशिश करेगा वह भी उस हालत में जबकि सामने इतने सारे कमरे हैं जिनमें से कोई भी उसे ऐसा करते देख सकता था?' लेकिन उस वक़्त मैं यह अन्दाज़ लगा रहा था कि वह आदमी कितना लम्बा होना चाहिए जो इस खिड़की के पास से गुज़रते वक़्त आसानी से अन्दर झाँक सकता है और देख सकता है कि मेज़ पर क्या पड़ा है? मैं ख़ुद यह काम उचककर देखने पर ही कर पाया था जबकि मेरी लम्बाई छः फीट है। तो फिर यह मेरे से कम लम्बाई वाले का काम नहीं हो सकता है। इसके मुताबिक़ मेरे सामने एक सुराग तो आया कि अगर यह आपके उन तीन में से किसी विद्यार्थी का काम है तो वह असामान्य लम्बाई वाला होना चाहिए।

"कमरे में आने के बाद मैंने आपसे साइड टेबल के बारे में पूछना शुरू किया। बीच की मेज़ के बारे में कुछ विचार बना नहीं पा रहा था तभी आपने गिलक्रिस्ट के बारे में बताना शुरू किया कि वह लम्बी कूद का खिलाड़ी है। तब अचानक मुझे काफ़ी बातें समझ आ गई थीं। मुझे बस उन्हें साबित करने वाले सुरागों की तलाश थी जिन्हें मैंने जल्दी ही प्राप्त कर लिया था।

"हुआ यह था कि यह लड़का दोपहर में खेल के मैदान में था जहाँ पर यह कूदने का अभ्यास कर रहा था। यह जब वापस लौटा तो इसके कूदने वाले जूते इसके हाथ में थे जिनमें तीखे स्पाइक [नुकीली कीलें] लगे रहते हैं। जब यह आपकी खिड़की के पास से गुज़रा तो अपने ऊँचे क़द की वजह से यह आपकी मेज़ पर रखे प्रूफ़्स को देख सका था और इसने अनुमान लगाया होगा कि वे क्या हो सकते हैं? अगर आपका नौकर लापरवाही से ताले में चाभी लगी न छोड़ गया होता तो कोई नुक़सान नहीं होता। लेकिन जब यह दरवाज़े के पास से गुज़रा तो चाभी लगी देखकर अचानक इसके मन

में अन्दर घुसकर उन काग़ज़ों को देखने का ख़याल आया। अन्दर घुसने में इसे कोई ख़तरा नहीं लगा क्योंकि यह कह सकता था कि किसी प्रश्न का हल पूछने के लिए आया है।

"जब इसने देखा कि वे तो वाक़ई प्रश्नपत्र के प्रूफ़्स थे तो इसके मन में लालच जाग गया। इसने अपने जूते मेज़ पर रखे और प्रश्नपत्र को नक़ल करने के लिए एक-एक करके उठाया। और तुमने खिड़की के नज़दीक कुर्सी पर क्या रखा था?"

"दस्ताने।" उस लड़के ने कहा।

होम्स ने एक विजेता की तरह बैनिस्टर की तरफ़ देखा, "इसने अपने दस्तानों को कुर्सी पर रखा और प्रश्नपत्रों की एक-एक करके नक़ल करने लगा। इसे लग रहा था कि मिस्टर सोमस आप मुख्य द्वार से आएँगे और इस तरह से यह आपको आते वक़्त देख सकेगा। लेकिन आप बाजू के दरवाज़े से आए। अचानक इसने दरवाज़े पर आपके आने की आहट सुनी। उस वक़्त इसके पास बचकर निकलने का कोई रास्ता नहीं था। यह अपने दस्ताने भूल कर, बस जूते उठाकर बेडरूम की तरफ़ तेज़ी से भागा। आप देख सकते हैं कि मेज़ पर पड़ी खरोंच एक तरफ़ हलकी है लेकिन बेडरूम के दरवाज़े की तरफ़ गहरी हुई है। इसी से पता चलता है कि अपराधी जूते लेकर उसी दिशा में भागा होगा और उसी कमरे में शरण ली होगी। जूते के काँटों में लगी मिट्टी मेज़ पर ही पड़ी रह गई थी और इस मिट्टी का एक और हिस्सा काँटों से निकलकर बेडरूम में गिर गया था। मैं यह भी बता दूँ कि मैं आज सुबह एथलेटिक के मैदान में भी गया था और वहाँ देखा कि कूदने के गड्ढे में इसी काली लिजलिजी मिट्टी का इस्तेमाल किया गया है जिस पर लकड़ी का महीन बुरादा पड़ा हुआ है ताकि खिलाड़ी फिसले नहीं। मैं उसके नमूने अपने साथ

ले आया था। क्यों मिस्टर गिलक्रिस्ट, मैं ठीक कह रहा हूँ ना?"

वह लड़का सीधा हुआ और बोला, "आप सही कह रहे हैं, सर।"

"हे भगवान, तुम्हें और भी कुछ कहना है?" सोमस चीख़ा।

"हाँ सर, लेकिन मेरे इस ग़लत काम की पोल खुलने से मुझे गहरा धक्का लगा है। मेरे तो जैसे होश उड़ गए हैं। मिस्टर सोमस आपके लिए मैंने एक पत्र लिखा है जो ये रहा। सारी रात बेचैन रहने के बाद बड़े सवेरे बैठकर मैंने यह पत्र लिखा है। यह पत्र जब मैंने लिखा तब मुझे इस बात का पता नहीं था कि मेरा गुनाह पकड़ लिया गया है। इस पत्र में मैंने लिखा है कि, "मैं इम्तिहान में नहीं बैठूँगा। मुझे रोडेशिया की पुलिस में नौकरी मिल गई है और मैं फ़ौरन वहाँ जा रहा हूँ।"

"मुझे यह जानकर ख़ुशी हुई कि तुम अपने ग़लत काम का कोई फायदा नहीं उठाने जा रहे हो," मिस्टर सोमस ने कहा, "लेकिन तुमने अपना इरादा कैसे बदला?"

गिलक्रिस्ट ने बैनिस्टर की ओर इशारा किया।

"इस आदमी ने मुझे सही रास्ता दिखाया है," उसने कहा।

"अब तुम बोलो, बैनिस्टर," होम्स ने कहा, "जो कुछ मैंने अभी तक बताया है उससे तुम्हें भी यह बात समझ आ गई होगी कि हम समझ सकते हैं कि इस लड़के को यहाँ से भागने में तुमने ही मदद की होगी क्योंकि कमरे में सिर्फ़ तुम रह गए थे और बाहर जाते समय तुमने दरवाज़े पर ताला भी लगाया था। अब उस खिड़की से तो इस लड़के का भागना नामुमकिन है। तुम इतना बता दो कि वह कौन-सी ऐसी वजह थी जिसके कारण तुमने इसकी मदद की थी।"

"इसका कारण बड़ा सीधा है पर आपको उसके बारे में पता नहीं है। एक वक़्त था जब मैं इस लड़के के पिता सर जाबेज़ गिलक्रिस्ट

का खानसामा था। जब वे अमीर नहीं रहे तो मैं यहाँ इस कॉलेज में नौकरी करने आ गया लेकिन मैं अपने पुराने मालिक को भुला नहीं पाया। उन्हीं पुराने दिनों की याद में मैं उनके बेटे यानी इस लड़के का ध्यान रखता था। कल जब मैं इस कमरे में आया और ये हंगामा मचा तो पहली चीज़ जिस पर मेरा ध्यान गया वह थी उस कुर्सी पर पड़े मिस्टर गिलक्रिस्ट के दस्ताने। मैं उन दस्तानों को अच्छी तरह से पहचानता था और मुझे यहाँ क्या हुआ होगा उसका भी एहसास हो गया था। अगर मिस्टर सोमस उन्हें देख लेते तो ये लड़का पकड़ा जाता। इसलिए मैं बेहोशी का नाटक करते हुए जाकर उस कुर्सी पर गिर पड़ा और वहाँ से तब तक नहीं हिला जब तक मिस्टर सोमस आपसे मिलने के लिए चले नहीं गए। तब मेरा यह बेचारा मालिक जिसे मैंने गोद में खिलाया था, बाहर आया और इसने मेरे सामने सारी बात क़बूल कर ली थी। तब क्या यह स्वाभाविक नहीं था कि मैं इसे इस मुसीबत से बचाता और इसे इस ग़लत काम पर वैसे ही समझाता जैसे इसके स्वर्गीय पिताजी समझाते। बताइए, क्या इस पर आप मुझे दोष दे सकते हैं?"

"नहीं, बिलकुल नहीं," होम्स ने अपनी जगह से उठते हुए दिल से कहा, "तो मिस्टर सोमस, मुझे लगता है कि हमने आपकी समस्या का समाधान कर दिया है। अब हमें अपने घर जाना है जहाँ नाश्ता हमारा इंतज़ार कर रहा है। चलो वॉटसन। और गिलक्रिस्ट, तुम इस बार भले ही गिरे हो लेकिन हमें उम्मीद है, अब आगे तुम ज़िन्दगी में बहुत ऊपर जाओगे।"

टेढ़ा-मेढ़ा आदमी

मेरी शादी के कुछ दिनों बाद की बात है। गर्मियों की एक रात थी, मैं दिन-भर के काम से थका हुआ था और आराम से बैठा हुआ उस दिन का अपना आख़िरी पाइप पी रहा था। मेरी बीवी ऊपर सोने के कमरे में जा चुकी थी और हॉल के दरवाज़े के बन्द होने की आवाज़ से पता चल गया था कि घर के नौकर भी आराम करने जा चुके हैं। मैं उठा और अपने पाइप की राख झाड़ ही रहा था कि अचानक मुझे दरवाज़े की घंटी सुनाई दी।

मैंने घड़ी पर नज़र डाली। रात के पौने बारह बज रहे थे। इतनी रात कोई मेहमान तो नहीं हो सकता है। यह ज़रूर कोई मरीज़ होगा जिसकी मुझे शायद अब रात-भर तीमारदारी करनी पड़ेगी। बड़े खिन्न चेहरे से मैं हॉल में गया और दरवाज़ा खोला। लेकिन यह देखकर मैं आश्चर्य में पड़ गया कि दरवाज़े पर शरलॉक होम्स खड़ा था।

"ओह वॉटसन, मैं कोई ज़्यादा देर से तो नहीं आया तुमसे मिलने के लिए?" उसने कहा।

"अरे नहीं, नहीं। आओ, अन्दर आओ।"

"तुम्हें ताज्जुब हुआ न, होना भी चाहिए। लेकिन मुझे लगता है कि तुमने चैन की साँस भी ली है। अरे वाह! तुम अभी भी अपने

कुँवारे दिनों का पसन्दीदा आर्केडिया तम्बाकू पीते हो। उसकी महीन राख तुम्हारे कोट पर पड़ी हुई है। ख़ैर क्या तुम आज की रात मुझे यहाँ रुकने दोगे?"

"ख़ुशी से।"

"तुमने मुझे बताया था कि तुम्हारे पास अकेले आदमी के रहने के लिए एक कमरा है और मुझे लगता है कि अभी तुम्हारे यहाँ कोई दूसरा मेहमान भी नहीं है। इतना तो तुम्हारे 'हैट स्टैंड' को देखकर ही पता चल जाता है।"

"तुम्हारे यहाँ रुकने से मुझे ख़ुशी होगी।"

"शुक्रिया। तो मैं ज़रा अपने लिए एक जाम बना लूँ। मुझे यह देखकर खेद हुआ कि तुम्हारे घर पर काम करने वाला एक ब्रिटिश है। सही में बड़ा बदमाश होगा। ये नाली का निकास रास्ता है क्या?"

"नहीं, गैस का।"

"आह! देखो उसने तुम्हारे फ़र्श पर बिछे लिनोलियम पर ठीक उसी जगह अपने जूतों की कील के दो निशान मारे हैं जहाँ से गैस आती है। ख़ैर, मुझे कुछ खाना नहीं है क्योंकि मैं वॉटरलू में खा चुका हूँ। हाँ अगर तुम चाहो तो मैं तुम्हारे साथ बैठकर एक पाइप पी सकता हूँ।"

मैंने उसे अपना पाउच दिया और वह मेरे सामने बैठकर कुछ देर तक चुपचाप पाइप पीता रहा। मुझे यह अच्छी तरह से पता था कि अगर होम्स इस वक़्त आया है तो ज़रूर कोई ख़ास बात होगी। मैं चुपचाप उस घड़ी की प्रतीक्षा करता रहा जब वह अपने आप बताना शुरू करे।

"मैं महसूस करता हूँ कि तुम आजकल अपनी डॉक्टरी में काफ़ी व्यस्त हो।" उसने उत्सुकता से मुझे देखते हुए कहा।

"हाँ, आज भी काफ़ी व्यस्त दिन था," मैंने जवाब दिया, "हालाँकि तुम्हारे लिए यह जानना बच्चों का खेल है, फिर भी मैं समझ नहीं पा रहा हूँ कि तुम्हें इसका पता कैसे चला?"

होम्स धीमे-से मुस्कराया।

"मैं तुम्हारी आदतों से वाक़िफ़ हूँ, प्यारे वॉटसन," उसने कहा, "जब तुम्हें कम जगह जाना होता है तो तुम पैदल जाते हो लेकिन जब बहुत जगह जाना होता है तो घोड़ागाड़ी का इस्तेमाल करते हो। मैंने देखा कि तुम्हारे जूते कहीं आए-गए तो लग रहे हैं पर किसी भी हिसाब से गंदे नहीं लग रहे हैं। इसलिए मैंने अनुमान लगा लिया कि इस वक़्त तुम इतने व्यस्त तो हो जिससे कि तुम्हें घोड़ागाड़ी का इस्तेमाल करना पड़ रहा है।"

"लाजवाब," मैंने कहा।

"बहुत सामान्य, यह एक ऐसा अनुमान था जिससे कि आप सामने वाले को चक्कर में डाल सकते हैं लेकिन बात साधारण-सी है। इसमें बस इतना-सा है कि सामने वाले ने किसी ऐसी छोटी-सी बात पर ध्यान नहीं दिया है जिससे यह अनुमान लगाया जा सकता था। ख़ैर अभी तो मेरी ख़ुद हालत यह है कि एक ऐसे केस के बहुत से सूत्र मेरे हाथ में हैं जो आदमी के दिमाग़ को हिला देने वाला है लेकिन अभी भी उसके एक-दो सिरे पकड़ में नहीं आ रहे हैं जिनकी वजह से कहानी पूरी नहीं हो रही है। लेकिन, वॉटसन, मैं उनका पता लगाकर ही रहूँगा।" उसकी आँखों में एक चमक आई और उसके पतले गाल हल्के से सुर्ख़ हो गए। मुझे ऐसा महसूस हुआ जैसे उसके गम्भीर स्वभाव के ऊपर से एक क्षण के लिए पर्दा हटा दिया। बस एक पल के लिए ही क्योंकि जब मैंने दोबारा उसके चेहरे को देखा तो उसके चेहरे पर वही रूखापन था जिसे देखकर

लोग उसे आदमी न समझकर मशीन समझते थे।

"इस समस्या में बड़े दिलचस्प पहलू हैं," उसने कहा, "बल्कि सच कहूँ तो बड़े ही अद्‌भुत। मैंने इस मामले में जाँच की है और मुझे लगता है कि मैं नतीजे के काफ़ी क़रीब हूँ। अगर इस मामले के आख़िरी मोड़ पर मुझे तुम्हारी मदद मिल जाए तो बहुत अच्छा रहेगा।"

"यह मेरे लिए ख़ुशी की बात है।"

"क्या तुम कल एल्डरशॉट तक चल सकते हो?"

"क्यों नहीं, मेरे मरीज़ों को जैक्सन देख लेगा।"

"बहुत बढ़िया। मैं चाहता हूँ कि हम 11.10 पर वॉटरलू से अपनी यात्रा शुरू कर दें।"

"बढ़िया इससे मुझे भी समय मिल जाएगा।"

"अगर ऐसा है और तुम्हें अभी नींद न आ रही हो तो मैं अभी तक जो कुछ हुआ है और जो आगे करना है, उसके बारे में थोड़ी जानकारी तुम्हें दे दूँ?"

"तुम्हारे आने से पहले मैं ज़रूर उनींदा महसूस कर रहा था। लेकिन अब मुझे नींद नहीं आ रही है।"

"मैं बिना कोई महत्त्वपूर्ण मुद्‌दा छोड़े इस कहानी को संक्षेप में बताने की कोशिश करूँगा। वैसे शायद तुमने इस केस के कुछ विवरण पढ़ भी रखे हों क्योंकि मैं रॉयल मंस्टर्स के कर्नल बार्कले के एल्डरशॉट में क़त्ल के मामले की छानबीन कर रहा हूँ।"

"मुझे इस बारे में कुछ भी नहीं पता है।"

"हाँ, इस मामले ने कोई ख़ास हलचल पैदा नहीं की सिवाय स्थानीय स्तर के। जो तथ्य मैं बताने जा रहा हूँ वे दो-तीन दिन पहले तक के हैं। सुनो...

"जैसा कि तुम्हें पता होगा कि रॉयल मंस्टर्स ब्रिटिश सेना की

आयरिश रेजिमेंट्स में सबसे प्रसिद्ध है। उसने क्रीमिया और ग़दर [1857] दोनों में ज़बरदस्त प्रदर्शन किया था। उसके बाद भी हर मोर्चे पर इसका प्रदर्शन शानदार रहा है। अभी सोमवार रात तक इसका नेतृत्व जेम्स बार्कले के हाथ में था जो बड़े बहादुर और अनुभवी सैनिक थे। उन्होंने सेना में अपना काम एक पूर्णकालिक निजी सैनिक के रूप में शुरू किया था और ग़दर के समय अपनी बहादुरी की वजह से कमीशन प्राप्त पद तक पहुँच गए थे। इस तरह से एक समय जिस रेजिमेंट में वे बन्दूकें उठाने का काम करते थे, बाद में उसी के कमांडर बने।

"कर्नल बार्कले ने उस वक़्त शादी की जब वे सार्जेंट थे और उनकी बीवी जिसका नाम शादी से पहले कुमारी नैंसी डेवॉय था, वह उसी टुकड़ी के पूर्व कर्नल सार्जेंट की बेटी थी। इसलिए जैसा समझ सकते हैं इस नवविवाहित जोड़े ने सामाजिक तौर पर इस गठबन्धन में थोड़ा तनाव तो पाया ही होगा। लेकिन लगता है उन्होंने बहुत जल्दी अपने को परिस्थितियों के अनुरूप ढाल लिया होगा क्योंकि जैसा मुझे पता चला है, मिसेस बार्कले रेजिमेंट की महिलाओं के बीच हमेशा लोकप्रिय रहीं और वैसे ही उनके पति भी अपने साथी अफ़सरों के बीच लोकप्रिय थे। मिसेस बार्कले बहुत सुन्दर थीं, और अब जबकि उनकी शादी को तीस साल से ज़्यादा हो गए हैं, तब भी उनका व्यक्तित्व बड़ा शानदार और राजसी है।

"कर्नल बार्कले की शादीशुदा ज़िन्दगी भी हमेशा ख़ुशी भरी थी। मेजर मर्फी, जिन्होंने मुझे सारे तथ्य बताए हैं, ने मुझे विश्वास दिलाया है कि उन दोनों पति-पत्नी के बीच किसी मनमुटाव की कोई बात उन्होंने कभी नहीं सुनी बल्कि उन्हें तो यह लगता है कि बार्कले का अपनी पत्नी की तरफ़ झुकाव ज़्यादा था बजाय उनकी पत्नी के उनकी

तरफ़ के। अगर उन्हें एक दिन भी अपनी पत्नी से दूर रहना पड़ता था तो वे बेचैन हो जाते थे। दूसरी तरफ़ उनकी पत्नी भी हालाँकि उनकी तरफ़ समर्पित और वफ़ादार थीं लेकिन उनका प्यार कर्नल बार्कले के काम में कोई बाधा नहीं डालता था। उनकी रेजिमेंट में उनका सम्मान एक शालीन और आदर्श मध्य वय जोड़े के रूप में था। उनके आपसी सम्बन्धों में ऐसा कुछ नहीं था जिससे कि लोग आने वाली त्रासदी के बारे में सोच सकते।

"कर्नल बार्कले के स्वभाव में कुछ ख़ास ख़ूबियाँ थीं। वैसे वे सामान्यत: एक हँसमुख स्वभाव वाले सैनिक थे लेकिन कभी-कभी वे बहुत हिंसक और प्रतिशोधी भी हो जाते थे। लेकिन इस तरह का उनका स्वभाव अपनी पत्नी के लिए कभी नहीं हुआ था। एक और बात जो मेजर मर्फी और जिन दूसरे पाँच अफ़सरों से मैंने बात की उनमें से तीन की नज़र में आई वह थी उनका कभी-कभी डिप्रेशन में चले जाना। उसके बारे में जैसा मेजर ने बताया, 'ऐसा लगता था जैसे किसी अदृश्य हाथ ने उनके चेहरे से मुस्कान छीन ली हो और फिर वे काफ़ी दिनों तक बड़े अवसाद में डूब जाते थे।' यह और थोड़ा-सा अन्धविश्वास। बस यही कुछ असामान्य प्रवृत्तियाँ थीं उनके साथ वाले अफ़सरों के मुताबिक़ उनके स्वभाव में। बाद वाली प्रवृत्ति की वजह से उन्हें अँधेरा घिरने के बाद अकेले रहना पसन्द नहीं था। उनके मज़बूत स्वभाव के इस बचकाने पहलू की वजह से लोग उन पर छींटाकशी भी करते थे।

"रॉयल मंस्टर्स की पहली बटालियन को कुछ सालों से एल्डरशॉट में रखा गया है। शादीशुदा अफ़सर बैरक से बाहर की जगहों पर रहते हैं। कर्नल उत्तरी कैंप से लगभग आधा मील दूर स्थित 'लाचीन' नाम के एक बंगले में रहते थे। वह घर एक बड़े से बाग़ में है

लेकिन उसका पश्चिमी हिस्सा मुख्य मार्ग से बस तीस ही गज दूर है। उनके कर्मचारियों में एक कोचवान और दो नौकरानियाँ हैं। बस इतने ही लोग उस बंगले में रहते थे। बार्कले दम्पती के कोई बच्चा नहीं था। साथ ही उनके यहाँ रात को रुकने वाला कोई मेहमान शायद ही कभी आता हो।

"अब मैं तुम्हें पिछले सोमवार की रात को नौ से दस के बीच लाचीन में हुई घटनाओं के बारे में बताता हूँ।

"ऐसा जान पड़ता है कि मिसेस बार्कले रोमन कैथोलिक चर्च की सदस्य थीं और 'सेंट जॉर्ज का समाज' बनाने में उन्होंने काफ़ी रुचि ली थी जोकि दान में मिले पुराने कपड़े ग़रीबों को बाँटने का काम करता है। उस रोज़ रात आठ बजे उस समाज की एक बैठक रखी गई थी और मिसेस बार्कले ने उस बैठक में भाग लेने जाने की वजह से रात का खाना जल्दी खा लिया था। जब वे घर से जा रही थीं तो कोचवान ने उन्हें अपने पति के साथ कुछ सामान्य बातें करते हुए सुना था। उन्होंने अपने पति को यह भरोसा दिलाया था कि वे जल्दी लौट आएँगी। उसके बाद उन्होंने पड़ोस में रहने वाली महिला मिस मॉरिसन को आवाज़ लगाई और फिर दोनों बैठक के लिए साथ में चली गईं। क़रीब चालीस मिनट बाद यानी सवा नौ बजे मिसेस बार्कले पड़ोस वाली मिस मॉरिसन को उनके घर छोड़ते हुए अपने घर वापस आ गईं।

"लाचीन में एक कमरा है जिसे सुबह का कमरा कहा जाता है। यह सड़क की तरफ़ है और इसमें शीशे का एक बड़ा फोल्डिंग दरवाज़ा है जोकि बाग़ की तरफ़ खुलता है। यह बाग़ सड़क की तरफ़ तीस गज है और एक कम ऊँची दीवार जिस पर लोहे की रेलिंग लगी है उसे सड़क से अलग करती है। लौटने के बाद मिसेस

बार्कले इसी कमरे में गई थीं। कमरे के परदे गिरे हुए नहीं थे क्योंकि यह कमरा शाम को कभी-कभार ही इस्तेमाल होता था। मिसेस बार्कले ने अपने आप लैंप जलाया और फिर घंटी बजाकर घर की नौकरानी जेन स्टुअर्ट को बुलाकर उससे चाय लाने को कहा। यह बात उनकी सामान्य आदतों से अलग थी। कर्नल डाइनिंग रूम में बैठे हुए थे लेकिन उन्हें पता था कि उनकी बीवी वापस आ गई है। वे भी उसी कमरे में चले गए। कोचवान ने उन्हें हॉल से गुज़रकर उस कमरे में जाते हुए देखा था। लेकिन उसके बाद उन्हें ज़िन्दा नहीं देखा गया।

"नौकरानी चाय लेकर दस मिनट बाद पहुँची। जब नौकरानी दरवाज़े के पास पहुँची तो उसने अपने मालिक और मालकिन की ग़ुस्से से झगड़ने की आवाज़ें सुनीं। उसने दरवाज़े को खटखटाया लेकिन कोई उत्तर नहीं मिला। उसने दरवाज़े का हैंडल घुमाने की कोशिश भी की लेकिन दरवाज़ा अन्दर से बन्द था। वह फ़ौरन यह बात दूसरे नौकरों को बताने के लिए दौड़ी और कोचवान के साथ दोनों नौकरानियाँ वहाँ आ गईं। उस वक़्त भी अन्दर झगड़ा चल रहा था जिसे उन लोगों ने सुना। वे सभी इस बात पर एकमत हैं कि उस वक़्त उन्होंने वहाँ सिर्फ़ दो आवाज़ें सुनीं थीं, बार्कले और उसकी बीवी की। बार्कले धीमे-धीमे और रुक-रुक कर बोल रहा था इसलिए उसकी आवाज़ ज़्यादा सुनाई नहीं दे रही थी। लेकिन मिसेस बार्कले की आवाज़ में काफ़ी कड़वाहट थी और जब वह ऊँचा बोलती थी तो सब कुछ साफ़ सुनाई देता था। 'तुम कायर हो,' उसने यह बार-बार कहा था। 'अब क्या हो सकता है? अब क्या हो सकता है? मेरे जीवन के वे साल वापस करो। मैं यहाँ तुम्हारे साथ एक पल भी साँस नहीं लेना चाहती। कायर आदमी, कायर!' ये

उसके चिल्लाने के कुछ अंश थे, उसके बाद किसी चीज़ के गिरने की एक ज़ोरदार आवाज़ के साथ बार्कले की डरावनी कराहट सुनाई दी और उसी के साथ मिसेस बार्कले की दर्दनाक चीख़ सुनाई दी। बाहर इन लोगों को विश्वास हो गया कि अन्दर ज़रूर कोई दुर्घटना हुई है, इसलिए कोचवान तेज़ी से दरवाज़े की तरफ़ लपका और उसे खोलने की कोशिश की। उस वक़्त अन्दर से लगातार चीख़ने की आवाज़ें आ रही थीं। वह दरवाज़ा खोलने में नाकाम रहा और बुरी तरह से डरी हुई नौकरानियाँ भी उसकी कोई मदद नहीं कर पा रही थीं। अचानक उसे एक ख़याल आया और वह हॉल से दौड़ता हुआ बाग़ के उस तरफ़ गया जहाँ एक लम्बी फ्रेंच खिड़की खुलती है। खिड़की का एक पल्ला खुला हुआ था जोकि मैं समझता हूँ कि गर्मी के मौसम में स्वाभाविक ही है। उससे वह आसानी से कमरे में घुस गया। उसकी मालकिन तब तक अपने होश खो चुकी थीं और सोफ़े पर लुढ़की हुई थीं। जबकि उसके सैनिक मालिक के पैर एक कुर्सी में उलझे हुए थे, सिर एक किनारे पर ज़मीन पर नीचे झुका हुआ था और इस स्थिति में वह अपने ख़ून में सना हुआ मरा पड़ा था।

"स्वाभाविक है कि यह एहसास होने के बाद कि वह अपने मालिक के लिए कुछ नहीं कर सकता है, कोचवान के दिल में पहला ख़याल दरवाज़ा खोलने का ही आया। लेकिन इसमें भी एक दिक़्क़त पेश आई। दरवाज़े के अन्दर की तरफ़ के ताले में चाभी लगी हुई नहीं थी, न ही वह चाभी पूरे कमरे में मिली। इसलिए उसे उस खिड़की से ही वापस जाना पड़ा और वह एक पुलिसवाले को तथा स्वास्थ्य कर्मी को साथ लेकर लौटा। इस वाक़ये में सबसे बड़ा शक उसी महिला पर जा रहा था। उसे बेहोशी की हालत में

ही उसके कमरे में पहुँचा दिया गया। उसके बाद कर्नल की देह को सोफ़े पर रख दिया गया और उस त्रासदी वाली जगह का सावधानी से मुआयना किया गया।

"जिस चोट से उस बेचारे सैनिक की मौत हुई थी वह उसके सिर के पीछे के भाग पर किसी नुकीले अस्त्र से किया गया दो इंच लम्बा घाव था। वह किसी कम धार वाले अस्त्र से किया गया प्रहार था। वह कौन-सा हथियार होगा इसका अनुमान लगाना भी मुश्किल नहीं था। उसके शरीर के नज़दीक ज़मीन पर कठोर लकड़ी से बना एक दाँतेदार मुगदर पड़ा था जिसकी मूठ हड्डी से बनी हुई थी। कर्नल के पास जिन देशों में वह लड़ा था उन देशों के हथियारों का संग्रह था और पुलिस का यह अनुमान है कि यह उन्हीं में से एक रहा होगा। हालाँकि घर के नौकर कह रहे हैं कि उन्होंने इसे घर में कभी नहीं देखा था पर वहाँ इतनी सारी अजीब चीज़ों का संग्रह है कि उनके बीच में इस पर नज़र न पड़ी हो यह भी सम्भव है। इनके अलावा पुलिस को उस कमरे में और कुछ भी उल्लेखनीय बात नहीं दिखाई दी सिवाय इसके कि उस कमरे की चाभी न तो मिसेस बार्कले के पास थी, न मृतक के पास से मिली और न ही कमरे में कहीं और मिली। उस दरवाज़े को आख़िरकार एल्डरशॉट के एक चाभी बनाने वाले की मदद से खुलवाया गया।

"तो वॉटसन, जब मैं मेजर मर्फी के बुलावे पर तहक़ीक़ात में पुलिस की मदद करने के लिए मंगलवार सुबह एल्डरशॉट गया था, उस वक़्त वहाँ यह हालात थे। तुम भी मानोगे कि यह समस्या है तो ध्यान खींचने वाली। मुझे बाद में महसूस हुआ कि यह उतनी मामूली नहीं है जितनी पहली नज़र में लगती है।

"कमरे का निरीक्षण करने से पहले मैंने नौकरों से पूछताछ की

लेकिन उनसे वही पता चल पाया जो वे पहले बता चुके थे। हाँ, घर की नौकरानी जेन स्टुअर्ट ने एक बात ज़रूर याद की। तुम्हें याद होगा कि झगड़े की आवाज़ सुनकर वह दूसरे नौकरों को बुलाकर लाई थी। उसने बताया कि पहली बार जब वह अकेली थी तब उसके मालिक और मालकिन की आवाज़ इतनी धीमी थी कि वह कुछ सुन नहीं पाई थी और अन्दर क्या चल रहा होगा इसका अन्दाज़ वह उनके लहजे से ही लगा पाई थी। मेरे ज़्यादा ज़ोर देने पर उसे याद आया कि उसकी मालकिन ने दो बार 'डेविड' शब्द बोला था। यह बात बड़ी महत्त्वपूर्ण थी क्योंकि यह उस अचानक हुए झगड़े के कारण की तरफ़ संकेत कर रही थी। तुम्हें याद होगा कि कर्नल का नाम तो जेम्स था।

"इस मामले में एक ऐसी बात थी जिसने नौकरों और पुलिस, दोनों पर गहरा असर डाला था। वह थी कर्नल के चेहरे पर आए विकृति के भाव। उनके कहे अनुसार वे डर और आतंक के अत्यंत ख़तरनाक भाव थे। उन भावों को देखकर कुछ लोग तो बेहोश ही हो गए। महसूस हो रहा था जैसे कर्नल को अपनी मौत सामने दिख गई हो जिसकी वजह से इतना गहरा आतंक था उनके चेहरे पर। यह बात पुलिस की उस विचारधारा में सही बैठ रही थी जिसके मुताबिक़ उनकी हत्या उनकी बीवी ने ही की होगी। उनके सिर के पीछे के हिस्से पर लगे घाव के बारे में भी यह सोचा जा सकता था कि वे शायद वार से बचने के लिए घूम गए होंगे। मिसेस बार्कले से कोई जानकारी हासिल नहीं की जा सकी क्योंकि वे तेज़ दिमाग़ी बुख़ार की चपेट में हैं।

"पुलिस से मुझे यह भी पता चला कि जो मिस मॉरिसन मिसेस बार्कले के साथ उस रात बाहर गई थीं उन्हें ऐसी किसी बात की

जानकारी नहीं थी जिससे यह पता चलता कि मिसेस बार्कले जब वापस लौटीं तो उनका मूड क्यों उखड़ा हुआ था!

"वॉटसन, इन सब तथ्यों की जानकारी पाने के बाद मैंने इनमें से काम के तथ्य तलाशने में ख़ूब मशक्कत की। एक बात जो सबसे ज़्यादा मेरा ध्यान खींच रही थी वह थी दरवाज़े की चाभी का ग़ायब हो जाना। बहुत सावधानी से खोजने पर भी वह उस कमरे में नहीं मिली थी। इसका मतलब यह था कि कोई उसे ले गया है। लेकिन यह बात तो साफ़ थी कि न तो कर्नल न उनकी बीवी ने उसे लिया होगा। इसका मतलब उस कमरे में कोई तीसरा आदमी ज़रूर आया होगा। और वह तीसरा आदमी खिड़की में से ही आ सका होगा। मुझे लगा कि लॉन व कमरे का सावधानीपूर्वक निरीक्षण करने से इस तीसरे व्यक्ति के बारे में कोई सुराग मिल सकेगा। तुम तो खोजबीन के मेरे तरीक़ों को जानते ही हो वॉटसन। उनमें से लगभग सभी का इस्तेमाल मैंने इस जाँच में किया और मेरी खोज का परिणाम यह निकला कि मुझे निशान तो मिले लेकिन वे मेरी अपेक्षा से काफ़ी अलग थे। उस कमरे में ज़रूर एक आदमी आया होगा और उसने सड़क से आते हुए लॉन को पार किया। मुझे उसके पैरों के पाँच एकदम साफ़ निशान मिले। एक तो सड़क पर वहाँ जहाँ से वह उस नीची दीवार पर चढ़ा था और दो हल्के निशान खिड़की के पास उस जगह मिले जहाँ से उसने कमरे में प्रवेश किया होगा। उसने ज़रूर लॉन को भागकर पार किया होगा क्योंकि उसके पैर के पंजों के निशान ज़्यादा गहरे थे बनिस्बत एड़ियों के लेकिन मुझे उस इनसान के होने ने इतना आश्चर्यचकित नहीं किया जितना उसके साथी के।"

"उसके साथ कोई और भी था?"

होम्स ने अपनी जेब से एक बड़ा टिश्यू पेपर निकाला और उसे

अपने घुटनों पर रखकर खोला।

"तुम इससे क्या अनुमान लगाते हो?" उसने पूछा।

उस काग़ज़ पर किसी छोटे जानवर के पंजों के निशान थे। उसमें तीख़े नाखून होने के संकेत भी मिल रहे थे और पंजे का पूरा निशान एक मिठाई [डेज़र्ट] खाने के चम्मच के आकार जितना था।

"यह कोई कुत्ता भी हो सकता है।" मैंने कहा।

"क्या तुमने कभी किसी कुत्ते को लटके हुए पर्दे पर चलते देखा है? मुझे इस जानवर द्वारा यह हरकत करने के निशान भी मिले हैं।"

"फिर तो कोई बन्दर हो सकता है।"

"नहीं, यह बन्दर के निशान भी नहीं हैं।"

"फिर क्या हो सकता है?"

"न ही कुत्ता, न बिल्ली, न बन्दर, न ही कोई और ऐसा जानवर जिसे हम जानते हैं। मैंने नाप लेकर इसके बारे में जानने की कोशिश की है। ये हैं चार निशान उस वक़्त के जब वह जीव बिना हिले-डुले खड़ा होगा। तुम देख सकते हो कि आगे के पैरों से लेकर पीछे तक की इसकी लम्बाई पन्द्रह इंच से कम नहीं है। अगर इसमें उसकी गर्दन और सिर की लम्बाई को भी जोड़ दिया जाए तो वह दो फीट से कम का नहीं होगा। शायद उससे भी ज़्यादा अगर उसकी पूँछ होगी तो! लेकिन अब इस दूसरे माप को देखो। इसके अनुसार वह जीव चल-फिर रहा है और ये उसके क़दम रखने के माप हैं। हर मामले में उसके क़दम रखने की लम्बाई तीन इंच है। इससे यह संकेत मिलता है कि उस जीव का शरीर लम्बा होगा जबकि टाँगें छोटी होंगी। उसका कोई बाल नहीं मिला। इसका शरीर लगभग वैसा ही होगा जैसा मैंने बताया है। वह परदे पर ऊपर-नीचे आ-जा सकता होगा और वह माँसाहारी होगा।

"तुमने यह नतीजा कैसे निकाला?"

"क्योंकि यह परदे के ऊपर गया। वहाँ खिड़की के ऊपर एक चिड़िया का घोंसला लटक रहा था। लगता है उसने उसे खाने की कोशिश की होगी।"

"अच्छा फिर वह कौन-सा जानवर रहा होगा?"

"आह, वही तो! अगर मुझे यह पता चल जाता तो मुझे यह केस सुलझाने में काफ़ी मदद मिलती। शायद वह नेवले की तरह का कोई जीव रहा होगा। लेकिन वह नेवले से बड़ा होगा।"

"लेकिन उसका इस जुर्म से क्या सम्बन्ध?"

"यह भी अभी साफ़ नहीं है। लेकिन हमें इस केस के बारे में काफ़ी कुछ बातें तो पता चल चुकी हैं। हमें इतना पता है कि सड़क पर खड़ा एक आदमी बार्कले दम्पती का झगड़ा देख रहा था क्योंकि कमरे के पर्दे खुले हुए थे और कमरे में प्रकाश था। हमें यह भी पता है कि उसने दौड़कर लॉन को पार किया और कमरे में दाख़िल हुआ। उसके साथ एक अजीब-सा जानवर था। अब या तो उसने कर्नल पर हमला किया या फिर उसे देखकर कर्नल डर कर गिर गए और किसी किनारे से टकराकर उनके सिर पर चोट आई होगी। आख़िर में सबसे आश्चर्य की बात तो यह है कि वह जाते-जाते अपने साथ चाभी भी लेता गया।"

"तुम्हारी पड़ताल से तो मामला और भी अस्पष्ट हो गया।"

"हाँ, हो सकता है। इससे यह लगता है कि मामला जैसा मैंने सोचा था उससे ज़्यादा गहरा है। मुझे लगता है कि अब इस मामले में एक दूसरे तरीक़े से सोचना पड़ेगा। लेकिन वॉटसन, चलो, मैंने तुम्हें भी जगा रखा है। बाक़ी बातें मैं तुम्हें कल एल्डरशॉट जाते हुए रास्ते में बताऊँगा।"

"नहीं, अब तुम बात को ऐसे मोड़ पर ले आए हो कि रुकना मुश्किल है।"

"यह बात तो साफ़ है कि जब मिसेस बार्कले साढ़े सात बजे घर से गईं तब तक उनके अपने पति के साथ सम्बन्ध अच्छे थे। वह कभी भी अपने पति के प्रति बड़ी प्रेममयी तो नहीं थीं लेकिन कोचवान के मुताबिक़ वे अपने पति से दोस्ताना तरीक़े से बात करती थीं। यह भी पक्का है कि अपनी वापसी पर वे सीधे उस कमरे में गईं जहाँ वे जानती थीं कि उनके पति नहीं होंगे। उनका चाय मँगाना भी उनके ग़ुस्से में होने का संकेत है और उनके पति के आने पर उन दोनों में गरमागरमी भी हुई थी। इसका मतलब है कि साढ़े सात और नौ के बीच ऐसा कुछ ज़रूर हुआ था जिससे उनकी अपने पति के प्रति भावनाओं में बदलाव आया था। लेकिन उस डेढ़ घंटे के समय में मिस मॉरिसन लगातार उनके साथ थीं। इसका मतलब है कि उनके मना करने के बावजूद मिस मॉरिसन को इस मामले में कुछ तो ज़रूर मालूम होगा।

"मेरा पहला अनुमान यह था कि शायद इस बूढ़े योद्धा और उसकी जवान बीवी के बीच कुछ भेद होंगे जिनको उसने अब अपनी बीवी के सामने स्वीकारा होगा। इसी की वजह से वह ग़ुस्से में भरी वापस लौटी होगी और उनकी साथिन को भी कुछ पता नहीं चला होगा। नौकरों ने जो कुछ सुना था उसे देखते हुए यह बात मुमकिन भी लग रही थी। लेकिन इसमें कुछ पेच थे। एक तो किसी डेविड का नाम आना, दूसरे कर्नल का अपनी पत्नी को बहुत प्यार करना, और फिर इस तीसरे आदमी का आना जिसका हो सकता है कि इन पहले की घटनाओं से कोई वास्ता न हो। अब मुझे यह भरोसा होता जा रहा था कि मिसेस बार्कले को अपने पति से अचानक घृणा क्यों

हुई। इस बारे में मिस मॉरिसन को ज़रूर कुछ तो पता है। इसलिए मैंने मिस मॉरिसन को दोबारा बुलाया और उन्हें बताया कि मुझे पता है कि उनके पास कुछ ऐसी जानकारी है जिसे वे छिपा रही हैं और यह भी बताया कि अगर ये मामला साफ़ नहीं हुआ तो हो सकता है कि उनकी सहेली मिसेस बार्कले को फाँसी की सज़ा हो जाए।

"मिस मॉरिसन थोड़ा नाज़ुक स्वभाव वाली डरपोक लड़की हैं लेकिन चालाकी और समझदारी में वे कम नहीं हैं। वे कुछ देर सोचती रहीं और फिर मेरी तरफ़ मुड़कर कुछ मज़बूती से बोलीं। उस वक़्त उन्होंने जो कुछ कहा वह मैं तुम्हें बता रहा हूँ। उन्होंने कहा था...

"मैंने अपनी दोस्त को वचन दिया था कि मैं किसी को कुछ नहीं बताऊँगी और वचन वचन होता है' उन्होंने कहा, 'लेकिन जब उसके ऊपर इतना संगीन इलज़ाम लगने जा रहा है और जब बीमारी की वजह से उसका अपना मुँह बन्द है तो मुझे अपना वचन तोड़ना ही पड़ेगा। मैं आपको बताती हूँ कि सोमवार की उस रात को क्या हुआ था?

"हम रात क़रीब पौने नौ बजे वाट स्ट्रीट मिशन से वापस लौट रहे थे। अपने रास्ते में हम हडसन स्ट्रीट से गुज़र रहे थे जोकि काफ़ी शान्त रास्ता है। उस रास्ते में एक ही लैंप है, बाईं ओर की तरफ़। जब हम इस लैंप के नज़दीक पहुँचे तो हमने एक ऐसे आदमी को अपनी तरफ़ आते देखा जिसकी कमर काफ़ी झुकी हुई थी और उसके कंधे पर कोई बक्से जैसी चीज़ लदी हुई थी। उसका शरीर टेढ़ा-मेढ़ा था और वह घुटने झुकाकर चल रहा था। जब हम उसके पास से गुज़र रहे थे तो उसने लैंप की रोशनी में सिर उठाकर हमारी तरफ़ देखा। जब उसने हमें देखा तो वह ठिठक गया और एक दर्दीली आवाज़ में बोला, "ओह मेरे भगवान, नैंसी, ये तुम हो!" ये सुनकर

मिसेस बार्कले डर से सफ़ेद पड़ गईं और शायद वे ज़मीन पर गिर पड़तीं अगर वही कुरूप आदमी उन्हें थाम नहीं लेता। मैं पुलिस बुलाने जा रही थी मगर मिसेस बार्कले ने ही मुझे रोक दिया था। वे उस अजनबी से बड़े सभ्य तरीक़े से बात कर रही थीं।

"मुझे लगता था कि तुम तो तीस साल पहले मर गए थे, हेनरी!" उन्होंने डरे हुए स्वर में कहा।

"हाँ मर ही गया था," उसने जवाब दिया। जिस स्वर में उसने यह बात कही थी वह बड़ा दर्द-भरा था। उसका चेहरा बहुत डरावना था और आँखों में एक ऐसी चमक थी जो मुझे अभी भी बार-बार सपनों में दिखाई देती है। उसके बाल सफ़ेद हो गए थे और उसका चेहरा सड़े हुए सेब जैसा था।

"तुम ज़रा आगे चलो, मेरी दोस्त," मिसेस बार्कले ने कहा, "मुझे इस आदमी से कुछ बात करनी है। घबराने की कोई बात नहीं है।" वे अपनी आवाज़ में बहादुरी लाने की कोशिश कर रही थीं लेकिन वे तब भी भय से पीली दिख रही थीं और उनके काँपते होंठों से शब्द बड़ी मुश्किल से बाहर आ रहे थे।

"मैंने वही किया जो उन्होंने कहा था और उन दोनों ने आपस में कुछ देर तक बात की। वे जब मेरे पास आईं तो उनकी आँखें अंगार बरसा रही थीं और मैंने देखा कि वह टेढ़ा-मेढ़ा आदमी लैंपपोस्ट के पास खड़ा होकर अपनी मुट्ठियाँ हवा में लहरा रहा था मानो ग़ुस्से से पागल हो रहा हो। उन्होंने यहाँ घर के दरवाज़े तक आने तक एक शब्द भी नहीं बोला। यहाँ आकर उन्होंने मेरा हाथ अपने हाथ में लिया और जो कुछ हुआ उसे किसी को भी नहीं बताने का अनुरोध किया।

"वह मेरा एक पुराना परिचित था जो बहुत दिनों बाद आज मिला है," उन्होंने कहा। जब मैंने उन्हें वचन दे दिया कि मैं किसी

से कुछ नहीं कहूँगी तब उन्होंने मुझे चूमा और उसके बाद से मैंने उन्हें नहीं देखा है। अब मैंने आपको सब कुछ सच-सच बता दिया है। अगर मैंने इसे पुलिस को नहीं बताया था तो उसकी वजह यह थी कि मुझे उस ख़तरे का पता नहीं था जो मेरी दोस्त के सिर पर मँडरा रहा है। अब मुझे समझ आया है कि सारी सचाई बता देना उसी के लिए अच्छा है।"

"तो यह था उसका बयान, वॉटसन, तुम समझ सकते हो मेरे लिए तो यह अँधेरे में रोशनी की किरण जैसा था। जो सारे सूत्र पहले आपस में नहीं मिल रहे थे वे अब मिलने लगे थे। मुझे सारे घटनाक्रम का एक आभास होने लगा था। मेरा अगला क़दम था उस आदमी को तलाशना जिसने मिसेस बार्कले पर इतना गहरा असर डाला था। अगर वह एल्डरशॉट में ही था तो उसे ढूँढ़ना मुश्किल नहीं था। वहाँ फौजियों के अलावा आम लोग ज़्यादा नहीं रहते हैं इसलिए एक ऐसे कुरूप आदमी ने लोगों का ध्यान ज़रूर खींचा होगा। मैंने पूरा दिन उसे खोजने में बिताया और आज शाम को उसे ढूँढ़ निकाला। उस आदमी का नाम है, हेनरी वुड्स और वह उसी इलाक़े की एक लॉज में रहता है जहाँ वह उन महिलाओं को मिला था। उसे वहाँ आए बस पाँच ही दिन हुए हैं। मैंने उसके बारे में पता लगाने के लिए एक रजिस्ट्रेशन एजेंट का नाटक किया और मुझे उसकी मकान मालकिन ने बड़ी मज़ेदार बातें बताईं। वह आदमी पेशे से एक जादूगर और अभिनेता है। वह रात के समय कैंटीनों में जाता है और वहाँ लोगों का मनोरंजन करता है। वह अपने साथ एक बक्से में एक ऐसे जानवर को लिये रहता है जिससे वह मकान मालकिन काफ़ी घबराई हुई थी क्योंकि उसने ऐसा जानवर पहले कभी नहीं देखा था। उसके कहे के मुताबिक़ वह अपने कुछ

करतबों में उस जानवर का इस्तेमाल करता है। उस औरत ने मुझे उसके बारे में इतना सब बताया। उसे इस बात का भी ताज्जुब था कि शरीर से इतना विकृत होते हुए भी वह आदमी ज़िन्दा कैसे है? उसने यह भी बताया कि कभी-कभी वह आदमी बड़ी विचित्र-सी भाषा बोलता है और पिछली दो रातों से उसके कमरे से रोने और कराहने की आवाज़ें आ रही थीं। जहाँ तक पैसे का सवाल है तो उसकी हालत ठीकठाक थी लेकिन उसने घर के लिए पेशगी देते हुए मकान मालकिन को एक अजीब-सी मुद्रा दी थी। वॉटसन, जब मैंने उस मुद्रा को देखा तो वह हिन्दुस्तानी रुपया था।

"तो अब तुम्हें पता चला मेरे दोस्त कि मामला कहाँ तक पहुँचा है और मैं क्यों तुम्हें अपने साथ चाहता हूँ। यह एकदम साफ़ है कि इन महिलाओं के उससे अलग होने के बाद इस आदमी ने उनसे छिपकर उनका पीछा किया। उसने खिड़की से उन पति-पत्नी को झगड़ा करते हुए देखा और यह देखकर वह दौड़कर अन्दर आया और ऐसे में उसका जानवर भी बक्से से आज़ाद होकर उसके साथ अन्दर आ गया। यह सब तो साफ़ है लेकिन अब सिर्फ़ वही आदमी हमें बता सकता है कि उस रात उस कमरे में क्या हुआ था।"

"और तुम उससे यह पूछना चाहते हो?"

"बिलकुल—लेकिन किसी गवाह की मौजूदगी में।"

"और वह गवाह मैं हूँ! क्यों?"

"अगर तुम मान जाओ तो। यदि उसने सब बता दिया तो अच्छा होगा। लेकिन अगर वह नहीं माना तो हमें वारंट के लिए आवेदन करना पड़ेगा।"

"लेकिन तुम्हें यह कैसे पता कि जब हम वहाँ जाएँगे तो वह वहाँ होगा?"

"तुम्हें पता ही होगा कि इस बारे में मैंने सावधानी बरती होगी। मैंने बेकर स्ट्रीट के एक लड़के को उसकी निगरानी में लगा रखा है जोकि साये की तरह हर जगह उसका पीछा करेगा। हम उसे कल हडसन स्ट्रीट में खोज लेंगे वॉटसन। लेकिन अब यहाँ अगर मैंने तुम्हें ज़्यादा देर तक बिस्तर से दूर रखा तो मैं अपराधी कहलाऊँगा।"

उस त्रासदी वाली जगह पर पहुँचते-पहुँचते हमें दोपहर हो गई थी। होम्स के दिशा-निर्देशन में हम फ़ौरन हडसन स्ट्रीट पहुँच गए। हालाँकि होम्स अपने भावों को बड़ी ख़ूबी से छिपा लेता था लेकिन उस वक़्त उसे देखकर लगता था कि वह अपनी उत्तेजना पर बड़ी मुश्किल से काबू किए हुए है और मैं ख़ुद उस वक़्त अपने आपको कुछ जोश और कुछ बौद्धिक प्रसन्नता से भरा हुआ महसूस कर रहा था जैसाकि मैं अक्सर महसूस करता हूँ जब उसके साथ किसी जाँच-पड़ताल में होता हूँ।

"यह रही वह गली," उसने कहा जब हम एक छोटे-से रास्ते की तरफ़ मुड़े जिसमें ईंटों के दोमंजिला मकान थे, "यह रहा सिम्पसन अपनी रिपोर्ट के साथ।"

"वह अन्दर ही है, मिस्टर होम्स," एक सड़कछाप लड़के ने दौड़ते हुए आकर कहा।

"बढ़िया, सिम्पसन!" होम्स ने उसका सिर सहलाते हुए कहा, "आओ वॉटसन, यही वह घर है।" उसने अपना कार्ड इस सन्देश के साथ अन्दर भेजा कि कुछ ज़रूरी काम है। कुछ पलों के बाद ही वह व्यक्ति हमारे सामने था जिससे मिलने हम आए थे। मौसम गरम होने के बावजूद वह आग ताप रहा था। उसका वह छोटा-सा कमरा किसी ओवन की तरह लग रहा था। वह अपनी कुर्सी में कुछ

इस तरह से मुड़ा-तुड़ा बैठा था जिससे कि उसकी विरूपता और भी ख़राब लग रही थी। लेकिन उसके चेहरे को देखकर यह एहसास तो हो जाता था कि आज वह चाहे जितना भी ख़राब लगता हो पर एक समय ज़रूर सुन्दर रहा होगा। उसने अपनी पीली, चिड़चिड़ी आँखों से हमें देखा और दो कुर्सियों की तरफ़ इशारा किया।

"आप मिस्टर हेनरी वुड्स, मैं समझता हूँ जो पहले हिंदुस्तान में थे," होम्स ने स्नेह से कहा, "मैं आपसे ज़रा कर्नल बार्कले के मामले में बात करने आया हूँ।"

"मुझे क्या पता उसके बारे में?"

"यही तो मैं पक्का करना चाहता हूँ क्योंकि अगर यह मामला साफ़ नहीं हुआ तो मैं समझता हूँ कि आपकी पुरानी मित्र मिसेस बार्कले पर हत्या का मुक़दमा चल सकता है।"

वो आदमी और भी खूँखार लगने लगा था।

"मुझे नहीं पता कि आप लोग कौन हैं," उसने चिल्लाकर कहा, "मुझे यह भी नहीं पता कि जो आप कह रहे हैं वह आपको कैसे पता चला लेकिन क्या आप क़सम खाकर कह सकते हैं कि आप जो कुछ कह रहे हैं वह सच है?"

"बिलकुल। उन्हें गिरफ़्तार करने के लिए पुलिस को बस उनके होश में आने का इंतज़ार है।"

"ओ मेरे भगवान! क्या आप लोग भी पुलिस वाले हैं?"

"नहीं।"

"तब फिर इस मामले से आपका क्या लेना-देना है?"

"लोगों को न्याय मिले यह देखना प्रत्येक नागरिक का फ़र्ज़ है।"

"आप मेरी बात का यक़ीन कीजिए, वह निर्दोष है।"

"तब तुम दोषी हो।"

"नहीं, मैं भी नहीं हूँ,"

"फिर कर्नल जेम्स बार्कले को किसने मारा?"

"उसका मरना बस समझो क़िस्मत का खेल था। लेकिन यक़ीन मानो कि जैसी मेरी ख़ुद की भी उसे मारने की इच्छा थी उसके अनुसार अगर मैंने उसे मारा होता तो उससे अपना हिसाब ही चुकाया होता। अगर उसके अपने मन के चोर ने उसे गिराया न होता तो बहुत सम्भव है कि मेरे हाथ उसके ख़ून से रँगे होते। आप चाहते हैं कि मैं पूरी कहानी बताऊँ? ज़रूर बताऊँगा क्योंकि उसमें मेरे लिए शर्मिंदा होने का कोई कारण नहीं है।

"बात ऐसे शुरू होती है। आज आप मेरी पीठ पर कूबड़ देख रहे हैं और मेरी पसलियों को टेढ़ा-मेढ़ा देख रहे हैं लेकिन एक वक़्त वह भी था जब मैं एक सौ सत्रहवीं पैदल रेजिमेंट में सबसे सुन्दर व्यक्ति था। तब हम हिंदुस्तान में थे, एक ऐसी जगह पर जिसे हम 'भर्ती' कहकर पुकारेंगे। यह मृत बार्कले उसी कम्पनी में सार्जेंट था जैसेकि मैं भी था। वहाँ पर सबसे ख़ूबसूरत लड़की थी 'नैंसी डेवॉय', हमारे कलर सार्जेंट की बेटी। उसे दो आदमी प्यार करते थे और आज मुझे इस हाल में देखकर आपको ज़रूर ताज्जुब होगा लेकिन सच यह है कि मेरे सुन्दर होने की वजह से वह मुझसे प्यार करती थी।

"हालाँकि वह मुझे प्यार करती थी पर उसके पिता उसकी शादी बार्कले से करना चाहते थे। मैं था अस्त-व्यस्त-सा लापरवाह लड़का और वह पढ़ा-लिखा और पदोन्नति के लिए चुना गया। लेकिन नैंसी मुझसे सच्चा प्यार करती थी और मेरी उससे शादी हो ही जाती कि दुर्भाग्य से तभी ग़दर शुरू हो गया और पूरे देश में कोहराम मच गया।

"हम सब भर्ती में ही घिर गए थे। उसमें हमारी रेजिमेंट और आधा तोपख़ाना, सिखों की एक टुकड़ी, काफ़ी सारे नागरिक और

औरतें शामिल थीं। हमारे चारों तरफ़ लगभग दस हज़ार विद्रोही थे और वे सब भूखे कुत्तों की तरह हम पर झपटने को तैयार थे। दूसरे सप्ताह में हमारा पानी समाप्त होने लगा था। उस वक़्त हमारे सामने सबसे बड़ा सवाल यह था कि क्या हम जनरल नील की फ़ौज तक अपना सन्देश पहुँचा सकते हैं, जोकि दूसरी दिशा में जा रही थी? हमारे बचने का बस यही एक तरीक़ा था क्योंकि औरतों और बच्चों के होते हुए हम वहाँ से लड़कर नहीं निकल सकते थे। अतः मैंने ख़ुद आगे बढ़कर जनरल नील को हम पर आए ख़तरे के बारे में बताने के लिए जाने की इच्छा जताई। मैंने इस बारे में सार्जेंट बार्कले से बात की क्योंकि उस इलाक़े के बारे में वह सबसे बेहतर जानता था। उसने मुझे एक नक़्शा बना कर दिया जिसके अनुसार मैं विद्रोहियों की सेना के पार जा सकता था। उसी रात दस बजे मैंने अपनी मुहिम शुरू की। हालाँकि उस वक़्त सैकड़ों जानों को बचाने का सवाल था लेकिन मेरे दिमाग़ में सिर्फ़ एक की जान बचाने का ख़याल था।

"मेरे रास्ते में एक सूखा नाला था जोकि मुझे जैसा बताया गया था उसके अनुसार मुझे दुश्मन के सन्तरियों से छिपकर निकलने में मदद करेगा। लेकिन जैसे ही मैंने उस नाले में रेंगना शुरू किया, मेरे सामने छह दुश्मन आ गए जोकि वहाँ छिपे हुए मेरा इंतज़ार कर रहे थे। उन्होंने मेरे सिर पर ज़ोरदार वार किया और मेरे हाथ-पैर बाँध दिए। लेकिन असली वार तो मेरे दिल पर हुआ, क्योंकि उनकी बातचीत से मैं जितना अन्दाज़ लगा सका उसके अनुसार मुझे रास्ता बताने वाले मेरे साथी ने ही मेरे साथ विश्वासघात किया था। उसने अपने एक देसी नौकर के ज़रिये विद्रोहियों को ख़बर कर दी थी।

"ख़ैर, उस बात को ज़्यादा बताने की ज़रूरत नहीं है। पर आपको यह पता चल गया होगा कि जेम्स बार्कले किस हद तक जा सकता

था। दूसरे दिन भर्ती को नील द्वारा मुक्त करा लिया गया था। लेकिन विद्रोही भागते हुए मुझे अपने साथ लेते गए। फिर उसके बाद किसी अंग्रेज़ आदमी को देखने में मुझे सालों लग गए। मुझे यंत्रणाएँ दी गईं, मैंने भागने की कोशिश की पर मुझे पकड़ लिया गया और फिर से यंत्रणाएँ दी गईं। तुम अपने आप देख सकते हो कि मेरा क्या हाल हो गया है। उनमें से कुछ जो नेपाल की ओर भागे थे, वे मुझे अपने साथ ले गए और उसके बाद मुझे दार्जिलिंग के पास रखा गया। वहाँ के पहाड़ी निवासियों ने उन विद्रोहियों को मार दिया और कुछ समय तक मैं उनका गुलाम रहा। फिर मौक़ा देखकर मैं वहाँ से भाग निकला पर मुझे दक्षिण दिशा की जगह उत्तर में जाना पड़ा और मैं अफ़गानों के बीच पहुँच गया। वहाँ मैं कुछ वर्षों तक आवारा घूमता रहा और आख़िर में पंजाब आ गया जहाँ मैं ज़्यादातर देसी लोगों के बीच रहा और वहीं मैंने वे करतब सीखे थे जिनसे मैं अपनी ज़िन्दगी चला रहा हूँ। मुझ जैसे कुरूप को इंग्लैंड वापस जाकर या अपने पुराने साथियों को अपनी पहचान बताकर क्या मिलता? मुझे लगता था कि मेरे दोस्त और नैंसी यही सोचें कि मैं शहीद हो गया हूँगा बजाय मुझे इस हाल में देखने के, एक लकड़ी के सहारे किसी चिंपांजी की तरह लड़खड़ाकर चलते हुए। उन लोगों को यह भरोसा हो गया था कि मैं मर चुका हूँ। मैंने सुन लिया था कि बार्कले ने नैंसी से शादी कर ली है और वह रेजिमेंट में बड़ी तेज़ी से तरक़्क़ी कर रहा है। यह सब जानकर भी मैं चुप रहा।

"लेकिन जब बुढ़ापा आने लगता है तो घर की याद सताने लगती है। सालों से मुझे इंग्लैंड के हरे-भरे खेतों और बाग़ों के सपने आ रहे थे। आख़िरकार मैंने मरने से पहले उन्हें देखने का निश्चय किया। मैंने यहाँ आने के लिए पैसे जोड़े और मैं यहाँ इस जगह आ गया

जहाँ पर सैनिक रहते हैं, क्योंकि मुझे यह अच्छी तरह से पता था कि इन लोगों का मनोरंजन कैसे किया जा सकता है और इस तरह से मैं अपनी आजीविका चला सकता हूँ।"

"तुमने बड़ी मज़ेदार कहानी सुनाई है," शरलॉक होम्स ने कहा, "मैं मिसेस बार्कले के साथ तुम्हारी मुलाक़ात के बारे में पहले भी सुन चुका हूँ जिसमें तुम दोनों ने एक-दूसरे को पहचान लिया था। मैं समझता हूँ कि उसके बाद तुमने उनका उनके घर तक पीछा किया था। तुमने खिड़की से उन दोनों के बीच होने वाले झगड़े को भी देखा था जिसमें उन्होंने अपने पति से तुम्हारे बारे में ज़रूर साफ़-साफ़ बात की होगी। झगड़ा देखकर तुम अपनी भावनाओं पर नियंत्रण नहीं रख पाए और तुम लॉन से भागते हुए आए और उनके झगड़े के बीच कूद पड़े।"

"हाँ, मैंने ऐसा ही किया था, सर। उसने जब मुझे देखा तो उसकी आँखें फैल गई थीं और वह एक धारदार किनारे पर गिर पड़ा था। पर वह गिरने से पहले ही मर चुका था। मैंने उसके चेहरे पर मौत देखी थी। मेरी शकल का दिखाई देना ही उसके लिए ऐसा था जैसे उसके सीने पर किसी ने गोली दाग दी हो।"

"फिर उसके बाद?"

"उसके बाद नैंसी बेहोश हो गई और मैंने उसके हाथ से दरवाज़े की चाभी पकड़ ली थी। मेरा मक़सद था कि मैं उस चाभी से दरवाज़े को खोलकर मदद मागूँगा। लेकिन जब मैं ऐसा करने जा रहा था तभी मुझे लगा कि सब कुछ ऐसे ही छोड़कर भाग निकलना चाहिए क्योंकि कहीं यहाँ के चक्कर में फिर से मेरे बुरे दिन न आ जाएँ। साथ ही यह भी लगा कि अगर मैं पकड़ा गया तो मेरा राज़ भी खुल जाएगा। जल्दबाज़ी में उस चाभी को मैंने अपनी जेब में

डाल लिया और अपनी छड़ी को वहाँ गिरा आया जोकि मैंने परदे पर ऊपर-नीचे जाते हुए अपने 'टेडी' को पकड़ने की कोशिश में इस्तेमाल की थी। वह अपने बक्से में से निकल भागा था, जब मैंने उसे पकड़कर वापस उसके बक्से में डाला तो उसके बाद मैं वहाँ से सरपट भाग लिया।"

"टेडी कौन है?" होम्स ने पूछा।

"वह आदमी झुका और उसने एक तरह के बक्से को सामने खींचा। उसमें से एकदम से एक सुन्दर हल्के लाल और भूरे रंग का पतला और मुलायम जानवर निकला। जिसकी टाँगें छोटी थीं, एक लम्बी पतली नाक थी और बहुत ही ख़ूबसूरत आँखें थीं।

"यह तो नेवला है," मैंने चिल्लाकर कहा।

"हाँ कुछ लोग इसे यही कहते हैं और कुछ इसे साँप को पकड़ने वाला कहते हैं," उस आदमी ने कहा, "यह टेडी कोबरा साँपों को पकड़ने में बहुत तेज़ है। मेरे पास एक बिना फन वाला कोबरा है और यह टेडी हर रात कैंटीन में बैठे लोगों को ख़ुश करने के लिए उसे पकड़ता है।

"और कुछ जानना है आपको?"

"ख़ैर, शायद हमें दोबारा तुम्हारे पास आना पड़े अगर मिसेस बार्कले किसी बड़ी मुसीबत में फँसी तो?"

"अगर ऐसा हुआ तो मैं ख़ुद सामने आ जाऊँगा।"

"लेकिन अगर ऐसा नहीं हुआ तो उस मरे हुए आदमी के ख़िलाफ़ इस मामले को उखाड़ने की कोई ज़रूरत नहीं है चाहे उसने ग़लत ही किया था। तुम्हें यह जानकर सन्तोष होना चाहिए कि तीस साल तक उसके कुकर्म के लिए उसकी अन्तरात्मा उसे कचोटती रही होगी। अरे वह देखो, मेजर मर्फी सड़क की दूसरी तरफ़ से जा रहा है। गुड

बाय, वुड। हमें उससे मिलना है। अब हमें उससे यह जानना होगा कि कल से लेकर आज तक कुछ हुआ तो नहीं?"

हम तेज़ चलकर मेजर मर्फी के पास पहुँच गए।

"ओह, होम्स," उसने कहा, "मुझे लगता है कि तुमने भी सुन लिया होगा कि यह सब हंगामा फ़ालतू ही रहा।"

"तो फिर।"

"जाँच पूरी हो गई। डॉक्टरी जाँच में यह बात साबित हो गई कि उनकी मौत दिल का दौरा पड़ने से हुई थी। देखा कितना आसान केस था।"

"ओह, बड़ा ही मामूली केस था," होम्स ने मुस्कराते हुए कहा, "चलो वॉटसन, मुझे नहीं लगता कि अब एल्डरशॉट में हमारी कोई ज़रूरत है।"

"लेकिन एक बात है," जब हम स्टेशन की तरफ़ बढ़ रहे थे तब मैंने कहा, "अगर पति का नाम जेम्स था और दूसरे शख़्स का नाम हेनरी तो फिर ये डेविड का नाम कहाँ से आया था?"

"वह एक शब्द मुझे सारी कहानी बता देता अगर मैं सच में वैसा बड़ा ज़बरदस्त तर्कशास्त्री होता जैसा कि तुम दूसरों को मेरे बारे में बताते रहते हो। साफ़ है कि इस शब्द का इस्तेमाल धिक्कारने के लिए किया गया होगा।"

"धिक्कारने के लिए!"

"हाँ, डेविड भी कभी-कभी राह भटक जाता था। और एक बार तो उसी दिशा में भटका था जिस तरफ़ सार्जेंट जेम्स बार्कले भटका था। तुम्हें उरिआह और बथशेबा का क़िस्सा याद है? मेरा तो बाइबल का ज्ञान ज़रा कमज़ोर है। लेकिन इतना बता सकता हूँ कि तुम्हें यह कहानी पहले या दूसरे सैमुअल में मिल सकती है।"

रेगेट की पहेली

यह मेरे दोस्त श्रीमान शरलॉक होम्स की सेहत में सुधार होने से कुछ समय पहले की बात है। '87 के बसन्त में बहुत अधिक परिश्रम करने की वजह से जनाब गहरी थकान से बेहाल थे।

अपने नोट्स में मैंने देखा कि वह तारीख़ 14 अप्रैल थी जब मुझे लियॉन्स से एक तार मिला था जिससे मुझे पता चला था कि होम्स होटल डुलोंग में बीमार पड़ा है। चौबीस घंटे के अन्दर मैं उस बीमार कक्ष में पहुँच गया। मुझे यह देखकर बड़ी राहत मिली कि उसका रोग ख़तरनाक नहीं है। उसकी मज़बूत क़द-काठी दो महीने तक चली नीदरलैंड-सुमात्रा कम्पनी के मसले की और बैरन मॉपरट्यू की विराट योजनाओं की जाँच-पड़ताल के सख़्त दबाव की वजह से चरमरा गई थी। इन मामलों में उसने रोज़ाना लगभग पन्द्रह घंटे काम किया था और एक बार से अधिक समय उसने पाँच-पाँच दिन तक लगातार काम किया था। उस काम में फ़तेह हासिल करने के बाद भी, इतनी गहरी थकान की वजह से वह उसके बुरे प्रभाव से नहीं बच पाया था। ऐसे वक़्त में जबकि यूरोप में उसके नाम की धूम मची हुई थी और उसका कमरा बधाई सन्देशों से घुटनों तक अटा पड़ा था, मैंने उसे गहरे अवसाद से घिरा पाया। यहाँ तक कि, यह

जानकारी भी कि उसने उन कामों में सफलता पाई थी जिनमें तीन देशों की पुलिस असफल हो गई थी और यह कि उसने हर क़दम पर यूरोप के सबसे प्रसिद्ध ठग को मात दी थी, उसे उसके अवसाद से बाहर लाने में नाकाम थी।

तीन दिन बाद हम दोनों बेकर स्ट्रीट में साथ-साथ वापस आए थे, लेकिन यह साफ़ था कि तबियत में सुधार के लिए मेरे दोस्त को जलवायु-परिवर्तन की ज़रूरत है। इसके लिए बसन्त के इस मौसम में किसी ग्रामीण परिवेश में एक सप्ताह बिताने के ख़याल ने मुझे भी रोमांचित कर दिया था। मेरे एक पुराने दोस्त कर्नल हेटर, जोकि अफ़गानिस्तान में मेरी देखभाल में थे, ने सर्रे में रेगेट के नज़दीक एक मकान लिया था। उन्होंने मुझसे कई बार वहाँ घूमने आने के लिए अनुरोध किया था। पिछली बार तो उन्होंने यहाँ तक कह दिया था कि 'अगर मैं अपने दोस्त के साथ ही वहाँ आना चाहता हूँ तो वह उसकी भी मेहमाननवाज़ी करने को तैयार हैं।' मुझे होम्स को मनाने में थोड़ा मान-मनौअल तो करना पड़ा पर जब एक बार उसे यह समझ आ गया कि जहाँ हम जा रहे हैं वहाँ सिर्फ़ पुरुष रहते हैं और वहाँ उसे पूरी आज़ादी मिलेगी तो वह चलने के लिए तैयार हो गया। और इस तरह से, लियॉन्स से आने के एक हफ़्ते बाद ही हम कर्नल की छत के नीचे थे। हेटर एक शानदार सैनिक था जिसने काफ़ी दुनिया देखी थी और जैसा कि मैंने सोचा था ठीक वैसे ही उसे जल्द ही पता चल गया कि होम्स और उसमें बहुत कुछ समानता है।

हमारे वहाँ पहुँचने वाली शाम को हम रात के खाने के बाद कर्नल के गन रूम में बैठे हुए थे। होम्स सोफ़े पर लेट गया था

जबकि मैं और हेटर पूर्वी इलाक़े के हथियारों के उसके छोटे-से ज़ख़ीरे का मुआयना कर रहे थे।

"वैसे," हेटर ने अचानक कहा, "मुझे लगता है कि मुझे इनमें से एक पिस्तौल अपने साथ ऊपर ले चलना चाहिए, अगर अचानक कोई ख़तरा हुआ तो।"

"ख़तरा?" मैंने कहा।

"हाँ, आजकल यहाँ भी ख़तरा रहने लगा है। हमारी काउंटी के रईस बूढ़े ऐक्टन के घर में पिछले सोमवार को चोरी हुई थी। हालाँकि कोई ख़ास नुक़सान तो नहीं हुआ लेकिन वे चोर अभी भी पुलिस की गिरफ़्त से बाहर हैं।"

"कोई सुराग नहीं मिला?" होम्स ने कर्नल को घूरते हुए पूछा।

"अभी तक तो कोई नहीं। लेकिन मामला मामूली-सा है, यूँ ही हमारे गाँव-खेड़े का छोटा-मोटा अपराध। होम्स साहब आप उस पर ध्यान दें, ऐसा इसमें कुछ नहीं है, ख़ास तौर से आपके इस अन्तर्राष्ट्रीय कारनामे के बाद।"

होम्स ने हाथ झटककर इस तारीफ़ को नज़रअन्दाज़ करने की कोशिश की पर उसकी मुस्कान ने जता दिया कि उसे इससे ख़ुशी हुई थी।

"क्या उसमें कोई जानने लायक़ बात है?"

"शायद नहीं। चोरों ने लाइब्रेरी पर हाथ साफ़ किया और इतनी मेहनत के बदले उन्हें बहुत कम माल मिला। पूरी जगह को उठा-पटक डाला, ड्राअर्स खोलकर रख दिए, किताबों की अलमारी उलट-पुलट डाली। आख़िर ले क्या गए? पोप की होमर की एक प्रति, दो धातु चढ़ी मोमबत्तियाँ, एक हाथी के दाँत का पेपरवेट, ओक का एक

छोटा-सा बैरोमीटर और सुतली का गोला।"

"क्या अनोखा संग्रह है।" मैंने आश्चर्य से कहा।

"उन लोगों के हाथ जो लग पड़ा वह सब ले लिया।"

होम्स सोफ़े से भुनभुनाया।

"काउंटी पुलिस को इस बारे में कुछ सोचना चाहिए था।" उसने कहा, "क्योंकि साफ़ लगता है..."

लेकिन मैंने बीच में ही अपनी उँगली उठाकर उसे चेतावनी दे दी। "तुम यहाँ आराम करने के लिए आए हो मेरे दोस्त, अभी भी तुम्हारी तबियत ठीक नहीं हुई है इसलिए भगवान के लिए कोई नयी मुसीबत अपने सिर मत लो।"

होम्स ने कर्नल की तरफ़ मज़ाकिया अन्दाज़ में देखते हुए अपने कंधे झटक दिए और बातचीत का रुख़ दूसरी कम ख़तरनाक बातों की तरफ़ मुड़ गया।

लेकिन क़िस्मत को यही मंज़ूर था कि मेरी सारी पेशेवर सावधानी बेकार हो जाए क्योंकि दूसरे दिन सवेरे उस मुसीबत ने इस तरह से हम पर झपट्टा मारा कि उसे नज़रअन्दाज़ करना हमारे लिए नामुमकिन हो गया। ग्रामीण क्षेत्र के हमारे दौरे ने ऐसा मोड़ लिया जैसा हममें से किसी ने सोचा भी नहीं था। हम लोग नाश्ता कर रहे थे कि तभी कर्नल का खानसामा बुरी तरह से काँपता हुआ अन्दर आया।

"क्या आपने ख़बर सुनी, जनाब?" उसने हाँफते हुए पूछा, "कन्निघम के यहाँ की?"

"चोरी!" अपने कॉफ़ी कप को अधर में थामे हुए कर्नल चिल्लाया।

"क़त्ल।"

कर्नल के मुँह से सीटी की आवाज़ निकली। "हे भगवान," उसने कहा, "तो किसका क़त्ल हुआ है? जे पी का या उसके बेटे का?"

"दोनों में से किसी का नहीं। बल्कि कोचवान विलियम का हुआ। सीधे सीने में गोली मारी गई और वह हमेशा के लिए शान्त हो गया।"

"तो उसे मारा किसने?"

"चोर ने, साहब। मार कर तुरन्त ग़ायब भी हो गया। उसने रसोईघर की खिड़की को तोड़ा ही था कि विलियम उसके सामने पहुँच गया और बेचारा विलियम अपने मालिक की संपत्ति की रक्षा करते हुए शहीद हो गया।"

"किस वक़्त?"

"पिछली रात साहब, क़रीब बारह बजे।"

"ओह, तब तो हम वहाँ थोड़ी देर से भी जा सकते हैं," कर्नल ने कहा और फिर नाश्ता करने बैठ गया। जब खानसामा चला गया तो उसने कहा, "ये बड़ा ख़राब हुआ। वह बूढ़ा कन्निघम हमारे यहाँ का एक प्रमुख व्यक्ति है और बड़ा सभ्य आदमी भी है। उसे इस हादसे से बड़ा सदमा लगा होगा क्योंकि वह कोचवान बरसों से उसकी ख़िदमत में था और बड़ा बढ़िया नौकर था। साफ़ लगता है कि ये वही दुष्ट लोग होंगे जिन्होंने ऐक्टन के यहाँ चोरी की थी।"

"और वह अनोखा सामान चुराया था।" होम्स ने विचारों में डूबे हुए कहा।

"सही है।"

"हूँ! वैसे तो यह संसार का सबसे आसान मामला लगता है लेकिन उसी के साथ पहली नज़र में यह थोड़ी उत्सुकता भी जगाता है। क्यों, है कि नहीं? इस देहाती इलाक़े में कोई चोरी करेगा तो उससे उम्मीद यह की जाती है कि वह अपने अपराध की जगह में कुछ परिवर्तन करेगा न कि कुछ ही दिनों के अन्दर उसी ज़िले में दो जगह वारदात करेगा। जब तुमने कल रात सावधानी बरतने के

लिए कहा था, तो मुझे याद है कि मेरे दिमाग़ ने सोचा था कि यह शायद इंग्लैंड का वह इलाक़ा होगा जहाँ अभी तक ऐसी वारदात होने की संभावना नहीं है। इससे तो यही पता चलता है कि मुझे अभी भी बहुत कुछ सीखना है।"

"मुझे लगता है कि यह काम यहीं के चोरों का है।" कर्नल ने कहा, "तभी तो वे ऐक्टन और कन्निघम के घर गए क्योंकि वे दोनों ही यहाँ के सबसे बड़े लोग हैं।"

"और सबसे अमीर भी।"

"हाँ एक वक़्त थे पर अब तो कुछ सालों से एक मुक़दमे ने उन दोनों का ख़ून निचोड़ लिया है। मुझे लगता है कि बूढ़े ऐक्टन ने कन्निघम की आधी मिल्कियत पर दावा ठोंक रखा है और वकील इस मामले में दोनों हाथों लूट रहे हैं।"

"अगर ये चोर यहीं के हैं तो उन्हें पकड़ने में कोई परेशानी नहीं होगी," होम्स ने उबासी लेते हुए कहा, "ठीक है वॉटसन, मुझे इस पचड़े में पड़ने की इच्छा नहीं है।"

"इंस्पेक्टर फोरेस्टर आएँ हैं।" खानसामा ने दरवाज़ा खोलते हुए कहा।

एक चुस्त-दुरुस्त जवान अफ़सर ने अन्दर प्रवेश किया।

"नमस्कार कर्नल," उसने कहा,"मुझे उम्मीद है कि मैंने कोई घुसपैठ नहीं की है, मैंने सुना है कि बेकर स्ट्रीट वाले जनाब होम्स यहाँ आए हुए हैं।"

कर्नल ने मेरे दोस्त की तरफ़ इशारा किया और इंस्पेक्टर ने झुककर उसे सलाम किया।

"हमने सोचा कि आप हमारी मदद करेंगे, जनाब होम्स।"

"भाग्य तुम्हारे साथ नहीं है वॉटसन," होम्स ने हँसते हुए कहा,

"जब तुम आए, हम उसी मामले पर बात कर रहे थे इंस्पेक्टर। शायद तुम उस बारे में कुछ और बातें बता सकते हो।" इसी के साथ वह अपने जाने-पहचाने अन्दाज़ में कुर्सी पर पसर गया और मुझे अन्दाज़ हो गया कि अब उसे रोकना मुश्किल है।

"हमारे पास ऐक्टन के मामले में कोई सुराग नहीं है। लेकिन इस मामले में तो बहुत कुछ जानते हैं और ऐसा लगता है कि यह काम भी उसी गिरोह का है। अपराधी को देख लिया गया है।"

"ओह।"

"हाँ जनाब। लेकिन वह विलियम किरवान को गोली मारने के बाद हिरण की तरह वहाँ से भाग गया था। कन्निघम साहब ने उसे अपने सोने के कमरे की खिड़की से देखा था और एलेक कन्निघम ने उसे पीछे वाले हिस्से से देखा था। तब रात के पौने बारह बजे थे, उसी वक़्त अलार्म भी बजा था। कन्निघम साहब बिस्तर पर बस लेटे ही थे और एलेक अपने ड्रेसिंग गाउन में पाइप पी रहे थे। उन दोनों ने कोचवान विलियम को मदद के लिए पुकारते हुए सुना और एलेक माजरा क्या है यह जानने के लिए नीचे की तरफ़ दौड़े। पीछे का दरवाज़ा खुला था और जैसे ही वह नीचे की सीढ़ी तक आए, उन्होंने दो लोगों को बाहर आपस में गुत्थम-गुत्था होते देखा। उनमें से एक ने गोली चलाई और दूसरा गिर पड़ा और हत्यारा बाग़ की तरफ़ से होता हुआ झाड़ियाँ फलाँग कर भाग लिया। कन्निघम साहब जो अपने सोने के कमरे से यह सब देख रहे थे, उन्होंने उस आदमी को सड़क पर जाते देखा लेकिन वह फ़ौरन लापता हो गया। एलेक उस घायल आदमी की मदद करने के लिए रुक गए थे, इसलिए उस बदमाश को बिना परेशानी भागने का मौक़ा मिल गया था। सिवाय इसके कि वह मझोले क़द का आदमी था और गहरे रंग के कपड़े

पहने था, हमारे पास उसके बारे में और कोई सुराग नहीं है। लेकिन हम जम कर पूछताछ कर रहे हैं और अगर वह कोई अजनबी हुआ तो हम जल्द ही उसका पता लगा लेंगे।"

"विलियम वहाँ कर क्या रहा था? उसने मरने से पहले कुछ बताया?"

"एक शब्द भी नहीं। वह लॉज में अपनी माँ के साथ रहता है। चूँकि वह बड़ा वफ़ादार सेवक था इसलिए हमारा अनुमान है कि वह घर तक यह देखने के लिए आया होगा कि सब कुछ ठीकठाक है या नहीं। ऐक्टन कांड ने सभी को सतर्क रहने को मजबूर कर दिया है। वह चोर जैसे ही दरवाज़े का ताला तोड़कर धक्का मार कर घुसा होगा, विलियम उस पर टूट पड़ा होगा।

"क्या विलियम ने बाहर निकलते वक़्त अपनी माँ से कुछ कहा था?"

"वह बहुत बूढ़ी है और बहरी भी, इसलिए उससे हमें कोई जानकारी नहीं मिली। इस धक्के ने उसे अधपगली बना दिया है, वैसे भी मुझे लगता है कि वह क़ोई ज़्यादा समझदार नहीं है। हाँ, लेकिन एक बड़ा ज़रूरी सुराग है। यह देखिये!"

उसने एक नोटबुक में से काग़ज़ का एक फटा हुआ टुकड़ा निकाला और उसे अपने घुटनों पर रख लिया।

"यह उस मृत व्यक्ति की उँगली और अँगूठे के बीच मिला था। यह ऐसा लगता है जैसे किसी बड़े काग़ज़ का फटा हुआ हिस्सा है। आप देखेंगे कि इस पर जो वक़्त लिखा है वह वही है जिस वक़्त इस आदमी की हत्या हुई थी। शायद इस काग़ज़ के लिए विलियम और क़ातिल के बीच छीना-झपटी हुई होगी। इसे पढ़कर तो ऐसा लगता है जैसे कि मिलने का समय तय किया गया हो।"

होम्स ने काग़ज़ के टुकड़े को लिया, उस पर यह लिखा था—

"पौने बारह बजे, जानना क्या होगा?"

"यह मानते हुए कि यह एक तयशुदा मुलाक़ात थी," इंस्पेक्टर ने अपनी बात जारी रखी, "यह बात निकलकर आती है कि हालाँकि विलियम किरवान की छवि एक ईमानदार आदमी की थी, पर हो सकता है कि वह चोर के साथ मिला हुआ हो। इसीलिए वह चोर से उस जगह पर मिला और शायद दरवाज़ा तोड़ने में मदद भी की हो, लेकिन उसके बाद उनमें झगड़ा हो गया हो।"

"यह लिखाई बड़ी दिलचस्प है," होम्स ने कहा, जोकि काग़ज़ के टुकड़े का बड़ी बारीकी से अध्ययन कर रहा था, "यह तो जैसा मैं सोच रहा था उससे कहीं गहरा मामला है।" उसने अपना सिर अपने हाथों में छिपा लिया। इंस्पेक्टर यह सोचकर मुस्कुरा रहा था कि उसके मामले ने लंदन के मशहूर विशेषज्ञ पर कितना प्रभाव डाला है।

"तुम्हारा आख़िरी कथन," होम्स ने कहा, "कि चोर और नौकर के बीच मिलीभगत होने की संभावना है और यह नोट एक ने दूसरे को मिलने के लिए लिखा होगा, बड़ा मौलिक है और असम्भव भी नहीं है। लेकिन इस लेखन से कुछ और भी पता चलता है..." उसने फिर से अपना सिर अपने हाथों में दे दिया और कुछ पलों के लिए गहरी सोच में चला गया। जब उसने दोबारा अपना सिर उठाया तो मुझे यह देखकर आश्चर्य हुआ कि उसके गाल लाल हो गए थे और उसकी आँखों में बीमारी से पहली वाली चमक थी। वह अपनी पुरानी सारी ऊर्जा के साथ अपने पैरों पर उछलकर खड़ा हो गया।

"मैं तुम्हें बताता हूँ," उसने कहा, "मैं इस केस के हालात पर चुपचाप एक नज़र डालना चाहता हूँ। इसमें कुछ तो ऐसा है जो

मुझे आकर्षित कर रहा है। अगर आप मुझे इजाज़त दें कर्नल, तो मैं आपको और अपने दोस्त वॉटसन को यहीं छोड़ कर, इंस्पेक्टर के साथ कुछ देर इधर-उधर घूमना चाहता हूँ ताकि मैं अपने कुछ एक-दो छोटे-छोटे अनुमानों की सचाई की परीक्षा कर सकूँ। मैं आधे घंटे में फिर आप लोगों के साथ हूँगा।"

डेढ़ घंटा बीत गया तब इंस्पेक्टर वापस लौटा।

"होम्स साहब बाहर मैदान में ऊपर-नीचे चहलकदमी कर रहे हैं," उसने कहा, "वे चाहते हैं कि हम चारों उस घर तक साथ चलें।"

"कन्निघम साहब के?"

"जी, जनाब।"

"किसलिए?"

इंस्पेक्टर ने अपने कंधे उचका दिए, "मुझे नहीं पता जनाब। लेकिन हमारे बीच की बात है, मुझे लगता है कि होम्स साहब अभी तक अपनी बीमारी से बाहर नहीं आए हैं। वे बड़े अजीब व्यवहार कर रहे हैं और उत्तेजित भी हैं।"

"मुझे नहीं लगता कि आपको चिन्ता करने की कोई ज़रूरत है," मैंने कहा, "मैंने देखा है कि उसके पागलपन में भी अपना एक तरीक़ा है।"

"कुछ लोग कहते होंगे कि उसका तरीक़ा पागलपन ही है," इंस्पेक्टर बुदबुदाया "लेकिन वह अब अपना कमाल दिखाने को बेताब हैं, कर्नल, इसलिए अगर आप तैयार हैं तो हमें फ़ौरन निकल चलना चाहिए।"

हमने होम्स को मैदान में ऊपर-नीचे तेज़-तेज़ चलते पाया। उसकी ठोड़ी उसकी छाती की तरफ़ झुकी हुई थी और हाथ पैंट की जेब में ठुँसे हुए थे।

"मामला दिलचस्प होता जा रहा है," उसने कहा," वॉटसन गाँव के इलाक़े का तुम्हारा यह दौरा कुछ तो सफल हो रहा है। मेरे लिए तो यह एक सुहानी सुबह है।"

"मुझे लगता है कि तुम वारदात की जगह हो आए हो।" कर्नल ने कहा।

"हाँ, इंस्पेक्टर और मैंने कुछ पड़ताल भी की है।"

"कोई सफलता?"

"हाँ, हमने कुछ बड़ी दिलचस्प चीज़ें देखी हैं। चलो मैं चलते-चलते रास्ते में आप लोगों को बता दूँगा। सबसे पहले हमने उस बदक़िस्मत आदमी की लाश देखी। वह वाक़ई पिस्तौल की गोली से मरा है जैसा कि बताया गया था।"

"क्या पहले तुम्हें शक था?"

"अरे, सब चीज़ों को परख लेना अच्छा रहता है। हमारा निरीक्षण बेकार नहीं गया। उसके बाद हमने कन्निघम साहब और उनके बेटे से पूछताछ की। उन दोनों ने वह जगह बिलकुल ठीक बताई जहाँ से अपनी लड़ाई के दरम्यान हत्यारा बाग़ की मेंड़ तोड़कर भागा था। वह जानकारी बड़े काम की थी।"

"स्वाभाविक है।"

"उसके बाद हम उस बदक़िस्मत आदमी की माँ से मिले। पर उससे हमें कोई जानकारी नहीं मिली क्योंकि वह बड़ी बूढ़ी और कमज़ोर है।"

"फिर तुम्हारी इस जाँच का परिणाग क्या रहा?"

"यह भरोसा कि यह बड़े अजीब क़िस्म का अपराध है। शायद अब वहाँ हमारे जाने से कुछ ऐसा हो सकता है कि इसका धुँधलापन कुछ कम हो। मैं समझता हूँ इंस्पेक्टर कि एक बात पर हम दोनों

सहमत हैं कि वह जो काग़ज़ का टुकड़ा उस मृत व्यक्ति के हाथ में मिला है जिस पर उसकी मौत का समय लिखा है, वह बड़े महत्त्व का है।"

"इसी से आगे कोई सुराग मिलेगा, होम्स साहब।"

"यह सुराग दे रहा है। जिस किसी ने वह नोट लिखा है वही वह व्यक्ति है जिसकी वजह से विलियम किरवान उस वक़्त बिस्तर से बाहर निकला होगा। लेकिन इस काग़ज़ का बाक़ी हिस्सा कहाँ है?"

"मैंने उस हिस्से को पाने की उम्मीद में पूरी जगह को बहुत ध्यान से देखा था," इंस्पेक्टर ने कहा।

"उसे मृत व्यक्ति के हाथ से फाड़ लिया गया था। कोई आदमी उसे पाने के लिए इतना उत्सुक क्यों था? क्योंकि शायद उस काग़ज़ की वजह से वह आदमी फँस सकता था और उसने उसका क्या किया होगा? सबसे सम्भव है कि उसने उसे अपनी जेब में डाला होगा, उस वक़्त उसे पता भी नहीं चला होगा कि उस काग़ज़ का एक हिस्सा लाश के हाथ में रह गया है। अगर हमें काग़ज़ का वह हिस्सा मिल जाए तो हम इस गुत्थी को सुलझाने के काफ़ी क़रीब पहुँच जाएँगे।"

"सही है, पर हम मुजरिम को पकड़े बग़ैर उसकी जेब तक कैसे पहुँच सकते हैं?"

"हाँ, यह तो सोचने वाली बात है। एक और भी बात है सोचने के लिए। यह नोट विलियम को भेजा गया था। तो जिस आदमी ने इसे लिखा है वह ख़ुद तो इसे लेकर उसे देने नहीं गया होगा वरना वह तो इस सन्देश को ज़बानी भी दे सकता था। तब फिर इस नोट को कौन लेकर आया? या फिर यह डाक से आया था?"

"मैंने पता किया है," इन्स्पेक्टर ने कहा, "विलियम को यह पत्र

कल डाक से मिला था। इसका लिफ़ाफ़ा उसने फाड़ दिया था।"

"बहुत बढ़िया," होम्स ने चिल्लाकर कहा, "तुमने डाकिए को देखा है। यार, तुम्हारे साथ काम करना अच्छा लग रहा है। देखो ये है उसकी कोठरी, अगर तुम ऊपर चलोगे कर्नल तो मैं तुम्हें वारदात की जगह भी दिखा सकता हूँ।"

हम उस सुन्दर कोठरी के पास से गुज़रे जिसमें वह मृत व्यक्ति रहा करता था और ओक के पेड़ों से भरे एक छोटे-से रास्ते से होकर पुराने क्वीन ऐनी हाउस तक पहुँचे जिसकी कुंडी पर मालप्लाक्वेट के युद्ध की तारीख़ लिखी हुई थी। होम्स और इंस्पेक्टर हमें इसके चारों ओर घुमाते हुए इसके किनारे वाले दरवाज़े पर ले गए। दरवाज़े और सड़क के बीच में एक बाग़ था जो झाड़ी के द्वारा सड़क से कटा हुआ था। पुलिस का एक सिपाही रसोई के दरवाज़े पर खड़ा था।

"दरवाज़ा खोल दो, ऑफ़िसर," होम्स ने कहा, "अब देखिये, वह रहीं वे सीढ़ियाँ जिन पर जवान कन्निघम खड़ा हुआ था और वहाँ से उसने उन दो आदमियों को यहाँ लड़ते हुए देखा था जहाँ हम खड़े हैं। बुज़ुर्ग कन्निघम साहब उस खिड़की पर खड़े थे—वह बाएँ से दूसरी—और उन्होंने उस आदमी को झाड़ी की बाईं तरफ़ भागते हुए देखा। वही बेटे ने भी देखा। वे दोनों झाड़ी को लेकर अपनी बात पर पक्के हैं। उसके बाद एलेक बाहर भाग कर आया और घायल आदमी के पास घुटनों के बल बैठा। आपने देखा यह मैदान बड़ा सख़्त है और यहाँ हमारा मार्गदर्शन करने के लिए कोई चिह्न भी नहीं है।" जब वह हमसे बात कर रहा था तो घर के कोने से चक्कर लगाते हुए दो आदमी आए। उनमें से एक भारी-भरकम चेहरे वाला बुज़ुर्ग व्यक्ति था और दूसरा एक चुस्त-दुरुस्त नौजवान

था जिसके तड़क-भड़क वाले कपड़े और चेहरे पर खिली हुई मुस्कान उस अवसर के बिलकुल उलट थे जिसके लिए हम यहाँ आए थे।

"अभी भी तलाश जारी है," उसने होम्स से कहा, "मुझे लगता था कि तुम लंदन वाले कभी ग़लती नहीं करते हो। लेकिन तुम कोई बहुत तेज़ नहीं लगते हो।"

"ओह, पर तुम्हें हमें कुछ वक़्त तो देना पड़ेगा," होम्स ने मज़ाकिया लहज़े में कहा।

"तुम्हें इसकी ज़रूरत पड़ेगी ही," जवान एलेक कन्निघम ने कहा, "आखिर इस घटना का कोई सुराग भी तो नहीं है।"

"एक सुराग है," इंस्पेक्टर ने जवाब दिया, "हमें लगता है कि अगर हम उसे तलाश लें, हे भगवान, होम्स साहब, क्या हुआ आपको?"

मेरे दोस्त के चेहरे पर अचानक डरावने भाव उभर आए। उसकी आँखें ऊपर की तरफ़ चढ़ गईं, चेहरे पर दर्द की रेखाएँ छा गईं और एक घुटी हुई चीख़ के साथ वह ज़मीन पर मुँह के बल गिर पड़ा। अचानक इतने तेज़ हमले से घबराए हम लोग उसे उठाकर रसोई में ले आए और एक बड़ी कुर्सी पर बैठा दिया। उसने कुछ देर तक बड़ी गहरी-गहरी साँसें लीं। आख़िर में, अपनी इस कमज़ोरी के लिए शर्माते हुए माफ़ी माँगते हुए वह एक बार फिर से खड़ा हो गया।

"वॉटसन आपको बताएँगे कि मैं अभी-अभी एक गम्भीर बीमारी से बाहर निकला हूँ," उसने सफ़ाई दी, "और नर्वसनेस के ऐसे हमले मुझ पर हो सकते हैं।"

"क्या मैं तुम्हें अपनी गाड़ी से घर भेज दूँ?" बूढ़े कन्निघम ने कहा।

"नहीं। ख़ैर, अब चूँकि मैं यहाँ हूँ तो मैं एक बात की तसल्ली कर लूँ। हम उसकी आसानी से पुष्टि कर सकते हैं।"

"वह क्या है?"

"मुझे लगता है कि इस बेचारे विलियम का आना चोर के घर में घुसने के बाद ही हुआ होगा, न कि उससे पहले। आप लोगों ने लगता है कि यह मान ही लिया है कि चोर ने दरवाज़े को तोड़ा लेकिन अन्दर नहीं घुसा।"

"मुझे लगता है कि हमारी सोच सही है," कन्निघम साहब ने गम्भीरता से कहा, "ऐसा इसलिए क्योंकि मेरा बेटा एलेक तब तक सोया नहीं था और अगर कोई घर में घुसता तो उसके पैरों की आवाज़ वह शर्तिया सुन लेता।"

"वह कहाँ बैठा था?"

"मैं अपने ड्रेसिंग रूम में सिगरेट पी रहा था।"

"कौन-सी खिड़की है उस कमरे की?"

"वह बाईं तरफ़ की आख़िरी, मेरे पिता से अगली।"

"और तुम्हारे कमरे के दोनों लैंप जल रहे थे?"

"बेशक।"

"तो यहाँ पर कुछ बातें हैं," होम्स ने मुस्कुराते हुए कहा, "क्या यह अजीब नहीं है कि एक चोर—और वह भी एक तजुर्बेकार चोर—जान-बूझकर उस वक़्त मकान में घुसने की कोशिश करे जब वह जलती हुई बत्तियों से यह देख रहा हो कि परिवार के सदस्य अभी जाग रहे हैं।"

"हो सकता है कि वह बड़ा शातिर हो।"

"अगर यह मामला असाधारण नहीं होता तो हमें आपसे पूछने की ज़रूरत ही नहीं पड़ती," जवान एलेक ने कहा, "लेकिन जैसाकि आपकी सोच के मुताबिक़ विलियम के उसे ललकारने से पहले उस आदमी ने घर लूटा था, तो इस पर मैं यह कहूँगा कि यह बड़ा

फालतू विचार है। उस हालत में क्या हमें यह जगह अस्त-व्यस्त नहीं मिलती और हमें वे चीज़ें ग़ायब नहीं मिलतीं जो वह अपने साथ ले गया होगा?"

"यह उस पर निर्भर करता है कि वह क्या ले गया है," होम्स ने कहा, "यह याद रखो कि हम ऐसे चोर से निपट रहे हैं जो बड़ा अजीब प्राणी है और जो अपनी मनमानी योजना पर काम करता है। ज़रा उन निराली चीज़ों के बारे में सोचो जो वह ऐक्टन के घर से ले गया है। क्या थीं वे—धागों का एक गोला, एक पेपरवेट और मुझे नहीं पता और क्या-क्या अला-बला।"

"अब हमें आपका ही सहारा है होम्स साहब," बूढ़े कन्निघम ने कहा, "जो कुछ भी आप या इंस्पेक्टर कहेंगे, वह हम ज़रूर करेंगे।"

"सबसे पहले तो," होम्स ने कहा, "मैं चाहूँगा कि आप अपनी तरफ़ से एक इनाम की घोषणा करें, क्योंकि पुलिस तो इसकी रकम तय करने में बड़ा वक़्त लेगी और ऐसी चीज़ें ये लोग जल्दी कर भी नहीं सकते हैं। मैंने उस घोषणा को बना लिया है, आप उस पर हस्ताक्षर कर सकते हैं। मुझे लगा पचास पाउंड काफ़ी रहेंगे।"

"मैं ख़ुशी से पाँच सौ पाउंड दे दूँगा," जे पी कन्निघम ने उस पर्ची और पेंसिल को लेते हुए कहा जो होम्स ने उन्हें दी थी, "पर ये सही नहीं लिखा गया है।" उन्होंने पर्ची पर नज़र डालते हुए कहा।

"मैंने इसे ज़रा जल्दबाज़ी में लिखा है।"

"देखो तुमने शुरुआत की है जहाँ पर, मंगलवार की सुबह लगभग पौन बजे एक कोशिश की गई थी, वगैरह-वगैरह। लेकिन सचाई यह है कि उस वक़्त पौने बारह बज रहे थे।"

मुझे उस ग़लती पर दुख हुआ क्योंकि मुझे पता था कि इस तरह की किसी भी ग़लती पर होम्स को कितनी पीड़ा पहुँचती है।

तथ्यों के बारे में सटीक होना उसकी ख़ासियत थी, लेकिन उसकी हाल की बीमारी ने उसे हिलाकर रख दिया था। इस छोटे-से वाक़ये से यह ज़ाहिर होता था कि वह अभी भी पूरी तरह अपने आप में नहीं था। वह उस वक़्त कुछ लज्जित हुआ, जबकि इंस्पेक्टर की भवें तन गई थीं और एलेक कन्निघम ज़ोर से हँस पड़ा था। पर, बूढ़े ने पर्ची के सन्देश में लिखी गईं ग़लतियाँ ठीक करके अपने हाथ से लिखीं और काग़ज़ होम्स को वापस पकड़ा दिया था।

"जितनी जल्दी हो सके इसे छपवा लो। मुझे लगता है कि तुम्हारा ख़याल अच्छा है।"

होम्स ने वह काग़ज़ सँभालकर अपनी जेबी नोटबुक में रख लिया।

"और अब हम," उसने कहा, "अच्छा रहेगा कि हम सब मिलकर घर का चक्कर लगाएँ और यह सुनिश्चित करें कि यह विलक्षण चोर कोई चीज़ उठाकर तो नहीं ले गया है न।"

घर में घुसने से पहले, होम्स ने उस दरवाज़े का मुआयना किया जिससे चोर दाख़िल हुआ था। यह साफ़ था कि कोई छेनी या मज़बूत चाक़ू अन्दर डाला गया होगा और उसकी मदद से ताला तोड़ा गया होगा। हम लकड़ी में वे निशान देख सकते थे जहाँ वह अन्दर घुसेड़ा गया होगा।

"आप सिटकनी इस्तेमाल नहीं करते?" उसने पूछा

"हमें इसकी कभी ज़रूरत नहीं लगी।"

"आप कोई कुत्ता भी नहीं रखते?"

"कुत्ता तो है, लेकिन वह घर के दूसरे हिस्से में बँधा है।"

"नौकर सोने के लिए कब जाते हैं?"

"करीब दस बजे।"

"तो विलियम भी अक्सर उसी समय सोने जाता होगा?"

"हाँ।"

"तो इसी रात वह जागता रहा होगा। अब मेहरबानी होगी अगर आप हमें घर दिखा दें, कन्निघम साहब!"

एक पथरीला रास्ता, जिसके एक तरफ़ रसोई थी, लकड़ी की सीढ़ियों की तरफ़ गया था जो सीधे घर की पहली मंज़िल पर जा रही थीं। ये सीढ़ियाँ जहाँ पहुँचीं थीं, उसके ठीक सामने हॉल में से ऊपर आया एक और सुसज्जित ज़ीना था। इनके बाद ड्राइंग रूम था और कई सोने के कमरे थे जिनमें कन्निघम साहब और उनके बेटे के कमरे भी थे। होम्स धीरे-धीरे चलता हुआ घर की वास्तु कला को ध्यान से देख रहा था। मुझे उसके भावों से यह तो पता चल रहा था कि उसे ज़रूर यहाँ किसी बात की गंध आ रही है लेकिन वह क्या सोच रहा है इसकी मैं कल्पना नहीं कर पा रहा था।

"मेरे हुजूर," कन्निघम साहब ने कुछ बेसब्री से कहा, "यह सारा घूमना-फिरना फ़ालतू है। सीढ़ियाँ ख़त्म होने पर मेरा कमरा है और मेरे बेटे का इसके बाद वाला है। मैं अब यह आपके निर्णय छोड़ता हूँ कि यह सोचें कि चोर अगर यहाँ आता तो क्या हमें पता नहीं चलता?"

"मुझे लगता है कि आपको वापस घूमकर कोई नयी गंध लेनी चाहिए," बेटे ने एक कुटिल मुस्कान के साथ कहा।

"फिर भी, मैं आपसे अनुरोध करूँगा कि मेरी थोड़ी बात और मान लें, मैं देखना चाहूँगा कि आप लोगों के कमरों की खिड़कियों से सामने का कितना हिस्सा दिखता है। मैं समझता हूँ कि यह आपके बेटे का कमरा है," —उसने दरवाज़े को धक्का मार कर खोल दिया—"और मैं समझता हूँ कि वह ड्रेसिंग रूम है जहाँ, जब शोर हुआ तो आपका बेटा बैठा हुआ सिगरेट पी रहा था। उसकी

खिड़की से किस तरफ़ दिखता है?" वह सोने के कमरे तक गया और दरवाज़े को धक्का मार कर खोला तथा दूसरे कक्ष को नज़र भर कर देखा।

"मुझे लगता है कि अब आपकी तसल्ली हो गई होगी?" कन्निघम साहब ने व्यंग्य से कहा।

"शुक्रिया, मुझे लगता है मैंने वह सब देख लिया है जो मैं देखना चाहता था।"

"अब अगर सच में ज़रूरी हो तभी हम मेरे कमरे में चलें।"

"अगर इसमें बहुत ज़्यादा परेशानी न हो तो...।"

जे पी ने अपने कंधे उचकाए और हमें अपने कमरे की तरफ़ ले चले जोकि साधारण रूप से सज्जित एक सामान्य-सी जगह थी। जब हम इसे पार करते हुए खिड़की की तरफ़ जा रहे थे, होम्स धीरे-धीरे पीछे हो गया जब तक कि वह और मैं उस समूह में आख़िरी व्यक्ति नहीं हो गए। पलंग के पाए के पास सन्तरों की एक तश्तरी तथा शीशे की एक सुराही पड़ी हुई थी। जैसे ही हम उनके पास से गुज़रे, मैं यह देखकर अवाक् और भौचक्का रह गया कि होम्स ने जान-बूझकर सारी चीज़ों को लात मार कर गिरा दिया। शीशे की सुराही के हज़ार टुकड़े हो गए और फल कमरे के कोने-कोने तक बिखर गए।

"ये तुमने क्या किया वॉटसन? कालीन पूरा गन्दा हो गया।" उसने शान्ति से सब मुझ पर डाल दिया।

मैं चक्कर खा गया पर फिर भी झुककर फल उठाना शुरू कर दिया। मैं समझ गया कि किसी वजह से ही मेरे दोस्त ने यह इलज़ाम मुझ पर डाला है। दूसरों ने भी फल उठाना शुरू कर दिया और जल्द ही तश्तरी फिर भर गई।

"हेलो," इंस्पेक्टर चिल्लाया, "वे कहाँ ग़ायब हो गए?"

होम्स ग़ायब हो गया था।

"आप लोग थोड़ी देर यहाँ इंतज़ार करिए," नौजवान एलेक ने कहा, "मेरे ख़याल से वह आदमी सिरफिरा है। पापा, आप मेरे साथ आइए और हम देखते हैं कि वह क्या हरकत कर रहा है?"

वे कमरे से बाहर भाग गए, कमरे में मुझे, इंस्पेक्टर और कर्नल को एक-दूसरे को घूरता हुआ छोड़ कर।

"मेरी बात मानिए, मैं भी जनाब एलेक की बात से सहमत हूँ, यह उस पर बीमारी का असर भी हो सकता है, पर मुझे लगता है..." इंस्पेक्टर बोला।

अचानक एक चीख़ ने उसके शब्दों को काट दिया, "बचाओ, बचाओ, ख़ून...!" एक झुरझुरी के साथ मैंने महसूस किया कि वह मेरे दोस्त की आवाज़ थी। मैं कमरे से बेतहाशा भागा। वे आवाज़ें जोकि अब तक फटी-फटी अजीब-सी चिल्लाहट बन गई थीं, वे उस कमरे से आ रही थीं जिसे हमने सबसे पहले देखा था। मैं तेज़ी से उसमें घुसा। दोनों कन्निघम ज़मीन पर पड़े शरलॉक होम्स के ऊपर झुके हुए थे, उनमें से युवक ने अपने दोनों हाथों से होम्स का गला दबा रखा था जबकि बूढ़ा लगता था कि उसकी हथेली मरोड़ रहा था। हम तीनों ने झट से होम्स को उनसे छुड़ा लिया। होम्स लड़खड़ाता हुआ अपने पैरों पर खड़ा हुआ, वह एकदम पीला पड़ गया था और बहुत थका हुआ लग रहा था।

"इन दोनों को गिरफ़्तार कर लो, इंस्पेक्टर।" उसने गहरी साँस लेते हुए कहा।

"किस जुर्म में?"

"अपने कोचवान विलियम किरवान को मारने के।"

इंस्पेक्टर ने फटी आँखों से उसे देखा। "ओह, होम्स साहब जाने दीजिए। मुझे लगता है कि आपका मतलब यह नहीं है।"

"हश, ज़रा इनके चेहरे तो देखो!" होम्स कड़वाहट से चिल्लाया।

मैंने इससे पहले कभी किसी के चेहरे पर अपने जुर्म का इतना खुला क़बूलनामा नहीं देखा था। बूढ़ा आदमी तो एकदम सुन्न और स्तब्ध लग रहा था, उसके सख़्त चेहरे पर उदासी के भाव थे। दूसरी तरफ़, उसके बेटे का वह पहचाना हुआ चुस्त- दुरुस्त स्टाइल ग़ायब था बल्कि उसकी काली आँखों में एक ख़तरनाक जंगली जानवर की भयानकता चमक रही थी। इंस्पेक्टर ने कुछ नहीं कहा, बल्कि उसने दरवाज़े पर जाकर सीटी बजाई। उसके दो सिपाही अन्दर आए।

"मेरे पास और कोई चारा नहीं है कन्निघम साहब," उसने कहा, "मुझे भरोसा है कि यह एक ग़लती ही साबित होगी लेकिन फ़िलहाल तो आप देख रहे हैं कि...। ओह, आप? इसे गिरा दीजिए।" उसने अपना हाथ चलाया और युवक जो पिस्तौल निकालने जा रहा था, वह ज़मीन पर गिर पड़ी।

"इसे सँभालकर रखो," उस पर अपना पैर रखते हुए होम्स ने कहा, "मुक़दमे के समय काम आएगी। लेकिन हमें असली तलाश तो इसकी थी।" उसने एक छोटा मुड़ा-तुड़ा काग़ज़ का टुकड़ा ऊपर उठाया।

"उस काग़ज़ की शीट का बाक़ी हिस्सा!" इंस्पेक्टर चिल्लाया।

"हाँ, वही।"

"पर यह था कहाँ?"

"जहाँ मुझे लगता था कि होना चाहिए, वहीं। मैं अभी तुम्हें सारी कहानी साफ़-साफ़ बताता हूँ। मैं सोचता हूँ कर्नल, तुम और

वॉटसन अभी वापस चले जाओ। मैं ज़्यादा से ज़्यादा एक घंटे में तुम लोगों के साथ फिर हूँगा। इंस्पेक्टर और मुझे इन बन्दियों के साथ कुछ बातें करनी हैं। लेकिन मैं दोपहर के खाने तक शर्तिया पहुँच जाऊँगा।"

शरलॉक होम्स अपने वचन का पक्का निकला। लगभग एक घंटे बाद वह कर्नल के स्मोकिंग रूम में हमारे साथ था। उसके साथ एक छोटे क़द का बूढ़ा आदमी भी था जिसका परिचय उसने श्रीमान ऐक्टन के रूप में दिया जिनके घर सच में चोरी हुई थी।

"मैं चाहता था कि जब मैं इस छोटे-से मामले को आप लोगों को बताऊँ तो श्रीमान ऐक्टन भी मौजूद रहें," होम्स ने कहा, "स्वाभाविक है कि इनकी भी इसमें रुचि होगी। मुझे लगता है कर्नल कि तुम्हें उस घड़ी के लिए अफ़सोस होगा जब तुमने मुझ जैसी तूफ़ानी मुसीबत को अपने घर में जगह दी होगी।"

"उसके उलट," कर्नल ने गर्मजोशी से जवाब दिया, "मैं तो इसे बड़ा सौभाग्य समझता हूँ कि मुझे आपके काम करने के तरीक़ों को देखने का मौक़ा मिला। और मैं मानता हूँ कि वे मेरी सोच से कहीं आगे के निकले। मैं तो आपने क्या परिणाम निकाला है उसका अन्दाज़ भी नहीं लगा पा रहा हूँ। मैंने तो सुराग का एक तिनका तक नहीं देखा है।"

"मुझे डर है कि मेरा खुलासा आपको चक्कर में डाल सकता है, लेकिन मेरी यह आदत है कि मैं अपना कोई तरीक़ा छिपाता नहीं हूँ। न तो अपने दोस्त वॉटसन से और न ही किसी ऐसे व्यक्ति से जिसे उसे जानने में सच्ची रुचि हो। पर फ़िलहाल मैं थोड़ा-सा हिला हुआ हूँ उस झटके के कारण जोकि मुझे उस ड्रेसिंग रूम में मिला

था। इसलिए पहले तो मैं तुम्हारी कुछ ब्रांडी पियूँगा कर्नल। मेरी ताक़त पर बड़ा ज़ोर पड़ा है।"

"मुझे यक़ीन है कि तुम्हें अब नर्वस अटैक नहीं पड़ेंगे।"

शरलॉक होम्स खुलकर हँसा। "हम उस बात पर तब आएँगे जब उसकी बारी आएगी," उसने कहा, "मैं इस घटना का पूरा हाल आप लोगों को सिलसिलेवार बताऊँगा, उन बातों की तरफ़ इशारा करते हुए जिनकी वजह से मैं अपने नतीजे पर पहुँच सका था। अगर बीच में आपको कुछ समझ नहीं आए तो मुझे टोक देना।

"जासूसी के काम में यह ज़रूरी है कि बहुत सारे तथ्यों में से उन तथ्यों को पहचाना जाए जो प्रासंगिक हैं और महत्त्वपूर्ण हैं वरना आपकी ऊर्जा और ध्यान केंद्रित होने की बजाय बिखरने लगेगा। अब इस केस में पहले से ही मेरे दिमाग़ में इस बात के बारे में कोई शक नहीं था कि इस गुत्थी को सुलझाने की चाभी उस मृत व्यक्ति के हाथ में मिले काग़ज़ के टुकड़े में है।

"विस्तार से बताने से पहले मैं आपका ध्यान इस तरफ़ खींचना चाहता हूँ कि यदि एलेक कन्निघम का बयान सही था और अगर क़ातिल विलियम किरवान को मारने के बाद फ़ौरन भाग गया था तो ज़ाहिर है कि वह व्यक्ति उस काग़ज़ को मृत व्यक्ति के हाथ से फाड़ने वाला व्यक्ति नहीं हो सकता था। पर अगर वह नहीं था तो निश्चय ही यह काम एलेक कन्निघम ने किया होगा क्योंकि जब तक बूढ़ा आदमी वहाँ पहुँचा तब तक कई नौकर वहाँ पहुँच गए थे। यह आसान-सी बात है लेकिन इंस्पेक्टर ने इसे नज़रअन्दाज़ किया क्योंकि उसने अपनी तहक़ीक़ात ही यह सोचकर शुरू की कि इस काउंटी के अमीरों का इसमें कोई हाथ नहीं हो सकता है। मैं अपनी तहक़ीक़ात में पहले से कभी कोई सोच बना कर नहीं रखता हूँ और

आराम से उस तरफ़ जाता हूँ जहाँ तथ्य मुझे ले चलते हैं। इसलिए इस मामले की छानबीन के पहले ही दौर में मुझे एलेक कन्निघम की भूमिका पर शक हुआ।"

"और उसके बाद मैंने उस काग़ज़ के कोने का बड़ी बारीक़ी से निरीक्षण किया जो इंस्पेक्टर ने हमें दिया था। मुझे फ़ौरन यह एहसास हुआ कि यह किसी बड़े महत्त्वपूर्ण दस्तावेज़ का हिस्सा है। देखिये, यह रहा वह। क्या आपको इसमें कुछ बड़ा इशारा करने वाली बात नहीं लगती है?"

"यह देखने में कुछ असामान्य लगता है।" कर्नल ने कहा।

"जनाब," होम्स चीख़ा, "इस बारे में कोई शक नहीं हो सकता है कि इसे एक नहीं बल्कि दो लोगों ने लिखा है और वह भी ऐसे कि एक अक्षर एक ने लिखा तो दूसरा दूसरे ने। ये देखिये, आपको फ़र्क़ तुरन्त समझ आ जाएगा। इन शब्दों का हल्का-सा भी विश्लेषण आपको यह समझा देगा कि 'तक' और 'ताक़त' में लिखा गया 'त' मज़बूत हाथ से लिखा गया है और 'तकदीर' तथा 'तलाश' कमज़ोर हाथ से।

"अरे हाँ, यह तो एकदम साफ़ समझ आता है," कर्नल चिल्लाया, "लेकिन कोई दो व्यक्ति इस तरह से एक पत्र क्यों लिखेंगे?"

"स्वाभाविक है कि यह कोई ग़लत काम ही होगा और उनमें से कोई एक जो दूसरे पर विश्वास नहीं करता होगा, वह इस बात पर अड़ा होगा कि इस काम में दोनों का हाथ रहे। अब इन दोनों में से जिसने 'तक' और 'ताक़त' लिखे हैं वह गिरोह का सरदार होगा।"

"यह कैसे पता चला?"

"हम एक हाथ के दूसरे हाथ की ख़ासियत का मिलान करने पर इस बात का अनुमान लगा सकते हैं। लेकिन बजाय अनुमान पर रहने

के हमारे पास ज़्यादा विश्वसनीय कारण होने चाहिए। यदि आप इस टुकड़े को ध्यान से देखें तो पाएँगे कि मज़बूत हाथ वाले ने पहले अपने शब्द लिखे हैं और दूसरे के लिए ख़ाली जगह छोड़ दी है जहाँ दूसरे को उन ख़ाली जगहों को भरना था। ये ख़ाली स्थान कुछ जगह पर लिखने के लिए जितनी जगह चाहिए थी उतनी जगह वाले नहीं हैं। और आप देख सकते हैं कि 'तकदीर', लिखते हुए दूसरे आदमी को 'अपनी' और 'द्वारा' के बीच अपने शब्द को सिकोड़ना पड़ा है। इससे पता चलता है कि वे शब्द वहाँ पहले से ही लिखे हुए थे। जिस आदमी ने अपने शब्द पहले लिखे हैं बिना शक उसी ने यह सारी योजना बनाई थी।"

"बहुत अच्छे," जनाब ऐक्टन चिल्लाए।

"लेकिन बड़ा ही सतही कारण है," होम्स ने कहा, "अब हम उस मुद्दे पर आते हैं जो महत्त्वपूर्ण है। आपको शायद यह पता नहीं होगा कि किसी आदमी की लिखाई से उसकी उम्र का पता लगा लेने की कला को विशेषज्ञों ने काफ़ी हद तक सटीक कर दिया है। सामान्य मामलों में इसके द्वारा किसी आदमी की उम्र किस दशक में है इसे काफ़ी हद तक सही बताया जा सकता है। मैंने सामान्य मामले इसलिए कहा है क्योंकि बीमारी और शरीर की कमज़ोरी जवान शख़्स में भी बुढ़ापे के लक्षण ला देती है। इस मामले में, एक का मज़बूत और तगड़ा हाथ देखते हुए और दूसरे की टूटी-फूटी हड्डियों वाली लिखाई देखते हुए, हम कह सकते हैं कि एक जवान आदमी था और दूसरा ज़्यादा उम्र वाला पर पूरी तरह से निर्बल नहीं।"

"शानदार," ऐक्टन फिर से चिल्लाया।

"एक और भी बात है जो ज़रा कमतर है पर बड़ी रोचक है। इन दोनों हाथों के बीच कुछ समानता है। ये उन लोगों के हाथ हैं जो

आपस में ख़ून का रिश्ता रखते हैं। कई ऐसी छोटी बातें हैं जो इसका संकेत करती हैं। मुझे इस बात में कोई शक नहीं है कि इन दोनों हस्तलिपियों में एक तरह का पारिवारिक प्रभाव देखा जा सकता है। फ़िलहाल मैं आपको इस काग़ज़ का परीक्षण करने से मिले परिणामों की ख़ास बातें ही बता रहा हूँ। इसमें तेईस और निष्कर्ष निकलते हैं पर वे आपकी बजाय विशेषज्ञों के काम के ज़्यादा हैं। उनसे मेरे मन में यह ख़याल मज़बूत होता है कि इस पत्र को कन्निघम बाप-बेटे ने लिखा है।

"इतनी दूर तक पहुँचने के बाद, मेरा अगला क़दम था, जुर्म की बारीकियों में जाना और यह देखना कि वे हमारी कितनी मदद कर सकती हैं। मैं इंस्पेक्टर के साथ उस घर तक गया और वह सब देखा जो मैं देखना चाहता था। मुझे इस बात का यक़ीन हो गया था कि उस मरे हुए आदमी के शरीर पर हुआ घाव रिवाल्वर की गोली का है जो चार फ़ीट से ज़्यादा की दूरी से चलाई गई थी। कपड़ों पर पाउडर की कालिख का कोई निशान नहीं था। तब निश्चय ही एलेक ने यह झूठ कहा था कि जब गोली चली तब दो लोग आपस में लड़ रहे थे। उसके अलावा, जहाँ से वह व्यक्ति सड़क पर भागा था उस जगह के बारे में दोनों बाप-बेटे एक राय थे। लेकिन उस जगह पर एक चौड़ी-सी नाली है और नीचे गीलापन है। चूँकि वहाँ पर जूतों के कोई निशान नहीं थे इसलिए मुझे यह विश्वास हो गया कि इन दोनों ने फिर से झूठ बोला है। बल्कि मुझे यह एहसास हो गया कि उस जगह पर कोई बाहरी व्यक्ति था ही नहीं।

"अब मुझे इस जुर्म के उद्देश्य का पता लगाना था। इसके लिए पहले मैंने ऐक्टन साहब के घर हुई चोरी का मामला सुलझाने की कोशिश की। मुझे कर्नल द्वारा बताई गई एक बात से पता चला

था कि ऐक्टन साहब और कन्निघम के बीच कोई क़ानूनी मुक़दमा चल रहा है। मुझे फ़ौरन यह लगा कि उन्होंने ही ऐक्टन साहब की लाइब्रेरी में सेंध लगाई होगी इस केस से सम्बन्धित कुछ महत्त्वपूर्ण दस्तावेज़ हासिल करने के लिए।"

"ज़रूर हो सकता है।" ऐक्टन ने कहा, "इस बारे में उनकी ख़राब नीयत के बारे में किसी को शक नहीं हो सकता है। उनकी वर्तमान जायदाद के आधे हिस्से पर साफ़-साफ़ मेरा हक़ है। अगर उन्हें इस मामले से जुड़ा कोई भी दस्तावेज़ मिल जाता तो वे यक़ीनन इस मामले को कमज़ोर कर देते। शुक्र है कि वे काग़ज़ात मेरे वकीलों के लाकर्स में सुरक्षित हैं।"

"हाँ अब आप समझे," होम्स ने मुस्कराते हुए कहा, "यह एक बड़ा ख़तरनाक और लापरवाही भरा प्रयास था जिसमें मुझे जवान एलेक की सोच लगती है। जब उन्हें कुछ नहीं मिला तो वे इसे सामान्य चोरी का मामला दिखाने के लिए जो कुछ हाथ आया उसे उठा कर अपने साथ ले गए। यहाँ तक सब साफ़ लगता है, लेकिन नहीं! अभी भी कुछ था जोकि साफ़ नहीं था। मैं जिस चीज़ को चाहता था, वह था उस लिखे हुए नोट का ग़ायब हिस्सा। मुझे भरोसा था कि उसे एलेक ने उस मरे हुए आदमी के हाथ से खींच कर निकाला होगा। और यह भी विश्वास था कि उसने उस हिस्से को अपने ड्रेसिंग गाउन की जेब में रखा होगा। भला और कहाँ रख सकता था? अब सवाल यह था कि वह अभी भी वहीं है या नहीं? यह एक पेचीदा काम था और इसी के लिए हम उसके घर गए थे।

"तुम्हें याद होगा कि रसोई के दरवाज़े के बाहर से ही कन्निघम हमारे साथ लग लिये थे। इसलिए सबसे ज़रूरी यह था कि उन्हें इस काग़ज़ के बारे में याद न दिलाया जाए वरना स्वाभाविक है कि

वे सबसे पहले उस काग़ज़ को नष्ट कर देते। इंस्पेक्टर साहब इस बात के महत्त्व को बताने ही जा रहे थे कि क़िस्मत से मैं अचानक ज़मीन पर गिर पड़ा जैसेकि मुझे दौरा पड़ा हो और इस तरह से बातचीत का रुख़ बदल गया।"

"हे भगवान," कर्नल हँसते हुए चिल्लाया, "यानी कि तुम यह कहना चाहते हो कि तुम्हारे साथ की गई हमारी सारी हमदर्दी बेकार थी और तुमने दौरा पड़ने का नाटक किया था।"

"अगर देखा जाए तो बड़ा बढ़िया अभिनय किया था," मैंने कहा और मैं यह सोच रहा था कि यह कैसा आदमी है जो हर बार अपने व्यक्तित्व के एक नए पहलू से मुझे चौंका देता है।

"यह वह कला है जो कई बार काम आ जाती है," उसने कहा, "जब मैंने होश सँभाला तो उस इनाम घोषित करने वाली पर्ची पर लिखने में ग़लतियाँ करके मैंने चालाकी से बुज़ुर्ग कन्निघम से 'तलाश' लिखवा लिया ताकि मैं काग़ज़ पर लिखे उसी शब्द से उसका मिलान कर सकूँ।"

"ओह, मैं भी कितना गधा हूँ।" मैंने कहा।

"मैं देख रहा था कि मेरी कमज़ोरी से तुम्हें कितनी सहानुभूति थी," होम्स ने हँसते हुए कहा, "मुझे दुख है कि मैंने तुम्हें इतना दुख पहुँचाया। उसके बाद हम सब साथ-साथ ऊपर गए। और पहले कमरे में पहुँचकर मैंने देख लिया कि ड्रेसिंग गाउन दरवाज़े के पीछे टँगा है। तभी मैंने दूसरे कमरे में उन चीज़ों को लात मार कर गिरा दिया था। थोड़ी देर के लिए सबका ध्यान उस तरफ़ चला गया और मुझे पहले कमरे में जाकर गाउन की जेबों की तलाशी लेने का मौक़ा मिल गया। मेरे अनुमान के मुताबिक़ काग़ज़ वहीं मिला लेकिन तभी दोनों कन्निघम आकर मुझ पर टूट पड़े और सच

बताऊँ तो अगर तुम लोग वक़्त पर मदद नहीं करते तो उन दोनों ने वहीं और उसी समय मेरा क़त्ल कर दिया होता। अभी भी मुझे अपने गले पर उस जवान कन्निघम की उँगलियों का दबाव महसूस हो रहा है। उसका बाप उस काग़ज़ को लेने के लिए मेरी कलाई मरोड़ रहा था। उन्हें एहसास हो गया था कि मुझे उनकी चाल के बारे में पता चल गया है और इसलिए अब तक आराम से बैठे उन दोनों में घबराहट छा गई थी।

"अब बाद में बूढ़े कन्निघम से मेरी थोड़ी-सी बात हुई इस जुर्म की बाबत। उससे काफ़ी कुछ उगलवाया जा सकता था लेकिन उसका बेटा तो पूरा राक्षस है। वह तो किसी की भी खोपड़ी उड़ा दे अगर उसके हाथ में रिवॉल्वर आ जाए। बूढ़े कन्निघम ने जब यह देख लिया कि पूरा मामला खुल गया है और उसके ख़िलाफ़ मज़बूत केस है तो उसने सब कुछ बता दिया। लगता है कि जिस रात इन दोनों ने ऐक्टन के यहाँ धावा बोला था उस रात विलियम ने चुपचाप इनका पीछा किया था। उसके बाद उसने इन्हें ब्लैकमेल करना शुरू कर दिया था। पर इस तरह से खिलवाड़ करने के लिहाज़ से एलेक बहुत ख़तरनाक आदमी था। चोरी की वारदातों का जो डर फैला था उसमें उसे इस आदमी से छुटकारा पाने का अवसर दिख गया था। विलियम को जाल में फँसाया गया और मार दिया गया। अगर उन्हें पूरा नोट हासिल हो गया होता और उन्होंने जुर्म में इस्तेमाल अपनी सहायक सामग्रियों पर थोड़ा और ध्यान दिया होता तो शायद उन पर कभी शक नहीं होता।"

"और वह नोट कहाँ है?" मैंने पूछा।

शरलॉक होम्स ने उस काग़ज़ को हमारे सामने निकाला और उसको जोड़ कर रख दिया।

"इसका तो मुझे अनुमान था," उसने कहा, "हालाँकि, हमें अभी तक यह नहीं पता कि एलेक कन्निघम, विलियम किरवान और उस काग़ज़ में जिसका ज़िक्र किया गया था उस एनी मॉरिसन के बीच क्या सम्बन्ध है? पर एक बात है कि जाल बड़ी चालाकी से बुना गया था। वॉटसन, मुझे लगता है कि यहाँ पर हमारा आना कुछ काम का रहा और अब मैं एकदम तरोताज़ा होकर कल बेकर स्ट्रीट में क़दम रखूँगा।"

सन्तरे के पाँच बीज

जब मैं सन 82 और 90 के बीच के शरलॉक होम्स के मामलों के अपने नोट्स और रिकाड्‌र्स देखता हूँ तो मुझे उनमें इतने अद्‌भुत और मनोरंजक केस दिखाई देते हैं कि समझ नहीं आता है कि किसे लिया जाए और किसे छोड़ा जाए! हालाँकि उनमें से कुछ को समाचार-पत्रों में पहले ही प्रसिद्धि मिल चुकी है और कुछ अन्य में होम्स को वे व्यक्तिगत कुशलताएँ दिखाने का मौक़ा नहीं मिला जो मेरे दोस्त में पूरी तरह से भरी हुई हैं। लेकिन कुछ ऐसे केस भी हैं जिन्होंने उसकी विश्लेषण क्षमता को भी चकरा दिया था और जिन्हें ऐसी कहानियाँ कहा जा सकता है जिनका कोई अन्त नहीं होता है। जबकि कुछ और मामलों का हल संयोग से या अनुमान के आधार पर हो गया था बजाय उसके पसन्दीदा तरीक़े के यानी तार्किक प्रमाणों के आधार के बिना। आख़िरी वाली श्रेणी में एक मामला ऐसा है जो अपने विवरण में इतना विशिष्ट और आश्चर्यचकित कर देने वाला है कि मैं उसका बयान करने से अपने को रोक नहीं पा रहा हूँ। हालाँकि इससे जुड़े कुछ मुद्‌दे आज तक साफ़ नहीं हुए हैं और शायद कभी होंगे भी नहीं।

वर्ष 87 ने हमें कई ऐसे अधिक या कम रुचि वाले केस दिए जिनका मैंने रिकॉर्ड रखा हुआ है। इन बारह महीनों के अपने खाते में मुझे पैराडोल चैम्बर के कारनामे का ज़िक्र मिलता है, एक कारनामा एमेच्युर मेंडीकैंट सोसाइटी का है जिसके पास एक फ़र्नीचर के गोदाम के निचले हिस्से में एक भव्य क्लब था, फिर ब्रिटिश बार्क सोफ़ी एंडरसन के नुक़सान से जुड़े तथ्य मिलते हैं, उफ्फा द्वीप में ग्रीस पैटर्सन्स के अकेले कारनामों का ज़िक्र मिलता है और आख़िर में केम्बरवेल को ज़हर दिए जाने का मामला मिलता है। आख़िरी वाले में, अगर याद करें तो शरलॉक होम्स ने मृत व्यक्ति की घड़ी में चाभी भरकर यह साबित कर दिया था कि इसमें दो घंटे पहले चाभी भरी गई है और उसका मतलब था कि मृतक उसी समय के आसपास सोने के लिए गया होगा—इस निष्कर्ष ने केस को सुलझाने में अहम भूमिका निभाई थी। इन सब के बारे में भी मैं आगे कभी लिखूँगा लेकिन इनमें से कोई भी क़िस्सा उतना उल्लेखनीय नहीं है जितना कि यह अजीब हादसों की दास्तान जो मैं अभी बताऊँगा।

सितम्बर के आख़िरी दिन थे, और विषुवतीय तेज़ हवाएँ बला की तेज़ी से चल रही थीं। हवा पूरे दिन चिंघाड़ रही थी और बारिश इस तरह हमारी खिड़कियों पर थपेड़े मार रही थी कि हम लंदनवासियों को अपने-अपने कामों से सिर उठाकर कुदरत के उन तत्त्वों की मज़बूत मौजूदगी का एहसास करना पड़ा था जोकि हमारी सभ्यता की सलाखों के पीछे से मानवता पर इस तरह चिल्ला रहे थे जैसेकि किसी पिंजड़े में गुर्राते जानवर हों। जब शाम हुई, तूफ़ान और भयानक हो गया और हवा चिमनी में फँसे बच्चे की तरह चिल्ला-चिल्लाकर सिसकियाँ लेने लगी। शरलॉक होम्स कुछ मूड में एक तरफ़ आतिशदान

के पास बैठा हुआ जुर्म के रिकाड्र्स का अनुक्रम ठीक कर रहा था जबकि मैं दूसरी तरफ़ क्लार्क रस्सेल की बेहतरीन समुद्री कहानियों में डूबा हुआ था। तूफ़ान की आवाज़ मेरी कहानियों के पाठ से मेल खा रही थी और बारिश की लम्बी बौछारें समुद्र की ऊँची लहरों से मेल खा रही थीं। मेरी पत्नी अपने मायके गई हुई थी इसलिए एक बार फिर कुछ दिनों के लिए मैं बेकर स्ट्रीट पर अपने पुराने निवास का निवासी हो गया।

"क्यों?" मैंने अपने साथी की ओर देखते हुए कहा, "शायद यह दरवाज़े की घंटी की आवाज़ है। ऐसी रात में कौन आ सकता है? तुम्हारा कोई दोस्त होगा, शायद?"

"तुम्हारे सिवाय मेरा और कोई दोस्त नहीं है," उसने जवाब दिया, "और मैं मिलने आने वालों को उत्साहित नहीं करता हूँ।"

"तब तो कोई मुवक्किल ही होगा!"

"यदि ऐसा हुआ तो ज़रूर कोई गम्भीर मामला होगा वरना आज के इस दिन में कोई आदमी बाहर नहीं निकलता और वह भी इस वक़्त। फिर भी मैं यह मान लेता हूँ कि यह हमारी मकान मालकिन का कोई मित्र होगा।"

शरलॉक होम्स का अनुमान ग़लत था क्योंकि गलियारे में चलने की आवाज़ नज़दीक आई और फिर हमारे दरवाज़े पर थपथपाहट हुई। होम्स ने हाथ बढ़ाकर लैंप को अपने से कुछ दूर करके ख़ाली कुर्सी की तरफ़ किया जिस पर उस आगंतुक को बैठना था और कहा, "आ जाइए।"

जो आदमी दाख़िल हुआ वह जवान था, शायद बाईस साल के आसपास का, बढ़िया व्यक्तित्व, चुस्त-दुरुस्त कपड़े और अपने आप में एक संभ्रांत झलक लिए हुए। पानी की धार बहाता हुआ छाता जो

उसने अपने हाथ में ले रखा था और उसके भीगे हुए लम्बे वाटरप्रूफ जूते उस मौसम की कहानी कह रहे थे जिसमें से होकर वह आया था। होम्स ने लैंप की रोशनी में उसे उत्सुकता से देखा। मैंने देखा कि उस व्यक्ति का चेहरा पीला पड़ा हुआ था और आँखें उस आदमी के समान भारी दिख रही थीं जो किसी बहुत बड़ी चिन्ता से घिरा हो।

"मैं माफ़ी चाहता हूँ," अपनी नाक पर सुनहरे चश्मे को ऊपर करते हुए उसने कहा, "मुझे विश्वास है कि मैं कोई घुसपैठ नहीं कर रहा हूँ। मुझे खेद है कि मेरे साथ तूफ़ान के कुछ चिह्न भी आपके इस आरामदेह कमरे में चले आए।"

"मुझे अपना कोट और छाता दो," होम्स ने कहा, "उन्हें यहाँ हुक पर लटका देते हैं, सूख भी जाएँगे। मुझे लगता है कि तुम दक्षिण पूर्व से आए हो।"

"हाँ, होर्षम से।"

"वह मिट्टी और चाक का जो मिश्रण मैं तुम्हारे पंजे पर देख रहा हूँ वह काफ़ी ख़ास है।"

"मैं सलाह लेने के लिए आया हूँ।"

"वह तो बड़े आराम से मिल जाती है।"

"और मदद?"

"वह हमेशा इतनी आसानी से नहीं मिलती है।"

"मैंने आपके बारे में काफ़ी सुना है, मिस्टर होम्स। मैंने मेजर प्रेंडरगास्ट से सुना है कि कैसे आपने उन्हें टैंकरविले क्लब षड्यंत्र मामले में बचाया था।"

"हाँ, बेशक। उन पर ताश में बेईमानी करने का ग़लत इलज़ाम लगा था।"

"उन्होंने कहा कि आप किसी भी मामले को हल कर सकते हैं।"

"उन्होंने कुछ ज़्यादा ही कह दिया।"

"कि आपने कभी मात नहीं खाई।"

"मैंने चार बार मात खाई है—तीन बार आदमियों से और एक बार एक औरत से।"

"लेकिन आपने बहुत सारी सफलताएँ हासिल की हैं। उनके आगे तो ये कुछ भी नहीं हैं।"

"हाँ यह सही है कि अक्सर मुझे सफलता मिल जाती है।"

"तब तो मेरे मामले में आप मेरा साथ देंगे।"

"मैं अनुरोध करता हूँ कि तुम अपनी कुर्सी आग के पास ले आओ और अपने केस के बारे में मुझे कुछ बताओ।"

"यह कोई साधारण मामला नहीं है।"

"मेरे पास जो भी मामला आता है वह ऐसा ही होता है। मैं अपील करने का आख़िरी मुकाम होता हूँ।"

"तब भी मैं आपसे पूछता हूँ, जनाब, कि क्या आपने कभी जो घटनाएँ मेरे परिवार में हुई हैं उनसे ज़्यादा रहस्यमय और अबूझ घटनाओं के बारे में सुना है?"

"तुमने तो मेरे अन्दर उत्सुकता जगा दी है। मुझे शुरू से बताओ कि हुआ क्या है? उसके बाद मैं तुमसे उन बातों के बारे में पूछूँगा जो मुझे बहुत ज़रूरी लगेंगी।"

उस युवक ने कुर्सी आगे खींच ली और अपने पैर आग की तरफ़ फैला दिए।

"मेरा नाम," उसने कहा, "जॉन ओपेनशॉ है, लेकिन जहाँ तक मैं समझता हूँ, इस भद्दे मामले से मेरा लेना-देना बहुत कम है। यह ख़ानदानी मामला है, इसलिए आपको तथ्यों की सही जानकारी देने के लिए मैं इस मामले को शुरू से बताऊँगा।

"आपको मालूम होना चाहिए कि मेरे दादा के दो बेटे थे—मेरे चाचा एलिअस और मेरे पिता जोसफ। मेरे पिता की एक फैक्ट्री कोवेंट्री में थी, जिसका साइकिल की खोज होने के बाद उन्होंने विस्तार किया था। उनके पास ओपेनशॉ अनब्रेकेबल टायर का पेटेंट था और वह कारोबार इतना कामयाब हुआ कि वे उसे बेचकर अच्छी-ख़ासी रकम लेकर काम से निवृत्त हो गए थे।

"मेरे चाचा एलिअस जब जवान थे तभी अमेरिका चले गए थे और फ्लोरिडा में खेती करने लगे थे और सुना है कि उनका काम बहुत बढ़िया चल रहा था। लड़ाई के समय वे जैक्सन की सेना में थे और उसके बाद हुड की सेना में जहाँ वे कर्नल के पद तक गए थे। जब ली ने हथियार डाल दिए तो मेरे चाचा वापस अपनी खेती पर लौट आए और फिर तीन-चार साल तक उसी में लगे रहे थे। लगभग 1869 या 1870 में वे यूरोप वापस आए और होर्षम के समीप ससेक्स में एक छोटी-सी जायदाद ली। उन्होंने अमेरिका में बहुत पैसा कमाया था। वहाँ से वापस आने का कारण था नीग्रो लोगों के प्रति उनकी नफ़रत और उन लोगों को मत देने का अधिकार देने की रिपब्लिकन नीति से उनकी चिढ़। वे कुँवारे व्यक्ति थे, बहुत कठोर और जल्दी ग़ुस्से में आने वाले। जब वे ग़ुस्सा होते तो बहुत गालियाँ देते थे और बहुत ही आलसी स्वभाव वाले भी थे। होर्षम में रहने के सारे सालों में, मुझे नहीं लगता कि वे कभी भी शहर गए हों। उनका अपने घर के इर्द-गिर्द एक बाग़ और दो या तीन खेत थे। वहीं पर वे कसरत कर लेते थे। हालाँकि वैसे वे कई-कई सप्ताह तक अपने कमरे से बाहर भी नहीं निकलते थे। वे ब्रांडी बहुत पीते थे और सिगरेट भी। वे किसी से मिलना-जुलना पसन्द नहीं करते थे यहाँ तक कि अपने भाई से भी नहीं।

"लेकिन वह मुझे पसन्द करते थे। शायद उसकी वजह यह थी कि जब उन्होंने पहली बार मुझे देखा था मैं लगभग बारह साल का बच्चा रहा हूँगा। वह शायद साल 1878 की बात होगी। तब तक उन्हें इंग्लैंड में रहते हुए आठ या नौ वर्ष हो गए थे। उन्होंने मेरे पिता से अनुरोध किया था कि मुझे उनके साथ रहने दें और अपने स्वभाव के हिसाब से तो वे मेरे साथ बड़े विनम्र थे। जब वे सही मूड में होते तो मेरे साथ लूडो और शतरंज खेला करते और नौकरों तथा फेरीवालों के लिए तो मैं ही उनका सन्देशवाहक था। इससे यह हुआ कि सोलह साल की उम्र तक पहुँचते-पहुँचते एक तरह से मैं ही घर का मालिक बन गया था। सारी चाभियाँ मेरे पास रहती थीं और मैं घर में जहाँ चाहे जा सकता था और जो चाहे कर सकता था। बस मुझे यह ख़याल रखना होता था कि उनके अकेलेपन में कोई बाधा न पड़े। हाँ, पर एक अपवाद ज़रूर था। उनके पास एक कमरा था, अटारी के कमरों के बीच, जो हमेशा बन्द रहता था और जिसमें वे मुझे या किसी भी दूसरे को नहीं घुसने देते थे। अपनी बच्चों वाली उत्सुकता में मैंने चाभी के छेद से उसके अन्दर झाँकने की कोशिश की थी पर मुझे ऐसे पुराने सन्दूकों और बंडलों के सिवाय कुछ दिखाई नहीं दिया जोकि ऐसे कमरों में अक्सर हुआ करते हैं।

"एक दिन—मार्च 1883 में उनकी मेज़ पर विदेशी टिकट लगा एक लिफ़ाफ़ा पड़ा मिला। उनके लिए कोई पत्र आना सामान्य बात नहीं थी चूँकि उनके सभी बिलों का भुगतान नकद होता था और उनका कोई दोस्त तो था नहीं। "इंडिया से", लिफ़ाफ़ा उठाते हुए उन्होंने कहा, "पांडिचेरी की मोहर! क्या हो सकता है?" उन्होंने उसे जल्दी से फाड़ा और उसमें से सन्तरे के पाँच सूखे बीज निकलकर सामने रखी प्लेट पर गिर पड़े। यह देखकर मुझे हँसी आ गई, पर

उनके चेहरे के भाव देखकर मैं गम्भीर हो गया। उनके होंठ लटक रहे थे, उनकी आँखें बाहर की तरफ़ निकल आई थीं, उनकी त्वचा सफ़ेद हो गई थी और वे एकटक उस लिफ़ाफ़े को देख रहे थे जो उनके हाथ में काँप रहा था। "के.के.के.!" वे चिल्लाए और उसके बाद कहा, "ओह मेरे भगवान, हे मेरे भगवान, मेरे पापों ने मुझे घेर ही लिया।"

"यह क्या है अंकल," मैं चीख़ा।

"मौत," उन्होंने कहा और वे वहाँ से उठकर अपने कमरे में चले गए। पीछे रह गया मैं डर से धड़कता दिल लिए हुए। मैंने लिफ़ाफ़े को उठाया और देखा कि लिफ़ाफ़े के अन्दर की तरफ़ लगे चिपकाने वाले गोंद के थोड़े ऊपर लाल स्याही से घसीटवा लिखाई में तीन बार 'के, के, के' लिखा हुआ था। उस लिफ़ाफ़े में बस उन पाँच सूखे बीजों के सिवाय और कुछ नहीं था। फिर उनके इतने ज़्यादा डरने की क्या वजह होगी? मैं नाश्ते की मेज़ से उठा और जब मैं सीढ़ियाँ चढ़ रहा था तब मुझे वे मिले। उनके एक हाथ में एक जंग लगी चाभी थी जोकि निश्चित रूप से अटारी की होगी तथा दूसरे हाथ में काँसे का एक बॉक्स था, पैसा रखने के तिजोरी-बॉक्स जैसा।

"उन्हें जो करना है वह करें पर मैं भी क़सम खाकर कहता हूँ कि मैं तब भी उन्हें मात दे दूँगा," उन्होंने कहा। "मैरी से बोलो कि आज मेरे कमरे में आग जला दे और होर्षम के वकील फोरधम को बुलवाओ।"

"मैंने ठीक वैसा ही किया जैसा उन्होंने कहा था। जब वकील आया तो मुझे भी उनके कमरे में आने को कहा गया। उस वक़्त आग ज़ोर से जल रही थी और उसके पास राख का एक फूला हुआ ढेर दिख रहा था जो लगता था जैसे जले हुए काग़ज़ हों जबकि उसी के

पास काँसे का बॉक्स खुला पड़ा था वह ख़ाली था। जब मैंने बॉक्स पर नज़र डाली तो पाया कि उसके ढक्कन पर भी उसी तरह से तीन बार 'के' छपा था जैसे सुबह वाले लिफ़ाफ़े पर लिखा हुआ था।

"जॉन, मैं चाहता हूँ," अंकल ने मुझसे कहा, "कि तुम मेरी वसीयत के गवाह बनो। मैं अपनी यह सारी जायदाद इसके सभी लाभ और हानि के साथ अपने भाई यानी तुम्हारे पिता के नाम छोड़ रहा हूँ जो आगे चलकर अपने आप तुम्हारे पास आ जाएगी। अगर तुम आराम से इसके मज़े ले सको तो अच्छा रहेगा। लेकिन अगर तुम ऐसा न कर सको तो मेरी बात याद करके इसे अपने सबसे ख़तरनाक दुश्मन के नाम कर देना। इस तरह की दुधारी संपत्ति तुम्हें देते हुए मुझे दुःख है लेकिन हालात कौन-सी करवट लेने जा रहे हैं यह मुझे भी नहीं पता है। फोरधम साहब जहाँ कहीं भी कहें वहाँ हस्ताक्षर कर देना।"

"जैसा मुझसे कहा गया था उसी के अनुसार मैंने हस्ताक्षर कर दिए और वकील उन काग़ज़ों को अपने साथ ले गया। इस एक घटना ने मेरे ऊपर बड़ा गहरा प्रभाव डाला था। मैंने इसके बारे में अपने दिमाग़ में बार-बार हर तरह से सोचा लेकिन मैं कोई निष्कर्ष नहीं निकाल सका। फिर भी मैं उस डर से बाहर नहीं आ पा रहा था जो इस घटना ने मेरे ऊपर फैलाया था। धीरे-धीरे समय के साथ यह भय भी कम होता गया क्योंकि हमारे जीवन पर बुरा असर डालने वाली कोई भी घटना नहीं हुई थी पर मैं अपने अंकल में एक परिवर्तन देख रहा था। वह पहले से ज़्यादा पीने लगे थे और अब उन्हें किसी के संग-साथ की रत्ती-भर भी ज़रूरत नहीं थी। अपना ज़्यादातर वक़्त वे अपने कमरे में ही गुज़ारने लगे थे। उनके कमरे का दरवाज़ा आम तौर पर अन्दर से बन्द ही रहा करता, पर कभी-कभी वे अपने

कमरे से नशे की हालत में बाहर निकला करते थे और सीधे बाग़ में चले जाते थे। उनके हाथ में एक रिवॉल्वर होता था जिसे हाथ में नचाते हुए वे चिल्लाया करते थे कि 'वे किसी से भी नहीं डरते हैं और कोई आदमी या शैतान उन्हें हरा नहीं सकता है।' जब उनका यह जुनून शान्त होता था तो वे बेतहाशा भागकर अन्दर आते और घर का दरवाज़ा बन्द कर लेते थे। उन्हें देखकर लगता था जैसे कि कोई बहुत ही डरा हुआ आदमी अब हिम्मत छोड़ चुका हो। ऐसे वक़्त में मैंने उनका चेहरा देखा है। वह ठंड के दिनों में भी भीगा होता था जैसे कि अभी-अभी मुँह धोया हो।

"ख़ैर जनाब होम्स, मैं आप लोगों के धैर्य की ज़्यादा परीक्षा न लेते हुए अपनी बात समाप्त करने की तरफ़ आता हूँ। फिर एक रात ऐसी आई जब वे नशे की हालत में बाहर की तरफ़ दौड़कर गए और फिर कभी वापस नहीं लौटे। जब हम उन्हें ढूँढ़ने गए तो हमने उन्हें बाग़ के नीचे की तरफ़ काई जमे एक तालाब में औंधे मुँह पड़ा पाया। उनके शरीर पर मारपीट का कोई निशान नहीं था और तालाब में पानी भी बस दो फ़ीट था। पंचों ने यह फ़ैसला दिया कि यह आत्महत्या है। लेकिन मैं जानता था कि उन्हें मौत से डर लगता है इसलिए मुझे यह विश्वास नहीं हो रहा था कि वे इस तरह का कोई भी क़दम उठाने की हिम्मत कर सके होंगे। ख़ैर, मामला आगे बढ़ा और वह जायदाद और बैंक खाते में पड़े लगभग 14,000 डॉलर मेरे पिता के हाथ में आ गए।"

"एक मिनट," होम्स ने टोका, "मुझे लग रहा है कि मैंने अभी तक जितने भी केसों के विवरण सुने हैं उनमें सबसे अनोखा विवरण मुझे तुम्हारा लग रहा है। ज़रा मुझे तुम्हारे अंकल को लिफ़ाफ़ा मिलने और उनकी तथाकथित आत्महत्या की तारीख़ें तो बताना।"

"वह पत्र 10 मार्च 1883 को आया था और उसके सात सप्ताह बाद 2 मई की रात को उनका देहांत हुआ।

"धन्यवाद, अब आप आगे बोलें।"

"जब मेरे पिता ने होर्षम की जायदाद का क़ब्ज़ा लिया, तब मेरे अनुरोध पर उन्होंने अटारी का बारीक़ी से निरीक्षण किया जोकि हमेशा बन्द रहती थी। हमें वह कांसे का बॉक्स वहाँ मिला। हालाँकि उसके अन्दर जो कुछ होगा वह नष्ट हो चुका था। उस बॉक्स के ढक्कन के अन्दर की तरफ़ काग़ज़ का एक लेबल था, उस पर भी 'के, के, के' लिखा हुआ था और उसके नीचे 'पत्र, ज्ञापन, रसीदें और एक रजिस्टर' लिखा हुआ था। हमें लगा कि ये अक्षर उन काग़ज़ों की तरफ़ इशारा कर रहे हैं जिन्हें कर्नल ओपेनशॉ ने जला दिया था। इसके अलावा उस अटारी में कुछ ख़ास नहीं मिला सिवाय बहुत सारे बिखरे हुए काग़ज़ों और रजिस्टरों के जिन पर उनके अमेरिका के दिनों की ज़िन्दगी की कहानी लिखी हुई थी। उनमें से कुछ युद्ध के समय के थे और बताते थे कि उन्होंने अपने फ़र्ज़ को बख़ूबी निभाया था और यह कि उन्हें एक बहादुर सैनिक के रूप में जाना जाता था। कुछ अन्य काग़ज़ दक्षिणी राज्यों के बनने के समय के थे। वे ज़्यादातर राजनीति से सम्बन्धित थे। उन्होंने निश्चय ही उत्तर से आने वाले सुविधाजीवी राजनीतिकों का कड़ा विरोध किया था।

"ख़ैर, '84 के आरम्भ में मेरे पिताजी होर्षम में रहने के लिए आए और '85 की जनवरी तक हमारे साथ सब कुछ लगभग ठीकठाक चला। लेकिन नए साल के चौथे दिन जब हम नाश्ते की मेज़ पर बैठे हुए थे, मेरे पिता की आश्चर्य से एक तेज़ चीख़ निकली। उनके एक हाथ में अभी-अभी खोला गया एक लिफ़ाफ़ा था और दूसरे हाथ की खुली हथेली में सन्तरे के पाँच सूखे बीज। जब मैंने पहले उन्हें

कर्नल के साथ हुई इस तरह की घटना के बारे में बताया था तब वे उसे फ़ालतू कहानी समझकर हँसी में उड़ा देते थे लेकिन अब वही घटना अपने साथ होने पर वे काफ़ी डरे हुए और असमंजस में दिखाई दे रहे थे।

"यह क्या है, इसका क्या मतलब है, जॉन?" उन्होंने हकलाते हुए कहा।

"मेरा दिल कह रहा है कि यह 'के, के, के', होगा।" मैंने कहा।

उन्होंने लिफ़ाफ़े के अन्दर देखा और चिल्लाकर कहा, "हाँ वही है। देखो ये रहे वो अक्षर। लेकिन इनके ऊपर ये क्या लिखा है?"

"उन काग़ज़ों को धूपघड़ी पर रख दो," मैंने उनके कंधे के ऊपर से झाँकते हुए पढ़ा।

"कौन से काग़ज़? कौन-सी धूपघड़ी?" उन्होंने पूछा

"धूपघड़ी तो बाग़ में है, और तो कोई नहीं है," मैंने कहा, "लेकिन काग़ज़ शायद वही होंगे जिन्हें जला दिया गया है।"

"ओह", उन्होंने अपने आप को हिम्मत दिलाने की कोशिश करते हुए कहा, "हम यहाँ एक सभ्य समाज में रहते हैं, हम इस तरह की मूर्खता बर्दाशत नहीं कर सकते। ऐसी चीज़ें आती कहाँ से हैं?"

"डांडी से," मैंने डाक की मोहर देखते हुए कहा।

"बड़ा ही बेतुका मज़ाक है ये," उन्होंने कहा, "मुझे धूपघड़ियों और काग़ज़ों से क्या करना? मैं इस तरह की बकवास पर कोई ध्यान नहीं दूँगा।"

मैंने कहा, "लेकिन मैं ज़रूर पुलिस से बात करूँगा।"

"ताकि वह मेरी मुसीबत पर हँसे! तुम ऐसा कुछ नहीं करोगे।"

"पर मैं करूँगा।"

"नहीं, मैंने मना किया न, तुम इस बकवास के लिए ऐसा कुछ नहीं करोगे।"

"उनसे बहस करना बेकार था क्योंकि वे बड़े ज़िद्दी आदमी थे। उनका दिल नकारात्मक भावनाओं से भरा था।

"उस पत्र के आने के तीसरे दिन मेरे पिताजी अपने एक पुराने दोस्त मेजर फ्रीबडी से मिलने गए थे। वह पोर्ट्सडाउन पहाड़ियों पर एक क़िले का क़िलेदार था। उनके वहाँ जाने से मुझे ख़ुशी हुई क्योंकि मुझे लगता था कि अगर वे घर से दूर रहेंगे तो सुरक्षित रहेंगे। हालाँकि, लगता है मेरा ऐसा सोचना ग़लत था। उनके जाने के दूसरे दिन मुझे मेजर की ओर से एक टेलीग्राम मिला, जिसमें मुझे फ़ौरन आने को कहा गया था। मेरे पिताजी वहीं पड़ोस में स्थित कई चूने के गड्ढों में से एक गहरे गड्ढे में गिर गए थे। उनकी खोपड़ी फूट गई थी और वे अचेत थे। मैं दौड़कर उनके पास पहुँचा पर वे पहले ही गुज़र चुके थे। लगता था कि वे फैरहम से धुँधलके में लौट रहे थे और चूँकि यह इलाक़ा उनका पहचाना नहीं था और चूने के गड्ढे खुले हुए थे इसलिए वे उनमें से एक में गिर गए। पंचों ने बिना झिझक इसे 'आकस्मिक कारणों से मौत' क़रार दिया। इस मामले को बारीक़ी से देखने पर भी मुझे ऐसा कोई सुराग नहीं मिला जिससे लगे कि उनकी हत्या हुई है। वहाँ हिंसा के कोई चिह्न नहीं थे, पैरों के कोई निशान नहीं थे, चोरी की कोई वारदात नहीं हुई थी, सड़क पर किसी अजनबी को देखे जाने का भी कोई समाचार नहीं था लेकिन फिर भी अब आपको क्या बताऊँ, मेरे दिल-दिमाग़ में चैन नहीं था। मुझे लग रहा था कि उनके साथ कोई तो ग़लत हादसा हुआ है।

"इस प्रकार की मनहूस परिस्थिति में वह जायदाद मेरे पास आई थी। अब आप पूछेंगे कि मैंने उसे बेच क्यों नहीं दिया। उसकी

वजह मैं आपको बताता हूँ कि मुझे इस बात का पूरा विश्वास था कि हमारे साथ जो कुछ भी बुरा हो रहा है उसकी वजह मेरे अंकल के जीवन से जुड़ी कोई घटना है और इसलिए यह ख़तरा तो इस या उस किसी भी घर में बना रहेगा।

"मेरे पिताजी की जब मृत्यु हुई तब जनवरी 85 महीना था। तब से दो साल आठ महीने का वक़्त गुज़र गया है। उस समय के दरम्यान मैं होर्षम में प्रसन्नता से रहा और मुझे यह लगने लगा था कि मेरे परिवार से यह शाप दूर हो गया है। यह मेरी पिछली पीढ़ी के साथ समाप्त हो गया है। लेकिन मुझे लगता है कि मैं बहुत जल्दी आश्वस्त हो गया था। कल सुबह फिर से उसी तरह का एक लिफ़ाफ़ा आया जैसा मेरे पिताजी के पास आया था।"

उस युवा व्यक्ति ने अपने कोट की जेब से एक मुड़ा-तुड़ा लिफ़ाफ़ा निकाला और जब मेज़ के ऊपर हिलाया तो उसमें से सन्तरे के पाँच सूखे बीज निकल पड़े।"

"यह रहा वह लिफ़ाफ़ा," उसने अपनी बात जारी रखी, इस पर लंदन—पूर्वी मंडल की मोहर लगी है। इसके अन्दर वही शब्द हैं जो मेरे पिताजी को मिले आख़िरी सन्देश में थे, 'के, के, के' और उसके बाद काग़ज़ों को धूपघड़ी पर रख दो।"

"क्या तुमने ऐसा किया?" होम्स ने पूछा।

"नहीं।"

"नहीं?"

"आपसे सच कहता हूँ," उसने अपना चेहरा अपने पतले सफ़ेद हाथों में छिपा लिया, "मैंने अपने आपको बड़ा बेबस महसूस किया। मुझे लग रहा था कि मैं वह लाचार खरगोश हूँ जो साँप को अपनी तरफ़ फुफकारते हुए आता देख रहा है। मुझे लग रहा है जैसे मैं

क़िसी बेचैन और ख़तरनाक दुष्टात्मा के चंगुल में हूँ जिससे मुझे कोई भी होशियारी या सावधानी बचा नहीं सकती है।"

"अरे, अरे!" शरलॉक होम्स चिल्लाया, "तुम्हें कुछ करना होगा, मेरे भाई, वर्ना तुम मारे जाओगे। तुम्हें अपनी ख़ुद की शक्ति ही बचा सकती है। यह रोने-धोने का वक़्त नहीं है।"

"मैं पुलिस के पास गया था।"

"अच्छा।"

"लेकिन उन्होंने मेरी कहानी को एक मज़ाक समझकर सुना। मुझे भरोसा है कि इंस्पेक्टर की यह सोच है कि सारे पत्र मज़ाक हैं और मेरे सम्बन्धियों की मृत्यु मात्र आकस्मिक घटनाएँ हैं जैसा कि पंचों का मत था, और इन चेतावनियों का कोई अर्थ नहीं है।"

होम्स ने अपनी बँधी मुट्ठियों को हवा में उछाला और चीख़ा, "निहायत मूर्खता।"

"फिर भी उन्होंने मेरे साथ एक सिपाही कर दिया है जो मेरे साथ रहेगा।"

"क्या वह आज रात भी तुम्हारे साथ आया है?"

"नहीं, उसे घर में रहने का ही आदेश है।"

होम्स ने फिर से हवा में मुक्का घुमाया।

"तुम मेरे पास क्यों आए हो?" वह चिल्लाया, "और उससे भी ज़्यादा, तुम मेरे पास फ़ौरन क्यों नहीं आए थे?"

"मुझे आपके बारे में पता नहीं था। यह तो एक दिन मैंने मेजर प्रेंडरगास्ट से अपनी मुसीबतों का ज़िक्र किया तो उन्होंने मुझे आपके पास आने की सलाह दी।"

"तुम्हें पत्र मिले दो दिन हो गए हैं। हमें इससे पहले ही कुछ करना चाहिए था। मुझे लगता है तुमने जो कुछ मुझे बताया है तुम्हारे

पास उससे ज़्यादा कोई सबूत नहीं है। कोई और सुराग देने वाली बात भी नहीं है जो हमारी मदद करे।"

"एक चीज़ है," जॉन ओपेनशॉ ने कहा। उसने अपने कोट की जेबें टटोलीं और एक नीला-सा फीका पड़ा काग़ज़ निकालकर मेज़ पर बिछा दिया। "मुझे कुछ याद आता है," उसने कहा, "कि जिस दिन मेरे अंकल ने काग़ज़ों को जलाया था, मैंने देखा था कि राख के ढेर के बीच काग़ज़ों के किनारों के कुछ छोटे-छोटे बिना जले टुकड़े जो पड़े थे वे इसी रंग के थे। मुझे उस कमरे में यह अकेला काग़ज़ ज़मीन पर पड़ा हुआ मिला था। मुझे लगता है कि यह काग़ज़ उन्हीं काग़ज़ों में से उड़कर अलग चला गया होगा और जलने से बच गया होगा। लेकिन सूखे हुए बीजों की बात के मामले में मुझे नहीं लगता कि यह हमारी कोई मदद कर पाएगा। मुझे यह लगता है कि यह किसी की निजी डायरी का पन्ना है और इस पर लिखी हस्तलिपि बिला शक मेरे अंकल की है।"

होम्स ने लैंप को घुमाया और हम दोनों झुककर उस काग़ज़ को देखने लगे। उसके खुरदुरे किनारों को देखने से लगता था कि यह सच में किसी किताब से फाड़ा गया है। उसके शीर्ष पर लिखा था, 'मार्च 1869' और नीचे ये रहस्यमय सूचनाएँ लिखी थीं :

4 तारीख़ हडसन आया। वही पुराना प्लेटफार्म।

7 वीं तारीख़ बीज भेजे सेंट ऑगस्टीन के मैकॉले, पैरामोर और जॉन स्वैन को।

9 वीं तारीख़ मैकॉले साफ़।

10 वीं तारीख़ जॉन स्वैन साफ़।

12 वीं तारीख़ पैरामोर के पास गए। सब ठीक है।

"धन्यवाद!" होम्स ने उस काग़ज़ को मोड़कर हमारे मेहमान को वापस करते हुए कहा, "और अब तुम ज़रा-सा भी वक़्त नहीं गँवाओगे। हमारे पास तो अब तुमने जो कुछ बताया है उस पर विचार करने का भी वक़्त नहीं है। तुम एक नोट भी लिखो और उसमें लिखो कि बाक़ी सारे काग़ज़ तुम्हारे अंकल द्वारा जला दिए गए हैं, अब सिर्फ़ यही काग़ज़ बचा है। तुम्हें यह बात ऐसे शब्दों में लिखनी होगी कि वह पूरी तरह से विश्वसनीय लगे। ऐसा करने के बाद तुम जैसा कहा गया है उसके मुताबिक़ बॉक्स को धूपघड़ी पर रख देना, समझ गए?"

"पूरी तरह से।"

"फ़िलहाल किसी तरह के बदले-वदले के बारे में नहीं सोचना। वह तो हम क़ानून के माध्यम से कर सकते हैं। अभी हमें अपना जाल बुनना है जबकि उनका तो पहले से ही बुना हुआ है। सबसे पहली ज़रूरत है उस ख़तरे को दूर करना जो तुम्हारे सामने खड़ा है। उसके बाद इस रहस्य पर से पर्दा उठाकर दोषियों को सज़ा दिलानी है।"

"मैं आपको धन्यवाद देता हूँ," उस नौजवान ने उठते हुए और अपना कोट पहनते हुए कहा, "आपने मुझे एक नया जीवन और नयी आशा दी है। जैसा आपने कहा है मैं ज़रूर करूँगा।"

"इसमें ज़रा-सी भी लापरवाही मत करना। और सबसे ज़्यादा अपना पूरा ख़याल रखना क्योंकि मुझे पक्का विश्वास है कि तुम सच में बहुत बड़े ख़तरे में हो। तुम वापस कैसे जाओगे?"

"वॉटरलू से ट्रेन में।"

"अभी नौ भी नहीं बजे हैं। सड़कों पर लोग होंगे इसलिए मुझे लगता है वहाँ तुम सुरक्षित रह सकते हो। फिर भी तुम बहुत सावधान रहकर भी अपनी हिफ़ाज़त नहीं कर सकते हो।"

"मेरे पास हथियार है।"

"ठीक है। कल से मैं तुम्हारे केस पर काम करूँगा।"

"इसका मतलब है कि कल मैं आपसे होर्षम में मिलूँगा।"

"नहीं, तुम्हारे केस का रहस्य लंदन में है। मैं वहीं इसकी तलाश करूँगा।"

"तब मैं बॉक्स और काग़ज़ों की ख़बर देने के लिए आपको एक या दो दिन में फ़ोन करता हूँ। मैं हरेक क़दम पर आपकी सलाह लेता रहूँगा।" उसने हमसे हाथ मिलाया और जाने की आज्ञा माँगी।

बाहर हवा अभी भी दहाड़ रही थी और बारिश की बौछारें खिड़की को भिगो रही थीं। लगता था जैसे इसी अजीब से माहौल से यह अजीब-सी कहानी हमारे पास आई थी—हम पर ऐसे आई जैसे कि हवाओं के साथ घास और पत्ते चले आए हों।

शरलॉक होम्स कुछ समय चुप बैठा रहा। उसका सिर आगे की तरफ़ झुका था और आँखें आतिशदान के अंगारों पर टिकी थीं। उसके बाद उसने अपना पाइप जलाया और कुर्सी की पीठ से टिककर पाइप से उड़ते धुएँ के छल्लों को देखने लगा जो लगता था एक दूसरे का पीछा कर रहे हों।

"मुझे लगता है वॉटसन," उसने आख़िरकार अपना मुँह खोला, "अभी तक के हमारे सारे केसों में इससे मज़ेदार कोई और नहीं था।"

"शायद 'चार के निशान' वाले को छोड़ कर।"

"हाँ शायद उसे छोड़कर, उसके बाद भी मुझे लगता है कि ये जॉन ओपेनशॉ ज़्यादा मुसीबतों से घिरा है बजाय शोलतोस के।"

"लेकिन तुमने इसकी मुसीबतें क्या हैं, इनके बारे में कोई निश्चित विचार बनाया है?"

"इनके बारे में कुछ बेसिक बातें जानने के बारे में तो कोई सवाल ही नहीं है।" उसने जवाब दिया।

"तो क्या हैं वे? यह के के के कौन है? और वह इस नाख़ुश परिवार का पीछा क्यों कर रहा है?"

शरलॉक होम्स ने अपनी आँखें बन्द कर लीं और अपने हाथ कुर्सी के हत्थों पर रखकर उँगलियाँ आपस में जोड़ लीं। "आदर्श खोजकर्ता वही होता है जिसे जब सारे मामले में कोई भी एक तथ्य दिख जाता है तो वह उससे न केवल घटनाओं के पूरे क्रम का अन्दाज़ लगा लेता है बल्कि आने वाले परिणामों का भी अनुमान लगा लेता है। जैसेकि कोई जाँच विशेषज्ञ किसी जानवर की एक हड्डी से पता लगा लेता है कि वह कौन-सा जानवर होगा। इसी प्रकार कोई भी जासूस जब किसी घटनाक्रम में किसी एक कड़ी को ठीक ढंग से समझ लेता है तो वह उससे पहले और उसके बाद की सभी घटनाओं को बता सकता है। लेकिन अभी तक हम उन परिणामों को नहीं पकड़ पाए हैं जो इस अकेले तथ्य से पता लगाए जा सकते हैं। वे समस्याएँ जो उन लोगों को उलझाए रखती हैं जो अपने सोच-विचार से उन्हें सुलझाना चाहते हैं, वे लोग समस्याओं का बारीक़ी से अध्ययन करके उन्हें सुलझा सकते हैं। लेकिन इस कला में महारत हासिल करने के लिए यह ज़रूरी है कि विश्लेषणकर्ता को सारे तथ्यों का इस्तेमाल करने की क्षमता हासिल हो। इसके लिए तुम देखोगे कि सम्पूर्ण ज्ञान का होना आवश्यक है जोकि मुफ्त पढ़ाई और विश्वकोश के इस युग में भी बहुत मुश्किल से कोई हासिल करता है। किसी आदमी के लिए अपने काम में आ सकने वाले सारे ज्ञान को पा लेना एकदम असम्भव बात नहीं है और मैंने अपने मामले में ऐसा करने की कोशिश की है। यदि मुझे सही-सही याद है तो हमारी दोस्ती के शुरुआती दिनों में तुमने मेरी क्षमता और सीमाओं को बड़े सटीक अन्दाज़ में बयान किया था।"

"हाँ," मैंने हँसते हुए कहा, "यह अपने आप में एक निराला विश्लेषण था। दर्शनशास्त्र, खगोलविज्ञान और राजनीति में तुम्हें शून्य मिले अंक थे। मुझे याद है। वनस्पतिशास्त्र ठीकठाक, भू विज्ञान पर बहुत गहरी पकड़ ख़ासकर क़स्बे से पचास मील दूर तक की किसी भी मिट्टी के धब्बों के बारे में, रसायन शास्त्र में सनकी, शरीर रचना का ज्ञान अव्यवस्थित, सनसनीखेज़ साहित्य और अपराध रिकाड्‌र्स में विलक्षण, वायलिन वादक, बॉक्सर, तलवारबाज़, वकील और कोकीन तथा तम्बाकू से ख़ुद को ज़हर देने वाला। मैं समझता हूँ मेरे विश्लेषण की यही मुख्य बातें थीं।"

आख़िरी बात पर होम्स ने खींसें निपोरीं। "अच्छा," उसने कहा, "मैं आज भी वही बात कहता हूँ जो उस वक़्त कही थी। किसी भी आदमी को अपने दिमाग़ की अटारी में वह सारा फ़र्नीचर रखना चाहिए जो उसके काम आने वाला हो, और बाक़ी सबको उसे अपनी लाइब्रेरी के कबाड़ घर में रख देना चाहिए ताकि ज़रूरत पड़ने पर निकाला जा सके। अब इस मामले के लिए जोकि आज हमारे सामने आया है, हमें अपने ज्ञान के सारे स्त्रोतों को इकठ्ठा करना होगा। ज़रा अपने पीछे शेल्फ से मुझे अमेरिकी विश्वकोश का वह भाग देना जिसमें अंग्रेजी के 'के' अक्षर के बारे में लिखा गया है, धन्यवाद। अब इस परिस्थिति पर सोचते हुए हम इससे क्या निष्कर्ष निकाल सकते हैं। सबसे पहले तो हम इस बात को मानकर चलते हैं कि कर्नल ओपेनशॉ के अमेरिका छोड़ने के पीछे कोई बहुत गहरा कारण होगा। उसकी उम्र में लोग आसानी से अपनी आदतें नहीं बदलते हैं और अपनी मर्ज़ी से फ्लोरिडा जैसी जगह का मस्त मौसम छोड़कर किसी इंग्लिश क़स्बे में अकेला जीवन जीना स्वीकार नहीं करते हैं। इंग्लैंड के इस एकांतवास के लिए इतना प्रेम इस बात की तरफ़

संकेत करता है कि उसे किसी व्यक्ति या वस्तु से डर था। इसलिए हम अपना काम आगे बढ़ाने के लिए यह निष्कर्ष निकालते हैं कि किसी व्यक्ति या वस्तु के डर ने उसे अमेरिका छोड़ने को मजबूर किया था। और वह क्या था जिससे उसे डर था? इसका अनुमान हम उन डरावने पत्रों पर विचार करके लगा सकते हैं जो उसे और उसके उत्तराधिकारियों को प्राप्त हुए थे। क्या तुमने उन पत्रों पर लगी मोहर पर ग़ौर किया?"

"पहले वाला पांडिचेरी से था, दूसरा डांडी से और तीसरा लंदन से।"

"पूर्वी लंदन से। इससे तुम क्या निष्कर्ष निकालते हो?"

"ये सभी समुद्र तट हैं। मतलब इनका लेखक किसी पानी के जहाज़ पर था।"

"शानदार अनुमान, हमारे हाथ एक सुराग तो आ गया। इस बात की बहुत बड़ी सम्भावना है कि लिखने वाला किसी जहाज़ पर था। चलो अब हम एक दूसरे मुद्दे पर विचार करें। पांडिचेरी के मामले में, धमकी देने और उसे कार्यान्वित करने में सात सप्ताह का अन्तर है और डांडी के मामले में यह अन्तर सिर्फ़ तीन या चार दिन का है। इससे कुछ समझ आता है?"

"एक लम्बी दूरी की यात्रा करना।"

"लेकिन पत्र को भी तो लम्बी दूरी तय करके आना था।"

"अरे ये बात तो मुझे सूझी नहीं।"

"लेकिन एक अनुमान तो लगा सकते हैं कि जिस यान में यह एक आदमी या कई आदमी होंगे वह एक तैरता हुआ यान था। लगता है जैसेकि वे हमेशा अपने मिशन पर निकलने से पहले ही अपनी चेतावनी या उसका संकेत भेज देते होंगे। तुमने देखा कि डांडी से

संकेत आने के बाद कितनी जल्दी उन्होंने अपना काम कर डाला। यदि वे पांडिचेरी से स्टीमर में आते तो वे लगभग अपने पत्र के साथ-साथ ही आ पाते। लेकिन सचाई यह है कि इसमें सात सप्ताह का अन्तर था यानी कि वे सात सप्ताह उस अन्तर को जताते हैं जोकि पत्र लाने वाली डाक नौका और इसके लेखक को लाने वाले पानी के जहाज़ में रहा होगा।"

"यह सम्भव है।"

"इससे ज़्यादा यह एक सम्भावना है। और अब तुम इस नए केस की अत्यधिक ज़रूरी बात को देखो और सोचो कि क्यों मैंने ओपेनशॉ को सावधान रहने को कहा था? वह लिफ़ाफ़े वाला संकेत हमेशा उस अवधि के समाप्त होने के समय के आसपास आता है जितना समय इसके भेजने वालों की यात्रा पूरी होने में लगना है। यह वाला तो लंदन से आया है और इसलिए इस बार तो ज़रा-सी भी देर के बारे में नहीं सोच सकते हैं।"

"हे भगवान।" मैं चिल्लाया, "यह सब क्या है, इतना निष्ठुर अत्याचार।"

"वे काग़ज़ जो ओपेनशॉ के पास थे वे निश्चय ही जहाज़ पर यात्रा करने वाले व्यक्ति या व्यक्तियों के लिए बहुत काम के होंगे। मैं सोचता हूँ वे लोग ज़रूर एक से ज़्यादा होंगे क्योंकि कोई एक अकेला आदमी दो मौतें इस तरह नहीं कर सकता है कि मृत्यु की जाँच करने वाले पंचों को धोखा दिया जा सके। ज़रूर इसमें कई लोग शामिल होंगे और वे लोग बड़े साधनसंपन्न तथा दृढ़ निश्चय वाले होंगे। जो काग़ज़ वे लेना चाहते हैं, वे ही उनके आपस में जुड़ने का कारण हैं। इस तरह तुम देखो तो 'के, के, के' किसी एक व्यक्ति के नाम के लघु अक्षर न बन कर एक समूह की पहचान बन जाते हैं।"

"लेकिन किस समूह की...?"

"क्या तुमने कभी" शरलॉक होम्स ने आगे झुकते हुए अपनी आवाज़ को धीमा करते हुए कहा, "क्या तुमने कभी 'कू क्लक्स क्लान' का नाम नहीं सुना है?"

"नहीं, मैंने नहीं सुना है।"

होम्स ने अपने घुटनों पर रखे विश्वकोश के पन्ने पलटे और एक जगह रुक कर कहना शुरू किया, "कू क्लक्स क्लान। यह नाम बन्दूक़ के चलने से पैदा हुई आवाज़ से लिया गया है। यह ख़तरनाक सोसाइटी या कह लो एक गिरोह घरेलू युद्ध समाप्त होने के बाद दक्षिण राज्यों के कुछ संघीय सैनिकों ने बनाया था। इसने बहुत जल्दी देश के विभिन्न भागों में अपनी स्थानीय शाखाएँ बना ली थीं। इनकी ताक़त का इस्तेमाल राजनैतिक उद्देश्यों के लिए किया जाने लगा पर ख़ास तौर से नीग्रो मतदाताओं को डराने के लिए और जो लोग इनके इरादों के विरोध में थे उन्हें मारने या देश से बाहर खदेड़ने के लिए। ये भी अपनी ज़्यादतियाँ करने से पहले अपना निशाना बनने वाले व्यक्ति को कुछ मज़ेदार लेकिन सामान्य से प्रतीकों से चेतावनी भेजते थे—कुछ हिस्सों में ओक वृक्ष की एक टहनी, कुछ अन्य भागों में ख़रबूज़े या सन्तरे के बीज। इनके मिलने पर, इन्हें पाने वाला या तो अपनी पुरानी आदतें बदल देता था या फिर देश छोड़कर चला जाता था। अगर वह नहीं सुनता था तो उसकी मौत निश्चित थी और वह भी किसी अजीब और अप्रत्याशित तरीक़े से। इस समूह का संगठन इतना सटीक था और इसके तरीक़े इतने व्यवस्थित थे कि एक भी उदाहरण ऐसा नहीं मिलता है जहाँ इसका कोई शिकार इससे बच सका हो या कभी किसी भी वारदात के लिए इलज़ाम इस तक पहुँचा हो। अमेरिकी सरकार की भरसक कोशिशों

के बावजूद कई सालों तक यह गिरोह सक्रिय रहा था। आख़िरकार 1869 में, यह गिरोह अचानक टूट गया था, हालाँकि उसके बाद भी कभी-कभी कुछ छिटपुट घटनाएँ होती रहीं।

"तुम देखोगे," होम्स ने उस कोश को रखते हुए कहा, "उस गिरोह के अचानक बिखरने के वक़्त ही ओपेनशॉ उनके काग़ज़ लेकर अमेरिका से ग़ायब हुआ था। यही इस मामले का कारण और परिणाम हो सकता है। इसलिए कोई ताज्जुब नहीं कि उसके और उसके परिवार के पीछे कुछ निर्दयी आत्माएँ पड़ी हुई हैं। तुम समझ सकते हो कि वह रजिस्टर और डायरी उस समूह के कुछ लोगों को फँसा सकते हैं और ऐसे भी कई लोग होंगे जिन्हें उन काग़ज़ों के न मिलने से रातों को नींद नहीं आ रही होगी।"

"तब तो जो काग़ज़ हमने देखा था... "

"हाँ हो सकता है। अगर मुझे सही याद है तो उसमें लिखा था, 'फलाँ, फलाँ, फलाँ को बीज भेजे'—इसी तरह से वह गिरोह चेतावनी देता था। उसके बाद की प्रविष्टियाँ इस प्रकार थीं, फलाँ और फलाँ स्थान या देश छोड़ गए और आख़िर में फलाँ के पास गए। मुझे तो इस आख़िरी वाले का भी बुरा परिणाम दिखता है। डॉक्टर, मुझे लगता है कि हमें इस कहानी के अँधेरे हिस्से में कुछ प्रकाश डालना है। मुझे लगता है कि इस दौरान इस नौजवान ओपेनशॉ को वही करना चाहिए जो मैंने कहा है। आज रात और कुछ करने या कहने के लिए नहीं है तो मुझे मेरा वायलिन दे दो। चलो आधा घंटे के लिए इस तकलीफ़देह मौसम को और उससे ज़्यादा तकलीफ़देह हमारे साथी लोगों के तरीक़ों को भूल जाएँ।"

सुबह मौसम साफ़ हो गया था और सूरज इस शहर के ऊपर टँगे बादलों के घूँघट से हलकी रोशनी के साथ झाँक रहा था। जब

मैं नीचे आया तब शरलॉक होम्स पहले से ही नाश्ता कर रहा था।

"माफ़ करना मैंने तुम्हारे लिए इंतज़ार नहीं किया," उसने कहा, "मुझे लगता है कि इस नौजवान ओपेनशॉ के मामले को लेकर आज मेरा दिन बड़ा व्यस्त रहने वाला है।"

"तुम क्या क़दम उठाने जा रहे हो?" मैंने पूछा।

"यह सब मेरी शुरुआती पूछताछ पर निर्भर रहेगा। पर आख़िर में तो मुझे होर्षम जाना ही पड़ेगा।"

"तो तुम पहले वहाँ नहीं जाओगे?"

"नहीं पहले मैं इस शहर से शुरुआत करूँगा। घंटी बजाओ, नौकरानी तुम्हारे लिए कॉफ़ी ले आएगी।"

कॉफ़ी के लिए इंतज़ार करते हुए मैंने समाचार-पत्र उठाया और उस पर सरसरी नज़र डालने लगा। मेरी नज़र एक ऐसे शीर्षक पर आकर रुकी जिसे पढ़कर मुझे कँपकँपी आ गई।

"होम्स," मैं चिल्लाया, "तुमसे बहुत देर हो गई।"

"ओह," उसने अपना कप नीचे रखते हुए कहा, "मुझे भी यही डर लग रहा था। ये सब किया कैसे गया?" उसने बड़े शान्त स्वर में कहा लेकिन मैं महसूस कर सकता था कि वह अन्दर से हिल गया था।

"मेरी आँखों ने अभी बस ओपेनशॉ नाम देखा और शीर्षक 'वॉटरलू पुल के पास दुर्घटना' अब पूरा पढ़ता हूँ, सुनो :

"पिछली रात को नौ और दस के बीच, वॉटरलू पुल के पास ड्यूटी पर तैनात एच प्रभाग के पुलिस सिपाही कुक ने मदद के लिए किसी की चीख़ सुनी और फिर पानी में छपाक की आवाज़ सुनी। रात काफ़ी अँधेरी और तूफ़ानी थी इसलिए कई राहगीरों के सहायता करने के बावजूद भी पानी से कुछ निकालना सम्भव न हो सका।

लेकिन अलार्म दिए जाने की वजह से पानी की पुलिस की सहायता से आख़िरकार मृत शरीर को निकाला जा सका। यह लाश एक जवान व्यक्ति की थी और उसकी जेब से मिले लिफ़ाफ़े से ज्ञात होता है कि उसका नाम जॉन ओपेनशॉ था जिसका निवास होर्षम के समीप है। लगता है कि वह वॉटरलू स्टेशन से आख़िरी ट्रेन पकड़ने की जल्दी में होगा और अपनी जल्दी तथा घुप्प अँधेरे की वजह से वह अपने रास्ते से भटक गया और भटककर उसके पैर नदी में स्टीम बोट्स के रुकने की छोटी-सी पटरी के किनारे पर चले गए होंगे। उसके शरीर पर चोट का कोई निशान नहीं मिला है इसलिए इस बात में कोई सन्देह नहीं है कि यह व्यक्ति एक दुर्घटना का शिकार हुआ है। इससे इस बात की ज़रूरत पर ध्यान ज़ाता है कि प्रशासन को नदी किनारों की इन जगहों की स्थिति में सुधार करना चाहिए।"

हम कुछ देर तक चुपचाप बैठे रहे। होम्स को इतना दुखी और परेशान मैंने पहले कभी नहीं देखा था।

"इससे मेरे अभिमान को चोट लगी है वॉटसन," उसने आख़िरकार कहा, "अब यह मेरे लिए व्यक्तिगत मामला हो गया है। अगर भगवान ने मेरी सेहत ठीक रखी तो मैं इस गैंग को ज़रूर दबोच लूँगा। वह मेरे पास मदद के लिए आया था और मैंने उसे मरने के लिए भेज दिया...!" वह अपनी कुर्सी से उठा और बेचैनी से कमरे में चहलकदमी करने लगा। उसके फीके चेहरे पर तमतमाहट थी और वह अपने लम्बे पतले हाथों को आपस में बार-बार बन्द कर रहा और खोल रहा था।

"वे लोग बड़े धूर्त राक्षस होंगे," उसने विस्मय से कहा, "उन्होंने कैसे उसे वहाँ पर फाँसा होगा? वह तटबन्ध तो स्टेशन के रास्ते में

भी नहीं पड़ता है। और उन लोगों के इस काम के हिसाब से तो पुल पर उस रात में भी भीड़ होगी। कोई बात नहीं वॉटसन, देखते हैं कि आगे चलकर कौन जीतता है। अभी मैं बाहर जा रहा हूँ।"

"पुलिस के पास?"

"नहीं! मैं पुलिस ख़ुद बनूँगा। जब मैं जाल बुन लूँगा उसके बाद वे भले उन मक्खियों को पकड़ लें, लेकिन उससे पहले नहीं।"

पूरा दिन मैं भी अपने व्यावसायिक काम में लगा रहा और देर शाम को ही बेकर स्ट्रीट वापस लौट सका। तब तक शरलॉक होम्स नहीं आया था। वह लगभग दस बजे वापस आया। वह पीला और थका हुआ लग रहा था। वह अलमारी तक गया और ब्रेड का एक टुकड़ा तोड़कर पानी के लम्बे घूँट के साथ निगलने लगा।

"तुम भूखे हो?" मैंने कहा।

"भूख से मर रहा हूँ। मुझे यह याद ही नहीं रहा कि मैंने सुबह नाश्ते के बाद से कुछ नहीं खाया था।"

"कुछ नहीं खाया।"

"एक कौर भी नहीं। इसके बारे में सोचने का वक़्त ही नहीं था।"

"और तुम्हें सफलता मिली?"

"हाँ।"

"तुम्हें सुराग मिल गया?"

"वे लोग मेरे पंजे में हैं। नौजवान ओपेनशॉ की हत्या का बदला ज़रूर लिया जाएगा। चलो, वॉटसन क्यों न हम उनके इस राक्षसी ट्रेड मार्क को उनके ऊपर ही लागू कर दें। बहुत सोच-समझकर चाल बुनी है।"

"क्या मतलब है तुम्हारा?"

उसने कपबोर्ड में से एक सन्तरा निकाला और उसके टुकड़े

करते हुए, दबाकर उसके बीज मेज़ पर निकाल दिए। उनमें से उसने पाँच बीज लिये और एक लिफ़ाफ़े में डाल दिए। उस लिफ़ाफ़े के अन्दर की तरफ़ उसने लिखा 'एस एच फॉर जे ओ।' उसके बाद उसने लिफ़ाफ़े को बन्द कर दिया और उस पर पाने वाले का पता लिखा, 'कैप्टेन जेम्स काल्हों, बार्क लोन स्टार, सवन्नाह, जॉर्जिया।'

"जब वह बन्दरगाह पर आएगा तो यह लिफ़ाफ़ा उसे मिलेगा," उसने एक दबी हुई हँसी के साथ कहा,"हो सकता है कि यह उसकी रातों की नींद उड़ा दे। उसे यह अपनी आने वाली क़िस्मत की आहट वैसे ही लगेगा जैसे कि ओपेनशॉ को लगा था।"

"और ये कैप्टेन जेम्स काल्हों, है कौन?"

"उस गैंग का लीडर। मैं दूसरों को भी दबोचूँगा। लेकिन पहले इसे।"

"पर तुमने इस सब का पता कैसे लगाया?"

उसने अपनी जेब से एक लम्बा काग़ज़ निकाला जो तारीख़ों और नामों से भरा हुआ था।

"मैंने पूरा दिन लॉयड्स के पुराने काग़ज़ात की फाइलों और रजिस्टरों को खँगालने में लगाया। उन सभी जलयानों का आगे की यात्रा का विवरण जानने के लिए जिन्होंने जनवरी और फरवरी '83 के बीच पांडिचेरी के तट को छुआ था। इन महीनों में मध्यम वजन वाले 36 पानी के जहाज़ वहाँ आए थे। इनमें से एक, लोन स्टार, ने फ़ौरन मेरा ध्यान खींचा। उसकी वजह यह थी कि हालाँकि इसको लंदन का बताया गया था लेकिन इसे जो नाम दिया गया है वह वही है जोकि अमेरिका के एक राज्य को दिया गया है।"

"मुझे लगता है टेक्सास।"

"ये मुझे नहीं पता कि कौन-सा। लेकिन मुझे इतना विश्वास हो

गया था कि यह जहाज़ अमेरिका से ही होगा।"

"फिर क्या हुआ?"

"मैंने डांडी के रिकॉड्र्स देखे और जब मैंने देखा कि जहाज़ लोन स्टार वहाँ जनवरी 85 में था तो मेरा शक पक्का हो गया। उसके बाद मैंने उन जहाज़ों के बारे में पता किया जो इस वक़्त लंदन के बन्दरगाह पर खड़े हैं।"

"अच्छा।"

"और पता चला कि लोन स्टार यहाँ पिछले ही सप्ताह आया है। उसके बाद मैं अल्बर्ट डॉक गया तो पता चला कि वह आज सुबह ही सवन्नाह की तरफ़ चल पड़ा है। मैंने ग्रेवसेंड को तार किया तो पता चला कि लोन स्टार कुछ वक़्त पहले वहाँ से गुज़र चुका है। चूँकि पुरवइया हवा बह रही है इसलिए इस बात में कोई शक नहीं कि वह अब अटक गुडविंस से भी गुज़र चुका होगा और विघट के टापू से ज़्यादा दूर नहीं होगा।

"अब तुम क्या करोगे?"

"मेरा हाथ उन तक पहुँच चुका है। मुझे पता चला है कि वह और उसके दो दूसरे साथी ही उस जहाज़ पर ऐसे हैं जो अमेरिका में पैदा हुए हैं। बाक़ी लोग या तो जर्मन हैं या फ़िनलैंड के। मुझे यह भी पता है कि वे तीनों कल रात अपने जहाज़ पर नहीं थे। इसका पता मुझे उस जहाज़ी कुली से चला जो वहाँ सालों से इन लोगों का माल ढो रहा है। जब तक इन लोगों का जहाज़ सवन्नाह पहुँचेगा तब तक डाक जहाज़ भी इस पत्र को लेकर पहुँच जाएगा। उधर सवन्नाह पुलिस को मेरे तार से यह पता चल जाएगा कि एक हत्या के मामले में पुलिस को इन तीनों महाशयों की बुरी तरह से तलाश है।"

लेकिन, इनसान चाहे कितना भी अच्छा जाल बिछाए उसमें कोई न कोई कमी रह ही जाती है। इस मामले में यह हुआ कि ओपेनशॉ के हत्यारों को वे सन्तरे के बीज कभी नहीं मिले जिससे उन्हें पता चलता कि उनसे भी ज़्यादा शातिर और दृढ़ निश्चयी एक इनसान उनके पीछे लगा हुआ था। उस वर्ष विषुवतीय तूफ़ान बड़े तेज़ थे। उसके बाद सवन्नाह के लोन स्टार का क्या हुआ यह जानने के लिए हमने सालों इंतज़ार किया पर कुछ पता नहीं चल सका। फिर बहुत बाद में हमें इतना ही पता चला कि अटलांटिक में कहीं बहुत दूर लहरों के ऊपर एक जहाज़ का टूटा-फूटा पिछला हिस्सा झूलता दिखाई दिया था जिस पर 'एल एस' अक्षर खुदे हुए थे।

नाचती हुई आकृतियों का रहस्य

होम्स कुछ घंटों से चुपचाप बैठा था। उसकी पतली, लम्बी कमर उस बर्तन पर झुकी हुई थी जिसमें वह कोई बदबूदार रसायन तैयार कर रहा था। उसका चेहरा छाती की तरफ़ झुका हुआ था। उस वक़्त मुझे वह धूसर पंखों और काली कलगी वाले एक अजीब से बड़े पक्षी जैसा दिखाई दे रहा था।

"तो, वॉटसन," उसने अचानक कहा, "तुम दक्षिण अफ्रीकी सेक्युरिटीज़ में निवेश नहीं करना चाहते हो?"

मैंने उसे आश्चर्य से देखा। हालाँकि मैं होम्स की हैरतअंगेज़ क्षमताओं से परिचित था लेकिन मेरे एकदम आंतरिक विचारों का उसे यूँ पता चल जाना मेरे लिए आश्चर्यजनक था।

"हे भगवान, तुम्हें इसका पता कैसे चला?" मैंने पूछा।

उसने अपने स्टूल को मेरी तरफ़ घुमाया, उसके हाथ में एक परखनली थी जिससे भाप निकल रही थी, और उसकी गहरी आँखों में एक चमक थी।

"वॉटसन, तुम्हें मानना पड़ेगा कि तुम्हें घोर ताज्जुब हुआ।" उसने कहा।

"यक़ीनन।"

"मैं चाहता हूँ कि तुम इस बात को एक काग़ज़ पर लिखकर हस्ताक्षर कर दो।"

"पर क्यों?"

"क्योंकि पाँच मिनट बाद तुम कहोगे कि ये तो बड़ा आसान था।"

"नहीं, भरोसा रखो मैं ऐसा कुछ नहीं कहूँगा।"

"तो देखो मेरे प्यारे वॉटसन," उसने अपनी परखनली एक रैक में रखी और इस तरह बोलना शुरू किया जैसे कोई प्रोफ़ेसर अपनी क्लास में लेक्चर दे रहा हो, "निष्कर्षों की शृंखला बनाना कोई मुश्किल काम नहीं है, सब निष्कर्ष एक-दूसरे के ऊपर निर्भर होते हैं। अगर ऐसा करने के बाद, बीच की सारी बातें हटाकर श्रोताओं को सिर्फ़ शुरुआत और अन्तिम निष्कर्ष बता दिया जाए तो कोई भी आदमी अपना बड़ा चमत्कारी प्रभाव डाल सकता है। अब इसी बात को लो। तुम्हारी बाईं तर्जनी और अँगूठे के बीच के खाँचे का निरीक्षण करने के बाद यह बताना कोई ज़्यादा मुश्किल नहीं था कि तुम अपनी छोटी-सी पूँजी को सोने की खदानों में निवेश करने के लिए तैयार नहीं हो।"

"मुझे इसमें कोई तुक नहीं लगती है।"

"हाँ, बहुत सम्भव है कि न लगती हो। अब मैं तुम्हें फटाफट एक सम्बन्ध दिखाता हूँ। देखो ये हैं इस शृंखला के बीच के तार :

1. कल रात जब तुम क्लब से लौटे थे तब तुम्हारी बाईं तर्जनी और अँगूठे के बीच चॉक था।
2. चॉक तुम्हारी उँगली में तब लगा था जब तुमने बिलियर्ड्स खेलते वक़्त छड़ी की नोक पर उसका इस्तेमाल किया था।
3. तुम थर्स्टन के सिवाय और किसी के साथ बिलियर्ड्स नहीं खेलते हो।

4. तुमने चार सप्ताह पहले कहा था कि थर्स्टन के पास किसी दक्षिण अफ्रीकी प्रॉपर्टी का प्रस्ताव है जो एक महीने में ही समाप्त हो जाएगा और वह चाहता था कि तुम उसमें उसके साथ निवेश करो।
5. तुम्हारी चेक बुक मेरी दराज में बन्द है और तुमने उसकी चाभी नहीं माँगी।
6. इसका मतलब है कि तुम इस तरह से अपना पैसा निवेश नहीं चाहते हो।"

"हत्त तेरे की, कितना आसान है यह!"

"बेशक," उसने चिढ़ाने वाले ढंग से कहा, "किसी भी गुत्थी को जब सुलझा दिया जाता है तो वह बड़ी बचकानी लगने लगती है। चलो अब एक बिना सुलझी गुत्थी लो। देखते हैं तुम इससे क्या समझते हो, मेरे प्यारे वॉटसन।" उसने एक काग़ज़ को मेज़ पर उछाला और फिर अपने रासायनिक विश्लेषण में व्यस्त हो गया।

मैं उस काग़ज़ पर बनी अजीब-सी चित्रलिपि को देखता रह गया।

"अरे, होम्स यह तो किसी बच्चे की चित्रकारी है," मैं चिल्लाया।

"यह तुम्हारी सोच है।"

"और क्या हो सकती है यह?"

"यही बात तो नॉरफ़ॉक के राइडिंग थोर्प मनोर के मिस्टर हिलटन क्यूबिट जानने को उत्सुक हैं। यह छोटी-सी पहेली पहली डाक से आई है और वे इसके पीछे-पीछे अगली ट्रेन से आ रहे हैं। वॉटसन, देखो, दरवाज़े की घंटी बजी है। मुझे ताज्जुब नहीं होगा अगर दरवाज़े पर वही हों।"

सीढ़ियों पर किसी के धम-धम चढ़ने की आवाज़ सुनाई दी और

उसके फ़ौरन बाद एक लम्बा, सुर्ख, सफाचट दाढ़ी वाला आदमी दाख़िल हुआ जिसकी साफ़ आँखों और गुलाबी गालों से पता चलता था कि वह बेकर स्ट्रीट के प्रदूषण से काफ़ी दूर ज़िन्दगी बिता रहा है। जैसे ही वह कमरे में दाख़िल हुआ, लगा जैसेकि उसके साथ पूर्वी तट की ताज़ी हवा का झोंका भी आया हो। हमसे हाथ मिलाने के बाद वह बैठने ही वाला था कि उसकी नज़र उस विचित्र-सी चित्रकारी वाले काग़ज़ पर ठहर गई जिसे मैंने अभी देखा था और मेज़ पर ही छोड़ दिया था।

"तो, मिस्टर होम्स, आप इससे क्या समझे?" उसने पूछा, "उन्होंने मुझे बताया था कि आपको अजीब से रहस्यों में बड़ी दिलचस्पी है। मुझे लगता है कि आपको इससे ज़्यादा अजीब कुछ और नहीं लगेगा। मैंने यह काग़ज़ इसलिए पहले भेज दिया था कि मेरे यहाँ आने से पहले आप इसे पढ़ सकें।"

"यह सच में बहुत उत्सुकता जगाने वाला है," होम्स ने कहा, "पहली नज़र में यह कोई बचकाना शरारत लगती है। इस काग़ज़ पर कई अजीब-सी नाचती हुई छोटी-छोटी आकृतियाँ बनी हुई हैं। इतने भद्दे काम को आप इतना महत्त्व क्यों दे रहे हैं?"

"मैं तो कभी नहीं देता, मिस्टर होम्स। लेकिन मेरी बीवी दे रही है। उसे इससे मौत का डर लग रहा है। ऐसे वह कुछ कहती नहीं है पर मुझे उसकी आँखों में भय दिखाई देता है। इसलिए मैं इस मामले की तह तक जाकर देखना चाहता हूँ।"

होम्स ने काग़ज़ को इस तरह पकड़ा कि उस पर सूरज की रोशनी पूरी तरह से पड़े। यह किसी नोटबुक से फाड़ा गया पृष्ठ था। उस पर पेंसिल से कुछ इस तरह का रेखांकन किया गया था :

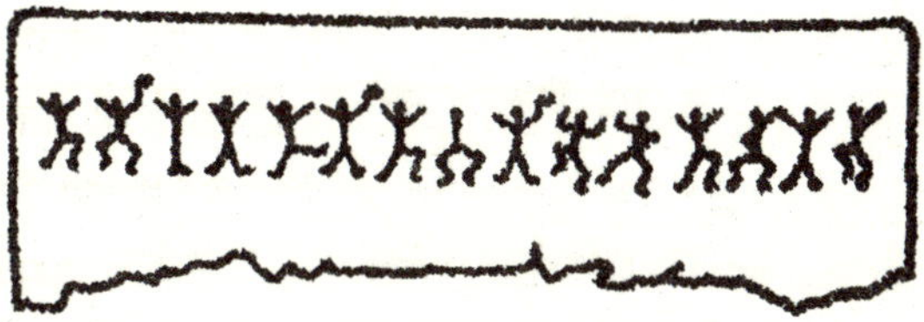

होम्स ने उसे कुछ समय तक देखा फिर सावधानी से मोड़ कर अपनी पॉकेट बुक में रख लिया।

"यह बड़ा मज़ेदार और अस्वाभाविक केस लगता है," उसने कहा, "मिस्टर हिल्टन क्यूबिट आपने अपने पत्र में कुछ विवरण मुझे दिए हैं। पर अच्छा रहेगा, अगर आप सारे विवरण को मेरे मित्र डॉ. वॉटसन के लिए फिर से दोहरा दें।"

"मैं कहानी सुनाने में अच्छा नहीं हूँ," हमारे मेहमान ने अपने मज़बूत हाथों को खोलते-बन्द करते हुए कहा, "अगर कोई बात स्पष्ट न हो तो आप मुझसे पूछ लेना। मैं अपनी बात पिछले वर्ष हुई अपनी शादी से शुरू करूँगा। सबसे पहले मैं यह बताना चाहूँगा कि मैं कोई अमीर आदमी नहीं हूँ। मेरे ख़ानदान के लोग पिछली पाँच शताब्दियों से राइडिंग थोर्प में रह रहे हैं और नॉरफ़ॉक काउंटी में हमसे ज़्यादा पहचाना जाने वाला परिवार और कोई नहीं है। पिछले साल मैं रजत जयंती के सिलसिले में लंदन आया था और रस्सेल स्क्वायर के एक बोर्डिंग हाउस में ठहरा था जहाँ हमारे इलाक़े के पादरी भी ठहरे हुए थे। वहाँ एक जवान अमेरिकन स्त्री थी। उसका नाम पैट्रिक था—एलसी पैट्रिक। किसी तरह से हम दोस्त बन गए थे और हुआ यूँ कि एक महीना पूरा होने से पहले ही मैं उसके प्यार में डूब चुका था। हमने रजिस्ट्री ऑफ़िस जाकर बिना शोर-शराबे के शादी कर ली और एक विवाहित जोड़े की तरह नॉरफ़ॉक वापस

आ गए। आप इसे पागलपन ही समझेंगे मिस्टर होम्स कि एक इतने अच्छे ख़ानदान का लड़का उस लड़की से शादी करे जिसके घराने के बारे में कुछ भी मालूम न हो। लेकिन अगर आप उसे देखेंगे और उसे जानेंगे तो आपको उसे समझने में मदद मिलेगी।

"वह हमारे सम्बन्धों के बारे में एकदम ईमानदार थी, उसने मुझे इस सम्बन्ध से बाहर निकलने का हर मौक़ा दिया था अगर मेरी इच्छा होती तो! उसने मुझसे कहा था, 'मैंने अपने जीवन में कुछ बड़े नासमझी-भरे रिश्ते रखे हैं। मैं उन सबके बारे में भूल जाना चाहती हूँ। मैं उन बीते दिनों का उल्लेख भी नहीं करना चाहती हूँ क्योंकि वे मेरे लिए बड़े दर्दनाक हैं। अगर तुम मुझे अपने साथ ले रहे हो, हिल्टन, तो तुम एक ऐसी औरत को साथ ले रहे हो जिसने ऐसा कुछ नहीं किया जिस पर उसे शर्मिंदा होना पड़े, लेकिन तुम्हें इस बारे में बस मेरे शब्दों पर विश्वास करना पड़ेगा और मेरे तब तक के इतिहास के बारे में मुझे चुप रहने दोगे जबसे मैं तुम्हारी हुई। अगर तुम्हें ये शर्तें मुश्किल लगती हों तो नॉरफ़ॉक चले जाओ और मुझे मेरे हाल पर छोड़ दो।' उसने ये शब्द हमारी शादी से एक दिन पहले कहे थे। मैंने उससे कहा था कि मुझे उसकी शर्तें मंज़ूर हैं। मैंने आज तक अपने शब्दों को निभाया है।

"ख़ैर, अब हमारी शादी को एक साल हो गया है और इस दौरान हम बड़े ख़ुश रहे। लेकिन लगभग एक महीने पहले, जून मास के अन्त में, पहली बार मुझे कुछ परेशानी के चिह्न दिखाई दिए। एक दिन मेरी पत्नी को अमेरिका से पत्र मिला। उस पर मैंने अमेरिकी मोहर देखी थी। वह उसे देखकर सफ़ेद पड़ गई थी। उसने पत्र पढ़ा और आग के हवाले कर दिया। उसने इस बारे में कोई ज़िक्र नहीं किया और मैंने भी उससे नहीं पूछा। वचन जो दे रखा था। लेकिन

उसके बाद वह कभी चैन से नहीं रही। उसके चेहरे पर हर वक़्त एक डर-सा रहता था। एक ऐसा एहसास कि जैसे वह किसी इंतज़ार में है, किसी की उम्मीद कर रही है। अच्छा होता अगर वह मुझ पर भरोसा करती तो मुझे वह अपना सबसे बेहतर दोस्त पाती। लेकिन जब तक वह ख़ुद इस विषय में बात न करे, मैं उससे कुछ पूछ नहीं सकता था। यह जान लीजिए मिस्टर होम्स कि वह एक ईमानदार औरत है। उसकी पिछली ज़िन्दगी में जो भी हुआ होगा उसकी वजह वह ख़ुद नहीं होगी। मैं नॉरफ़ॉक का एक साधारण श्रीमंत हूँ लेकिन पूरे इंग्लैंड में अपने परिवार के सम्मान को मुझसे ज़्यादा अहमियत और कोई नहीं देता होगा। यह उसे भी पता है बल्कि उसे यह मुझसे शादी करने से पहले से ही पता है। वह इस पर कोई धब्बा नहीं लगने देगी—इतना मुझे विश्वास है।

"अब, मैं अपनी कहानी के विचित्र हिस्से की तरफ़ आता हूँ। लगभग एक सप्ताह पहले—वह पिछले सप्ताह का मंगलवार था—मुझे अपनी खिड़की के किनारे पर वैसी ही कई नाचती हुई आकृतियाँ बनी मिलीं जैसी इस काग़ज़ पर बनी हैं। उन्हें चॉक से बनाया गया था। मुझे लगा कि वे अस्तबल वाले लड़के ने बनाई होंगी लेकिन उस लड़के ने क़सम खाकर कहा कि उसे इस बारे में कुछ नहीं पता। वैसे भी वे वहाँ रात में बनी थीं। मैंने उन्हें धुलवाकर साफ़ करवा दिया और अपनी बीवी को इस बारे में बाद में बताया। मुझे इस बात पर आश्चर्य हुआ कि मेरी पत्नी ने इसे बड़ी गम्भीरता से लिया और उसने मुझसे अनुरोध किया कि आगे अगर ऐसा कुछ आता है तो उसे देखने दूँ। एक सप्ताह तक कुछ नहीं हुआ और फिर कल सुबह मुझे यह काग़ज़ बाग में सूर्यघड़ी पर पड़ा मिला। इसे मैंने एलसी को दिखाया और इसे देखते ही वह बेहोश हो गई।

तबसे वह एक ऐसी औरत में बदल गई है जो ग़फ़लत में रहती हो, उसकी आँखों में हमेशा एक ख़ौफ़-सा रहता है। तब मैंने आपको पत्र लिखा और यह काग़ज़ भेजा। यह बात ऐसी है कि अगर मैं पुलिस को बताऊँगा तो वे मुझ पर हँसेंगे, उनकी बजाय आप मुझे ये बताएँ कि मुझे क्या करना है? मैं कोई रईस आदमी नहीं हूँ लेकिन अगर मेरी प्यारी बीवी को किसी भी क़िस्म का ख़तरा होगा तो उसे बचाने के लिए मैं अपना आख़िरी रुपया तक ख़र्च कर दूँगा।"

इंग्लैंड की मिट्टी से बना वह एक बढ़िया इनसान था, सीधा, सच्चा और विनम्र। उसकी आँखें नीली और चेहरा मज़बूत चौड़ा था। अपनी पत्नी के प्रति उसके प्रेम और विश्वास का पता उसे देखकर ही चल रहा था। होम्स ने उसकी कहानी को एकदम ध्यान से सुना और उसके बाद वह कुछ देर के लिए शान्त बैठा सोचता रहा।

"आपको नहीं लगता मिस्टर क्यूबिट," आख़िरकार उसने बोलना शुरू किया, "आपके लिए बेहतर उपाय यही रहेगा कि आप अपनी बीवी से सीधे अनुरोध करें और उससे कहें कि वह अपने रहस्य को आपके साथ शेयर करे।"

हिल्टन ने असहमति में अपना बड़ा-सा सिर हिलाया।

"वचन वचन होता है, मिस्टर होम्स। अगर एलसी को बताना होता तो वह मुझे पहले ही बता चुकी होती। अगर नहीं बताना चाहती है तो मैं उसे मजबूर नहीं करूँगा। पर मैं ख़ुद तो कोई क़दम उठा सकता हूँ और वह मैं ज़रूर उठाऊँगा।"

"चलिए फिर मैं पूरे मन से आपकी मदद करूँगा। सबसे पहले यह बताइए कि आपने अपने पास-पड़ोस में किसी अजनबी या अजनबियों के आने की कोई बात सुनी है?"

"नहीं।"

"मैं समझता हूँ वह काफ़ी शान्त इलाक़ा है। किसी भी नये चेहरे के वहाँ दिखने पर कानाफूसी ज़रूर होती होगी।"

"एकदम क़रीबी पड़ोस में कोई दिखे तो ज़रूर होती है। पर हाँ एक बात है, वहाँ से कुछ दूर कुछ छोटी-छोटी सिंचाई वाली जगहें हैं। उन जगहों पर किसान बाहरी लोगों को ठहराते हैं।"

"इन रेखाचित्रों का कोई न कोई अर्थ ज़रूर है। अगर ये बस यूँ ही बनाए गए हैं तो इनका अर्थ निकालना हमारे लिए सम्भव नहीं होगा। इसके विपरीत, अगर ये सोच-समझकर बनाए गए हैं तो मुझे पूरा यक़ीन है कि हम इसका पता लगा कर ही छोड़ेंगे। पर ये वाला नमूना इतना संक्षिप्त है कि इसके आधार पर मैं कुछ नहीं कर सकता हूँ। साथ ही आपने जो जानकारी मुझे दी है वह भी कोई ख़ासी पक्की नहीं है। उसके आधार पर कोई भी पड़ताल करना मुमकिन नहीं है। मैं तो आपको यही सलाह दूँगा कि आप नॉरफ़ॉक वापस लौट जाएँ और वहाँ सावधानी से निगाह रखें और अब अगर कोई नाचते हुए आदमियों का रेखाचित्र मिले तो उसकी एकदम हूबहू प्रतिलिपि तैयार कर लें। बड़े खेद की बात है कि हमारे पास खिड़की पर चॉक से बनी आकृतियों की प्रतिलिपि नहीं है। चुपचाप यह भी पता लगाने की कोशिश करना कि आपके आसपास कोई अजनबी तो नहीं है। जब आपको कोई नया सुराग मिल जाए तो मेरे पास वापस आइएगा। फ़िलहाल तो यही सलाह मैं आपको दे सकता हूँ, मिस्टर हिल्टन क्यूबिट। अगर कुछ ज़बरदस्त सुराग मिलेंगे तो मैं फ़ौरन बिना देर किए नॉरफ़ॉक आने के लिए भी तैयार हूँ।"

इस मुलाक़ात ने शरलॉक होम्स को सोचने के लिए काफ़ी कुछ दे दिया था और मैंने उसके बाद कई दिनों तक उसे दिन में कई बार अपनी नोटबुक में से उस काग़ज़ को निकालकर उस पर बनी

उन अजीब-सी आकृतियों को देर तक घूरते हुए पाया था। हालाँकि उसने अपने आप इस बात का उल्लेख मुझसे कभी नहीं किया था। लगभग पन्द्रह दिनों के बाद जब मैं कहीं बाहर जा रहा था उसने मुझे वापस बुलाया।

"बेहतर होगा कि तुम यहाँ रुको वॉटसन।"

"क्यों?"

"क्योंकि मुझे सुबह मिस्टर हिल्टन क्यूबिट का तार मिला है। तुम्हें वो नाचते आदमियों वाला हिल्टन क्यूबिट याद है न? वह एक बजकर बीस मिनट पर लिवरपूल पहुँचने वाला था। अब वह किसी भी पल यहाँ आता होगा। मुझे उसके तार से पता चला है कि उसके पास कुछ नयी और महत्त्वपूर्ण जानकारियाँ हैं।"

हमें ज़्यादा देर इंतज़ार नहीं करना पड़ा। हमारा नॉरफ़ॉक वाला मेहमान स्टेशन से उतनी जल्दी आ गया जितनी जल्दी घोड़ागाड़ी उसे ला सकती थी। वह बड़ा थका हुआ और परेशान दिख रहा था। उसके माथे पर चिन्ता की लकीरें थीं।

"अब मुझसे यह सब बर्दाश्त नहीं होता है, मिस्टर होम्स," उसने परेशानी की हालत में आरामकुर्सी पर ढुलकते हुए कहा, "वैसे ही यह जानना बड़ा बुरा होता है कि कोई बुरी नीयत से आपके पीछे पड़ा हुआ है, लेकिन जब आपको यह पता चले कि यह बात आपकी बीवी को आपकी आँखों के सामने अन्दर ही अन्दर मार रही है तो और भी बुरा होता है।

"आपकी पत्नी ने अभी तक आपसे कुछ कहा?"

"नहीं मिस्टर होम्स, अभी तक नहीं। पर हाँ कई बार ऐसा लगा कि वह बेचारी कुछ कहना चाहती है पर कहने की हिम्मत नहीं कर पा रही है। मैंने उसे कुछ कहने के लिए उकसाने की कोशिश

की लेकिन मुझे लगता है मेरी कोशिश से वह उल्टा और घबरा गई। उसने मेरे ख़ानदान, उस काउंटी में हमारी इज़्ज़त की बात की लेकिन असली मुद्दे तक पहुँचने से पहले ही बात ख़त्म हो गई।"

"आपने ख़ुद कुछ पता किया?"

"बहुत कुछ, मिस्टर, होम्स। मेरे पास कई नयी नाचते हुए आदमियों की आकृतियाँ हैं आपके देखने के लिए और सबसे बड़ी बात यह है कि मैंने उस आदमी को देखा है।"

"कौन, वह आदमी जो इन्हें बनाता है?"

"हाँ, मैंने उसे यह काम करते देखा है। लेकिन मैं आपको सब कुछ सिलसिलेवार बताना चाहता हूँ। जब मैं आपसे मिलकर वापस गया तो दूसरे दिन सुबह जो चीज़ मैंने सबसे पहले देखी वह थी नाचते हुए आदमियों की नयी आकृतियाँ। वे आकृतियाँ औज़ार रखने के कमरे के लकड़ी के काले दरवाज़े पर चॉक से बनाई गई थीं। यह कमरा लॉन के पास है और खिड़की से साफ़ दिखाई देता है। मैंने उसकी हू-ब-हू प्रतिलिपि की है, यह रही उसकी प्रतिलिपि।" उसने एक काग़ज़ खोला और मेज़ पर फैला दिया।

"बेहतरीन!" होम्स ने कहा, "बेहतरीन! अपनी बात जारी रखें।"

"जब मैंने इनको कॉपी कर लिया तो मैंने उन चिह्नों को मिटा दिया लेकिन दो दिन बाद फिर सुबह नयी आकृतियाँ वहाँ थीं। मैंने उन्हें भी कॉपी कर लिया। उनकी कॉपी ये रही।"

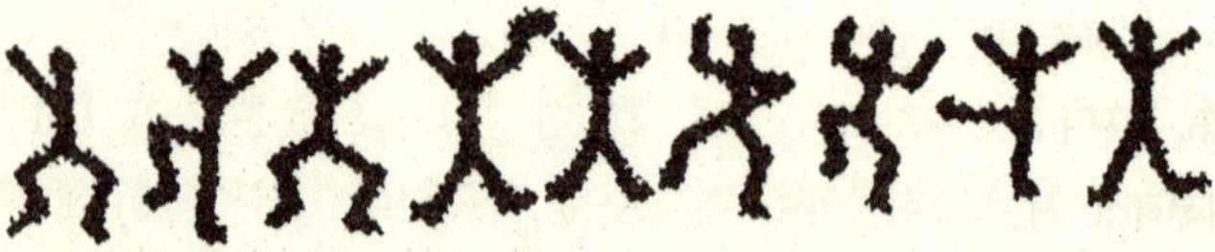

होम्स ने अपने हाथों को रगड़ा और ख़ुशी से मुस्कराया। "धीरे-धीरे हमारा माल इकठ्ठा हो रहा है," उसने कहा।

"तीन दिनों के बाद, एक काग़ज़ पर एक सन्देश लिखकर उसे सूर्यघड़ी पर एक पत्थर के नीचे रखकर छोड़ दिया गया। यह रहा वह। आप देखेंगे कि इसके चिह्न भी पिछले वाले जैसे ही हैं। उसके बाद मैंने उसका इंतज़ार करना तय किया इसलिए मैंने अपनी पिस्तौल निकाली और अपनी बैठक में बैठ गया जोकि लॉन और बाग़ के सामने थी। रात के क़रीब दो बजे, जब मैं अपनी खिड़की में बैठा हुआ था तब चारों तरफ़ अँधेरा था सिवाय चाँद की रोशनी के। तभी मैंने अपने पीछे किसी के क़दमों की आहट सुनी। वह मेरी बीवी थी ड्रेसिंग गाउन में। उसने मुझसे बिस्तर पर चलने को कहा। मैंने उससे साफ़-साफ़ कह दिया कि 'मैं पता लगाना चाहता हूँ कि हमारे साथ ये परेशान करने वाली हरकतें कौन कर रहा है?' उसने मुझसे कहा कि 'ये तो शायद कोई मज़ाक कर रहा है और हमें उस पर ध्यान नहीं देना चाहिए। अगर ये सब आपको वाक़ई परेशान कर रहा है, हिल्टन, तो चलो हम कहीं घूमने चले जाएँ, तुम और मैं, ताकि इस मुसीबत से छुटकारा मिले।"

"क्या? यानी एक जोकर की वजह से हम ख़ुद अपना घर छोड़कर चले जाएँ?" मैंने कहा, "पर क्यों? पूरी काउंटी हम पर हँसेगी।"

"अच्छा, चलो अभी चलकर सो जाओ," उसने कहा, "हम इस पर सुबह बात कर सकते हैं।"

"जब वह मुझसे बात कर रही थी, अचानक मैंने चाँदनी में देखा कि उसका चेहरा सफ़ेद पड़ रहा है और उसके हाथ ने मेरा कन्धा मज़बूती से पकड़ लिया था। औज़ार वाले के कमरे की परछाईं में कुछ हिल रहा था। मैंने एक काली आकृति को धीरे-धीरे बढ़ते हुए देखा जो किनारे तक रेंगती हुई आई और दरवाज़े के सामने बैठ गई। अपनी पिस्तौल उठाकर मैं बाहर भाग ही रहा था कि मेरी बीवी ने मुझे कसकर अपनी बाँहों में जकड़ लिया था। मैंने उसे अलग करना चाहा पर उसने मुझे बुरी तरह से जकड़ा हुआ था। आख़िरकार मैंने ख़ुद को उसकी पकड़ से आज़ाद किया लेकिन जब तक मैं दरवाज़ा खोलकर उस कमरे तक पहुँचा वह प्राणी ग़ायब हो चुका था। फिर भी वह अपनी मौजूदगी का निशान छोड़ गया था क्योंकि दरवाज़े पर नाचते हुए आदमियों की वही लाइन बनी हुई थी जो पहले भी दो बार मिल चुकी थी और जिन्हें मैंने काग़ज़ पर कॉपी किया था। उनके अलावा उसका कोई निशान वहाँ नहीं था हालाँकि मैंने पूरा मैदान छान मारा था। लेकिन उसके बाद भी ताज्जुब की बात यह है कि वह वहीं कहीं छिपा रहा होगा क्योंकि मैंने सुबह उस लाइन के नीचे कुछ और चित्र देखे जो मैंने कल रात को देखी थी।"

"क्या आपके पास वे ड्राइंग भी हैं?"

"हाँ, ये बहुत कम हैं पर मैंने इन्हें भी कॉपी कर लिया, ये रहीं।"

उसने फिर एक काग़ज़ निकाला। नया डिज़ाइन इस तरह था।

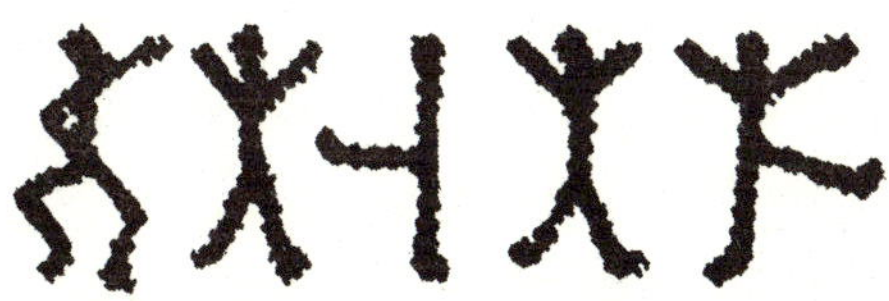

"एक बात बताइए," होम्स ने कहा, उस वक़्त मैं उसकी आँखों में गहरी उत्सुकता की चमक देख रहा था, "ये आकृतियाँ केवल पहले की आकृतियों में जोड़ी हुई थीं या फिर एकदम अलग से बनाई गई थीं?"

"ये दरवाज़े के दूसरे हिस्से पर थीं।"

"बढ़िया! ये हमारे लिए सबसे ज़्यादा महत्त्वपूर्ण हैं। इससे मुझे एक उम्मीद जगी है। अब, मिस्टर हिल्टन क्यूबिट आप अपना रोचक बयान जारी रखें।"

"मुझे अब ज़्यादा कुछ नहीं कहना है मिस्टर होम्स। लेकिन अपनी बीवी पर उस रात मुझे बहुत ग़ुस्सा था। अगर वह मुझे पकड़ न लेती तो शायद मैं उस कमीने को धर दबोचता। उसने कहा कि 'उसे डर था कि मुझे कोई नुक़सान न पहुँचे।' एक बार को मुझे लगा कि शायद उसे सही में मेरे लिए डर लगा होगा कि वह आदमी मुझ पर हमला न कर दे क्योंकि मुझे ऐसा कोई शक नहीं था कि वह उस आदमी को और इन अजीब संकेतों के अर्थ को जानती है। मिस्टर होम्स मेरी बीवी की आँखों में एक ऐसा असर है और उसकी आवाज़ में ऐसा लहज़ा है जिसकी वजह से कोई शक पैदा ही नहीं होता है इसलिए मुझे लगा कि सच में उसके मन में मेरी सुरक्षा का ही ख़याल था। यह था सारा मामला। अब मुझे आपकी सलाह चाहिए कि मुझे क्या करना चाहिए? मेरा अपना मन तो यह कहता है कि अपने आधा दर्जन आदमियों को झाड़ियों में छिपा दूँ और जब वह शैतान आए तो वे उसे इतना मारें कि वह हमें हमेशा के लिए शान्ति से रहने के लिए छोड़ जाए।"

"मुझे लगता है ये मामला इतनी आसानी से सुलझने वाला नहीं है," होम्स ने कहा, "आप लंदन में कितने समय तक रुक सकते हैं?"

"मुझे आज ही जाना होगा। मैं अपनी बीवी को पूरी रात अकेला नहीं छोड़ सकता हूँ। वह बड़ी नर्वस है, उसने मुझसे प्रार्थना की थी कि मैं वापस लौट आऊँ।"

"मुझे मानना पड़ेगा कि आप सही कह रहे हैं। लेकिन अगर आप रुक सकते तो शायद मैं आपके साथ एक-दो दिन में चल सकता था। चलिए फ़िलहाल ये सारे काग़ज़ मेरे पास छोड़ जाइए। मैं समझता हूँ कि शाायद मैं जल्द ही आपके पास आऊँ और आपके मामले पर कुछ रोशनी डालूँ।"

हमारे मेहमान के जाने तक शरलॉक होम्स ने अपना पेशेवराना रवैया बनाए रखा। हालाँकि मेरे लिए यह पता लगाना मुश्किल नहीं था कि वह इस मामले को लेकर कितना उत्साहित था। जैसे ही उस हिल्टन क्यूबिट की चौड़ी पीठ हमारे दरवाज़े से ग़ायब हुई, मेरा साथी लगभग दौड़ता हुआ मेज़ तक गया और नाचते हुए आदमियों की आकृतियों वाले सारे काग़ज़ मेज़ पर फैलाकर बड़ी बारीकी से उनका अध्ययन करने लगा। मैं लगभग दो घंटे तक उसे एक-एक काग़ज़ का निरीक्षण करते देखता रहा। वह अपने काम में इतना डूबा हुआ था कि मेरी मौजूदगी के बारे में पूरी तरह से भूल गया था। अपने काम में कभी उसे कुछ सफलता मिलती लगती तो वह सीटी बजाने और गाने लगता था, कभी वह उलझ जाता था तो काफ़ी-काफ़ी देर तक अपनी भौंहें चढ़ाए ख़ाली आँखें लिए बैठा रहता था। आख़िरकार जब वह अपनी कुर्सी से उठा तो उसकी आवाज़ में सन्तोष की झलक थी। वह अपने हाथों को रगड़ते हुए कमरे में चक्कर लगाने लगा। उसके बाद उसने टेलीग्राम के फॉर्म पर एक लम्बा सन्देश लिखा। "यदि इस तार का जवाब मेरी उम्मीद के मुताबिक़ रहा तो वॉटसन तुम्हें अपने संग्रह में जोड़ने के लिए एक बड़ा उम्दा केस मिलेगा,"

उसने कहा, "मुझे उम्मीद है कि शायद हम कल नॉरफ़ॉक जाएँ और शायद हम अपने साथ अपने उस दोस्त के लिए उसकी परेशानी के हल के लिए कुछ पक्की जानकारी लेकर जाएँगे।"

मैं यह मानता हूँ कि मैं उत्सुकता से भर गया था पर मुझे यह भी पता था कि होम्स किसी भी बात का खुलासा अपने हिसाब से और अपने तरीक़े से ही करता था, इसलिए मैंने तब तक इंतज़ार करना ठीक समझा जब वह ख़ुद इस बारे में मुझे बताएगा।

जवाबी तार आने में देर हो गई। दो दिन बड़ी बेचैनी में बीते। जब भी दरवाज़े की घंटी बजती, होम्स के कान खड़े हो जाते। दूसरे दिन की शाम को हिल्टन क्यूबिट की तरफ़ से एक पत्र मिला। उसकी तरफ़ बाक़ी सब ठीक था बस उस लम्बी लिखावट को छोड़कर जो सूर्यघड़ी के खम्भे पर सुबह मिली थी। उसने उसकी एक कॉपी लगाई थी जो इस प्रकार थी :

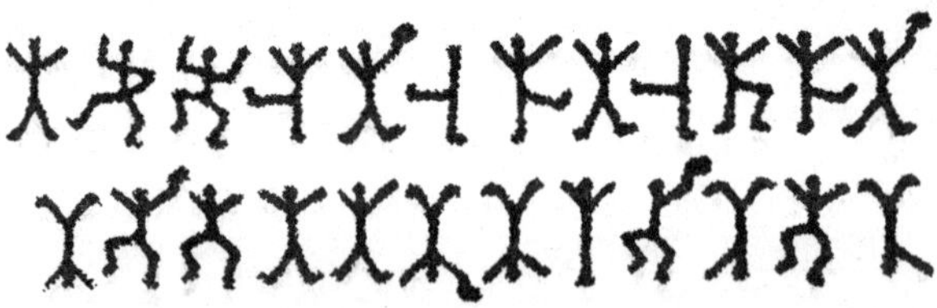

होम्स ने झुककर कुछ मिनटों तक उन आकृतियों को ध्यान से देखा और फिर अचानक आश्चर्य और व्याकुलता से अपने पैरों पर उछल-सा गया। उसका चेहरा उत्सुकता से भरा हुआ था।

"हमने इस मामले में बहुत ढील दे दी," उसने कहा, "क्या नार्थ वॉशम के लिए आज रात कोई ट्रेन है?"

मैंने टाइम टेबल देखा, आख़िरी गाड़ी भी जा चुकी थी।

"तब हम सुबह जल्दी नाश्ता करेंगे और सुबह की सबसे पहली गाड़ी पकड़ेंगे," होम्स ने कहा, "वहाँ हमारी फ़ौरन ज़रूरत है। ओह, ये रहा वो टेलीग्राम जिसका हम इंतज़ार कर रहे थे। एक मिनट मिसेज़ हडसन, शायद कोई जवाब देना हो। नहीं, यह हमारी उम्मीद के मुताबिक़ ही है। इस तार से तो यह बात और साफ़ हो गई है कि इस मामले में क्या हालात हैं। हिल्टन क्यूबिट को ये बताने के लिए हमें ज़रा-सा भी वक़्त बर्बाद नहीं करना चाहिए। यह बड़ा ख़तरनाक जाल है जिसमें हमारा नॉरफ़ॉक वाला साथी फँस गया है।"

तो सच में यह साबित हो गया कि जो कहानी मुझे बड़ी बचकानी सी लगती थी वह बड़े ख़तरनाक अंजाम वाली थी। इस कहानी में कुछ ऐसे मोड़ आए जिससे राइडिंग थोर्प मनोर का नाम कुछ दिनों के लिए पूरे इंग्लैंड में चर्चित हो गया था।

हमने नार्थ वॉशम के स्टेशन पर उतरकर अपने गंतव्य के बारे में पूछा ही था कि स्टेशन मास्टर लपकता हुआ आया। "मुझे लगता है कि लंदन से आए जासूस आप लोग ही हैं," उसने कहा।

होम्स के चेहरे पर थोड़ी-सी नाराज़गी दिखी।

"आपको ऐसा कैसे लगा?"

"क्योंकि नॉरविच का इंस्पेक्टर मार्टिन अभी-अभी यहाँ हो कर गया है। पर अगर आप लोग डॉक्टर हैं तो वह अभी तक मरी नहीं है, आख़िरी जानकारी तो यही है। आप लोग शायद उसे बचा लेंगे हालाँकि यह उसे फाँसी के लिए बचाना ही होगा।"

उत्सुकता से होम्स की भौहें तन गईं।

"हम राइडिंग थोर्प मनोर जा रहे हैं," उसने कहा, "लेकिन वहाँ क्या हुआ है, इसकी हमें कोई ख़बर नहीं है।"

"बड़ा बुरा हुआ है," स्टेशन मास्टर ने कहा, "उन दोनों को

गोली मार दी गई, मिस्टर हिल्टन क्यूबिट और उनकी बीवी को। उनकी बीवी ने पहले उन्हें गोली मारी और फिर ख़ुद को गोली मार ली। नौकरों ने ऐसा ही बताया। वह मर गए और उनकी बीवी की ज़िन्दगी ख़तरे में है। हे मेरे भगवान, इस नॉरफ़ॉक काउंटी के सबसे पुराने और सबसे सम्मानित परिवार के साथ ये ज़ुल्म।"

बिना देर किए होम्स घोड़ागाड़ी की तरफ़ लपका। सात मील के उस रास्ते में उसने एक बार भी अपना मुँह नहीं खोला। मैंने उसे शायद ही कभी इतना निराश देखा था। क़स्बे से लेकर अपनी यात्रा में वह पूरी तरह से बेचैन रहा था और मैंने यह नोट किया कि हालाँकि उसने सुबह के अख़बारों को बड़ी उत्सुकता के साथ पलटा था, पर अब जिस बात का उसे डर लग रहा था उसके सच होने की ख़बर ने उसे हिला दिया था। वह अपनी सीट पर लुढ़क गया और उदासी-भरे ख़यालों में खो गया। हम एक बेहद ख़ूबसूरत ग्रामीण इलाक़े से गुज़र रहे थे जहाँ हर कुछ दूरी पर नयी सभ्यता के मकान थे तो हर कुछ दूर पर खड़े चर्च उस पुराने पूर्वी एंग्लिया इलाक़े की समृद्धि का बखान कर रहे थे।

आख़िरकार, नॉरफ़ॉक के समुद्री किनारे की हरी रेखा दिखाई देने लगी। गाड़ीवान ने अपना चाबुक उठा कर ईंट और लकड़ी के बने दो पुराने मकान के किनारों की तरफ़ संकेत किया जो पेड़ों के बीच से दिख रहे थे। "वह रहा राइडिंग थोर्प मनोर," उसने कहा।

जब हम उस घर के सामने के द्वार के पोर्टिको पर पहुँच रहे थे तब मैंने उसके सामने एक टेनिस लॉन के अलावा औजार रखने का काला कमरा और अपने खम्भे पर खड़ी सूर्यघड़ी को देखा जिनसे हमारा अजीब-सा जुड़ाव पहले से ही हो गया था। एक सूटेड-बूटेड व्यक्ति हमारे सामने ही एक घोड़ागाडी से जल्दी से उतरा। उसने

अपना परिचय नॉरफ़ॉक पुलिस स्टेशन के इंस्पेक्टर मार्टिन के रूप में दिया। जब उसने मेरे साथी का नाम सुना तो वह बड़े ताज्जुब में पड़ गया।

"क्या बात है, मिस्टर होम्स। ये अपराध तो अभी रात में तीन बजे हुआ है। इसके बारे में आपको लंदन में कैसे पता चला और कैसे आप इतनी जल्दी यहाँ पहुँच गए?"

"मुझे इसका अन्दाज़ हो गया था और मैं इसे न होने देने के मक़सद से यहाँ आया था।"

"तब तो ज़रूर आपके पास कुछ ज़रूरी सुराग होंगे जो हमें पता नहीं हैं। वैसे ये दोनों बड़े अच्छे पति-पत्नी कहे जाते थे।"

"मेरे पास तो सिर्फ़ नाचते हुए आदमियों वाला सुराग है," होम्स ने कहा, "मैं इस मामले को बाद में स्पष्ट करूँगा। चूँकि अब तो जो होना था सो हो चुका है, मैं चाहता हूँ कि जो भी जानकारियाँ मेरे पास हैं उनका इस्तेमाल इन दोनों को न्याय दिलाने में किया जाए। क्या आप मुझे अपनी जाँच में शामिल करेंगे या आप चाहेंगे कि मैं अलग से जाँच करूँ?"

"अगर हम मिलकर काम करेंगे तो मुझे इस बात पर गर्व होगा, मिस्टर होम्स।" इंस्पेक्टर ने ईमानदारी से कहा।

"फिर तो मैं फ़ौरन जो भी सुराग आपके पास है, उसके बारे में जानना चाहूँगा और मकान की जाँच करना चाहूँगा ताकि मामले में देर न हो।"

इंस्पेक्टर मार्टिन ने समझदारी दिखाते हुए मेरे दोस्त को अपने हिसाब से जाँच करने दी और ख़ुद का काम जाँच के परिणामों को नोट करने तक ही सीमित रखा। उस क़स्बे का सफ़ेद बालों वाला बूढ़ा सर्जन श्रीमती हिल्टन क्यूबिट के कमरे से नीचे आया और उसने

कहा "उनको लगी चोटें गम्भीर तो हैं पर ऐसी भी नहीं हैं कि उनकी जान को ख़तरा हो। गोली उनके दिमाग़ के अगले हिस्से से निकली है, उन्हें होश में आने में कुछ वक़्त लगेगा।" यह पूछे जाने पर कि उन्होंने ख़ुद अपने आपको गोली मारी या फिर किसी और ने उन पर गोली चलाई, वह निश्चित तौर पर कुछ नहीं कह सका पर एक बात निश्चित थी कि गोली बहुत पास से चलाई गई थी। कमरे में एक ही पिस्तौल पाई गई थी जिसकी दोनों नलियों से गोली चली थी। श्रीमान हिल्टन क्यूबिट के सीने में गोली लगी थी। यह भी माना जा सकता था कि उन्होंने पहले अपनी पत्नी को गोली मारी और फिर ख़ुद को मार ली या फिर उनकी पत्नी ने ही यह अपराध किया हो क्योंकि पिस्तौल उन दोनों के बीच ज़मीन पर पड़ा हुआ था।

"क्या इन्हें अपनी जगह से हिलाया गया है?" होम्स ने पूछा।

"हमने कुछ नहीं हटाया सिवाय इस महिला के। हम उसे यूँ ही मरने के लिए नहीं छोड़ सकते थे ज़मीन पर।"

"आप यहाँ पर कब से हैं, डॉक्टर?"

"चार बजे से।"

"आपके साथ कोई और भी था?"

"हाँ, एक कांस्टेबल।"

"और आपने किसी चीज़ को हाथ तो नहीं लगाया?"

"नहीं।"

"आपने बड़ी अक़्लमंदी का काम किया। आपको यहाँ किसने बुलाया था?"

"घर की नौकरानी सॉन्डर्स ने।"

"क्या उसी ने इस बारे में शोर मचाया था?"

"उसने और खाना बनाने वाली बाई 'किंग' ने।"

"वे लोग अब कहाँ हैं?"

"शायद रसोई में।"

"मेरे ख़याल से तब हमें फ़ौरन उनसे भी सारी बातें सुननी चाहिए।"

ओक की लकड़ी के पैनलों से बना ऊँची-ऊँची खिड़कियों वाला वह पुराना हॉल जाँच-पड़ताल कक्ष में बदल चुका था। होम्स एक पुराने स्टाइल की भव्य कुर्सी पर बैठ गया। उसके थके हुए चेहरे पर उसकी कठोर निगाहें दिख रही थीं। उसकी आँखों में अपने मृत मुवक्किल को इन्साफ़ दिलाने के लिए बेचैनी थी। वह पतला इंस्पेक्टर मार्टिन, बूढ़ा स्थानीय डॉक्टर, मैं और क़स्बे का भावहीन कांस्टेबल, हम सब उस जगह मौजूद बाक़ी लोग थे।

उन दोनों औरतों ने अपनी बात काफ़ी स्पष्ट तरीक़े से बताई। उन दोनों की नींद एक धमाका सुनकर खुली थी जिसके एक मिनट बाद एक दूसरा धमाका हुआ था। वे दोनों पास-पास के कमरों में रहती हैं और श्रीमती किंग भाग कर सॉन्डर्स के कमरे में आई थीं। दोनों सीढ़ियों से साथ-साथ नीचे आई थीं। बैठक का दरवाज़ा खुला पड़ा था और मेज़ पर एक मोमबत्ती जल रही थी। उनका मालिक कमरे के बीच में औंधे मुँह गिरा हुआ था। वह मरा हुआ लग रहा था। खिड़की के पास उसकी पत्नी झुकी हुई थी। उसका सिर दीवार पर टिका हुआ था। वह बुरी तरह से घायल थी। उसके चेहरे का एक हिस्सा ख़ून में डूबा हुआ था। उसकी साँसें धीमे चल रही थीं और कमरा धुएँ तथा गन पाउडर की गंध से भरा हुआ था। खिड़की अन्दर से बन्द की हुई थी। इस बात पर दोनों औरतें सहमत थीं। उन्होंने तुरन्त डॉक्टर को और कांस्टेबल को बुलाया और फिर कोचवान और तबेले वाले लड़के की मदद से अपनी घायल मालकिन को उनके कमरे तक पहुँचाया। वह अपनी ड्रेस पहने हुए थी और मिस्टर

हिल्टन अपने रात के कपड़ों के ऊपर ड्रेसिंग गाउन पहने हुए थे। बैठक में से कुछ भी नहीं हटाया गया था। उन लोगों की जानकारी के मुताबिक़ पति-पत्नी में कभी झगड़ा नहीं होता था। नौकरों को वे हमेशा एक घनिष्ठ जीवनसाथी लगे थे।

नौकरों की गवाही के यही मुख्य बिन्दु थे। इंस्पेक्टर मार्टिन को दी गई गवाही में उन सबने एक बात साफ़-साफ़ कही थी कि हर दरवाज़ा अन्दर से बन्द था और घर से किसी के निकल भागने की कोई गुंजाइश नहीं थी। होम्स को दिए बयान में उन दोनों ने ही एक बात ज़रूर कही कि जैसे ही उन्होंने अपने कमरे से बाहर क़दम रखा तब से लेकर ऊपरी मंज़िल तक जाने में उन्हें गन पाउडर की तेज़ गंध आ रही थी। "मैं यह बात ख़ास तौर से आपके ध्यान में ला रहा हूँ," होम्स ने इंस्पेक्टर से कहा, "मुझे लगता है कि अब हम कमरे का अच्छी तरह से मुआयना कर सकते हैं।"

बैठक एक छोटा-सा कक्ष था जिसके तीन तरफ़ किताबें सजी थीं। कमरे में एक मेज़ थी जो खिड़की के सामने रखी थी और खिड़की बाग़ की तरफ़ खुलती थी। हमारा ध्यान पहले उस अभागे भले आदमी के शव पर गया। उसका भारी-भरकम शरीर कमरे में पड़ा हुआ था। उसके अस्त-व्यस्त कपड़े संकेत कर रहे थे कि वह अपनी नींद से हड़बड़ाकर उठा होगा। गोली उसे सामने से मारी गई थी और वह उसके हृदय को चीरने के बाद वहीं धँसकर रह गई थी। उसकी मृत्यु तुरन्त और बिना किसी दर्द के हुई होगी। उसके ड्रेसिंग गाउन या हाथों में गन पाउडर के कोई निशान नहीं थे। सर्जन के मुताबिक़ उस महिला के चेहरे पर कुछ धब्बे थे लेकिन उसके हाथों में कोई धब्बे नहीं थे।

"धब्बों का ना होना कोई मायने नहीं रखता लेकिन उनके होने

का बहुत मतलब होता," होम्स ने कहा, "जब तक कि किसी ख़राब कारतूस से पीछे धुआँ न निकले तब तक कोई भी व्यक्ति बिना किसी निशान के कितनी ही गोलियाँ दाग सकता है। मेरा सुझाव है कि अब मिस्टर क्यूबिट के शरीर को हटाया जा सकता है। डॉक्टर, मैं समझता हूँ कि आप वह गोली नहीं निकाल पाए हैं जिसने महिला को घायल किया है?"

"उसे शरीर से निकालने के लिए गम्भीर ऑपरेशन की ज़रूरत होगी। लेकिन पिस्तौल में अभी भी चार गोलियाँ होंगी। दो गोलियाँ चलीं, दो घाव हुए, इस तरह से प्रत्येक गोली को गिना जा सकता है।"

"ऐसा लगता है," होम्स ने कहा, "शायद आप उस गोली का भी हिसाब दे देंगे जो खिड़की के किनारे पर लगी है।"

वह अचानक मुड़ा और उसकी लम्बी पतली उँगली खिड़की के नीचे वाली चौखट के हिस्से में बने उस छेद की तरफ़ इशारा कर रही थी जो खिड़की की चौखट पर एक इंच ऊपर बना था।

"हे मेरे मालिक," इंस्पेक्टर चिल्लाया, "तुमने इसे कैसे देख लिया?"

"क्योंकि मैंने इसकी तलाश की।"

"लाजवाब!" स्थानीय डॉक्टर ने कहा, "आप एकदम सही हैं, जनाब। इसका मतलब है कि एक तीसरी गोली भी चली है जिसका अर्थ है कि कोई तीसरा आदमी भी मौजूद रहा होगा। पर ऐसा कैसे हुआ होगा और वह बाहर कैसे गया होगा?"

"इसी समस्या को हमें अब हल करना है," शरलॉक होम्स ने कहा, "तुम्हें याद है इंस्पेक्टर मार्टिन, जब नौकरों ने कहा कि अपने कमरे से निकलते ही उन्हें पाउडर की गंध आई थी, तब मैंने कहा था कि यह बड़ी महत्त्वपूर्ण बात है।"

"हाँ सर, लेकिन मैं मानता हूँ कि मैं आपकी बात समझा नहीं था।"

"इससे यह लगता था कि जिस समय गोलियाँ चली होंगी तब कमरे की खिड़की और साथ ही दरवाज़ा भी खुले होंगे वरना पाउडर का धुआँ इतनी जल्दी पूरे घर में नहीं फैल सकता था। उसके लिए कमरे में हवा का झोंका आना ज़रूरी था। पर यह ज़रूर है कि खिड़की और दरवाज़ा दोनों बहुत कम समय के लिए खुले होंगे।"

"लेकिन आप इसे साबित कैसे करेंगे?"

"क्योंकि मोमबत्ती बुझी नहीं थी।"

"ज़रूरी बात," इंस्पेक्टर चिल्लाया, "ज़रूरी बात।"

"यह मान कर कि दुर्घटना के वक़्त खिड़की खुली रही होगी, मैं यह अनुमान लगाता हूँ कि इस मामले में एक तीसरा आदमी भी था जो इस खुली जगह के बाहर खड़ा होगा और इसके बीच में से ही उसने गोली चलाई होगी। हिल्टन पर चलाई गई गोली इस चौखट पर लग सकती है। इसी अनुमान पर मैंने देखा और मुझे ये गोली का निशान मिल गया।"

"लेकिन खिड़की फिर वापस बन्द कैसे हुई और कड़ी कैसे लगी?"

"महिला की पहली प्रतिक्रिया खिड़की बन्द करके कड़ी लगाने की ही रही होगी। लेकिन रुको, अरे यह क्या है?"

वह एक महिला पर्स था जोकि स्टडी टेबल पर पड़ा था—मगरमच्छ की खाल और चाँदी से बना एक पतला-सा हैंडबैग। होम्स ने उसे खोलकर उल्टा किया तो उसमें रखी चीज़ें बाहर निकल पड़ीं। उसमें बैंक ऑफ़ इंग्लैंड के पचास पौंड के पच्चीस नोट थे जोकि एक रबर बैंड से बँधे थे, और कुछ नहीं था।"

"इसे सँभालकर रखना, मुक़दमे में इनकी ज़रूरत पड़ेगी," होम्स ने बैग और उसका सामान इंस्पेक्टर को देते हुए कहा, "अब यह ज़रूरी है कि हम इस तीसरी गोली के विषय में छानबीन करें जो लकड़ी के चिरने से ऐसे लगता है कि कमरे के अन्दर से ही चली है। मैं श्रीमती किंग, रसोई बनाने वाली से फिर से मिलना चाहूँगा। किंग मैडम आपने कहा कि आपकी नींद तेज़ धमाके से टूटी थी। जब आपने यह कहा तब क्या आपका मतलब यह था कि आपको लगा कि वह धमाका दूसरे धमाके से तेज़ था?"

"सर, उस धमाके ने मुझे नींद से जगाया था इसलिए यह बता पाना तो मुश्किल है, पर वह था काफ़ी ज़ोरदार।"

"क्या आपको ऐसा महसूस नहीं होता कि एक ही वक़्त में एक साथ दो गोलियाँ चली हों?"

"मैं सच्ची इस बारे में कुछ नहीं बता सकती हूँ।"

"लेकिन मुझे लगता है कि यक़ीनन ऐसा ही हुआ होगा। इंस्पेक्टर मार्टिन, मुझे लगता है कि इस कमरे की हमारी जाँच पूरी हो गई है। यहाँ पर कुछ और पता नहीं लग सकता है। अब अगर आप मेरे साथ आएँगे तो हम चलकर देखते हैं कि बाग़ में हमें क्या सुराग मिल सकते हैं?"

वहाँ फूलों की एक क्यारी थी जो बैठक की खिड़की तक गई थी और जब हम उस तक गए तो ताज्जुब में पड़ गए। उसके फूल कुचले हुए दिख रहे थे और उसकी हल्की गीली मिटटी पर पैरों के निशान थे। वे किसी लम्बे-तगड़े आदमी के पैरों के निशान थे जिसकी एड़ियाँ ख़ास तौर से लम्बी थीं। होम्स ने घास और पत्तियों के बीच इस तरह जाँच की जैसे कोई शिकारी कुत्ता घायल पक्षी की तलाश करता है। फिर एक सन्तोष की साँस के साथ, वह आगे झुका और

उसने एक छोटा पीतल का गोल खोल उठाया।

"मैंने यही सोचा था," उसने कहा, "पिस्तौल में एक इजेक्टर रहा होगा, देखो यह रहा तीसरा कारतूस। मुझे लगता है इंस्पेक्टर मार्टिन कि हमारा केस लगभग सुलझ गया है।"

इंस्पेक्टर की आँखें होम्स के तफ़्तीश के इस तेज़ रफ़्तार तरीक़े को देखकर आश्चर्य से फटी जा रही थीं। पहले उसने अपने पद का कुछ रुआब दिखाने की कोशिश की थी लेकिन अब वह होम्स का प्रशंसक हो गया था और होम्स की कोई भी बात मानने को फ़ौरन तैयार था।

"आपको किस पर शक है?" उसने पूछा।

"उस बात पर मैं बाद में आऊँगा। इस मामले में अभी भी ऐसी कई उलझनें हैं जिन्हें स्पष्ट करने में मैं अभी कामयाब नहीं हुआ हूँ। अब चूँकि मैं इस मामले में यहाँ तक अपनी सोच के हिसाब से आ गया हूँ इसलिए अब मुझे इसी तरह से आगे बढ़ना है और उसके बाद मैं इस मामले को पूरी तरह से निपटा सकूँगा।"

"जैसा आप चाहें मिस्टर होम्स, हमें तो बस अपना अपराधी चाहिए।"

"मुझे कोई रहस्य खड़ा नहीं करना है पर इस वक़्त लम्बी और पेचीदा तफ़सीलों में जाना नामुमकिन है। इस मामले के सारे सूत्र मेरे हाथ में हैं। अगर इस महिला को होश नहीं भी आया तब भी हम उस रात की घटनाओं को बयान कर सकते हैं और यह सुनिश्चित कर सकते हैं कि इस मामले में न्याय हो। मैं यह जानना चाहता हूँ कि क्या इस इलाक़े में 'एलरिज' नाम की कोई सराय है?"

इस बारे में नौकरों से पूछा गया पर उनमें से किसी ने इसके बारे नहीं सुना था। अस्तबल के लड़के ने इतना ज़रूर बताया कि

ईस्ट रूस्टन की दिशा में कई मील दूर इस नाम का एक किसान ज़रूर रहता है।

"क्या वह सुनसान फ़ार्म है।"

"बेहद सुनसान, सर।"

"हो सकता है कि उन्हें अभी तक यह न पता चला हो कि रात में यहाँ क्या हुआ है?"

"हो सकता है, सर।"

होम्स ने कुछ देर के लिए सोचा। फिर उसके चेहरे पर एक उत्सुकता-भरी मुस्कान फैल गई।

"एक घोड़े पर काठी सजाओ, बच्चे," उसने कहा, "मैं चाहता हूँ कि तुम एलरिज के फ़ार्म तक एक चिट्ठी लेकर जाओ।"

उसने अपनी जेब से नाचते हुए आदमी की कई पर्चियाँ निकालीं। उन्हें अपने सामने रखकर उसने स्टडी टेबल पर कुछ काम किया। आख़िरकार उसने लड़के को वह चिट्ठी दी। इसी के साथ ही यह हिदायत भी दी कि चिट्ठी उसी के हाथ में दे जिसका नाम उस पर लिखा है और साथ यह भी कहा कि उससे कोई भी सवाल पूछा जाए तो उसका जवाब नहीं दे। मैंने उस चिट्ठी पर लिखा पता देखा। वह बड़ी ऊबड़-खाबड़ लिखाई में लिखा गया था जोकि होम्स की सुघड़ हस्तलिपि जैसी नहीं थी। वह किसी मिस्टर एबे स्लैनेय, एलरिज का फार्म, ईस्ट रूस्टन, नॉरफ़ॉक के लिए थी।"

"मैं सोचता हूँ इंस्पेक्टर," होम्स बोला, "बेहतर रहेगा अगर तुम टेलीग्राम भेज कर सिपाही मँगा लो, क्योंकि अगर मेरी सोच ठीक निकली तो तुम्हें एक बड़े ख़तरनाक मुज़रिम को जेल ले जाना पड़ सकता है। जो लड़का यह चिट्ठी ले जा रहा है वही तुम्हारा टेलीग्राम भी भेज देगा। और हाँ, वॉटसन, अगर शहर के लिए दोपहर में कोई

ट्रेन होगी तो हमें उससे चलना होगा क्योंकि मुझे इस मामले को अंजाम तक पहुँचाने के लिए कुछ केमिकल परीक्षण कराने हैं। अब यह जाँच समाप्त होने की कगार पर है।"

जब वह लड़का चिट्ठी लेकर चला गया, शरलॉक होम्स ने नौकरों को अपनी हिदायतें दीं। अगर कोई अजनबी आकर श्रीमती हिल्टन क्यूबिट के बारे में पूछताछ करे तो उनकी हालत के बारे में कोई जानकारी नहीं देनी है और उस व्यक्ति को ड्राइंग रूम ले आया जाए। उसने बड़ी गम्भीरता से ये बातें उन्हें बताईं। आख़िर में वह ड्राइंग रूम में आया और कहा कि अब मामला हमारे हाथ में नहीं है और अब हमें आने वाली घटना की प्रतीक्षा करनी है। पता नहीं आगे क्या है? डॉक्टर अपने मरीज़ देखने के लिए चला गया और इंस्पेक्टर और मैं रह गए।

"मुझे लगता है मैं एक घंटा मज़ेदार और लाभदायक तरीक़े से गुज़ारने में आप लोगों की मदद कर सकता हूँ," होम्स ने अपनी कुर्सी मेज़ के पास खींचते हुए और अपने सामने कुछ काग़ज़ बिछाते हुए कहा जिन पर नाचते हुए आदमियों के रेखांकन थे, "दोस्त वॉटसन, तुम्हारे सामने तो मुझे पश्चात्ताप करना पड़ेगा क्योंकि मैंने इतने लम्बे समय तक तुम्हारी स्वाभाविक जिज्ञासा को शान्त नहीं किया था और इंस्पेक्टर तुम्हें ये सारी घटना बड़ी असाधारण जाँच लग रही होगी। मैं पहले तुम्हें जब मिस्टर हिल्टन क्यूबिट बेकर स्ट्रीट में मुझसे मिले थे तब उनके द्वारा मेरे साथ किए गए सलाह-मशविरे से जुड़े कुछ रोचक तथ्य बता दूँ।" फिर उसने संक्षेप में उन बातों को दोहराया जिनका उल्लेख पहले ही किया जा चुका है।

"यहाँ मेरे सामने ये रेखांकन हैं। अगर यह न पता हो कि ये एक दुर्घटना के संकेत हैं तो किसी को भी इन पर हँसी आएगी। मैं

काफ़ी तरह की गुप्त लेखन प्रणालियों से परिचित हूँ। इस विषय पर मैंने एक किताब भी लिखी है जिसमें मैंने एक सौ साठ अलग-अलग गुप्त लिखावटों का विश्लेषण किया है लेकिन मुझे यह मानना पड़ेगा कि ये लेखन तो मेरे लिए भी नया है। इस लिखावट को जिसने भी तैयार किया है उसका उद्देश्य शायद यह रहा होगा कि किसी को इस बात का पता न चले कि ये रेखाचित्र वास्तव में एक सन्देश हैं बल्कि ये ऐसे लगें जैसे किसी बच्चे ने कुछ बनाया हो।

"एक बार यह पता चल जाने पर कि ये चिह्न अक्षरों के लिए हैं तो गुप्त लिखावट में लगने वाले नियमों का इस्तेमाल करने के बाद, इसका हल निकालना आसान हो गया था। मुझे दिया गया पहला सन्देश इतना छोटा था कि मैं कुछ भरोसे के साथ केवल इतना ही कह सकता था कि  चिह्न से अभिप्राय **E** से होगा। जैसाकि आप जानते हैं, अंग्रेजी अक्षरों में **E** सबसे ज़्यादा आम अक्षर है, और यह इतना इस्तेमाल होने वाला अक्षर है कि इतने छोटे-से वाक्य में भी यह सबसे ज़्यादा मिलने वाला अक्षर होना चाहिए था। पहले सन्देश में इस्तेमाल पन्द्रह संकेतों में से चार एक जैसे थे तो उन्हें **E** मान लेना तर्कसंगत था। यह सही है कि कुछ मामलों में उस आकृति में झंडा था और कुछ में नहीं, लेकिन जिस तरह उसका इस्तेमाल किया गया था उससे लगता था कि उसका इस्तेमाल उस वाक्य को शब्दों में बाँटने के लिए किया गया है। मैंने इस अनुमान को स्वीकार किया और यह नोट किया कि इस  आकृति का मतलब **E** है।

"लेकिन अब जाँच में असली मुश्किल आई क्योंकि **E** के बाद इंग्लिश अक्षरों के प्रयोग का क्रम बहुत सधी तरह से तय नहीं किया गया है और किसी भी छपे हुए काग़ज़ में औसतन जो क्रम अधिकता से दिखाई देगा, किसी छोटे-से एक वाक्य में वह उल्टा

भी हो सकता है। सामान्य रूप से कहें तो, **T, A, O, I, N, S, H, R, D** और **L** वे संख्यासूचक क्रम हैं जिनमें अक्षर आते हैं। लेकिन **T, A, O** और **I** लगभग एक-दूसरे के साथ-साथ हैं और इनसे बनने वाले हरेक संयोग को बनाकर किसी अर्थ पर आना तो कभी न समाप्त होने वाला काम हो जाता। इसलिए मैंने किसी अन्य सामग्री के आने का इंतज़ार किया। मिस्टर हिल्टन क्यूबिट के साथ मेरी दूसरी मुलाक़ात में उन्होंने दो अन्य छोटे-छोटे वाक्य और एक सन्देश दिया जोकि एक ही शब्द लग रहा था क्योंकि उसमें बीच में कोई झंडा नहीं था। ये रहे वे संकेत। अब उस एक अकेले शब्द में मुझे दो **E** का पता था जोकि उस पाँच अक्षर के शब्द में दूसरे और चौथे स्थान पर आ रहे थे। तो यह शब्द Sever या Lever या Never में से कोई होना चाहिए था। अब इसमें कोई शक नहीं था कि किसी भी अनुरोध के जवाब में आख़िरी वाले शब्द के होने की संभावना अधिक थी। और परिस्थितियाँ इस ओर संकेत कर रही थीं कि शायद यह उस महिला द्वारा लिखा गया जवाब हो। इसे सही मानते हुए, हम यह कहने की हालत में हैं कि 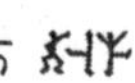 संकेत क्रमशः **N, V** और **R** के लिए हैं।

"लेकिन तब भी मैं काफ़ी मुश्किल में था, लेकिन ख़ुशी यही थी कि मुझे अब उस लिखावट के कई और अक्षर मिल गए थे। मुझे लगा कि अगर ये सन्देश किसी ऐसे व्यक्ति की तरफ़ से आए हैं जो उस महिला की पहले की ज़िन्दगी में क़रीबी रहा होगा तो एक ऐसा अक्षर संयोग जिसमें दो **E** के बीच में तीन अक्षर आएँ वह ELSIE [एलसी] नाम के लिए हो सकता है। मैंने पाया कि ऐसा संयोग सन्देश के अन्त में था जो तीन बार दोहराया गया था। इसका मतलब यह निश्चय ही एलसी के लिए कोई निवेदन था। इस तरह से मुझे **L,**

S और I भी मिल गए। लेकिन यह क्या निवेदन हो सकता था? उसमें एलसी से पहले सिर्फ़ चार अक्षर थे और वे E पर समाप्त हो रहे थे। तब तो निश्चय ही शब्द COME होना चाहिए। मैंने E से समाप्त होने वाले अन्य चार शब्दों पर भी विचार किया लेकिन उनमें से कोई भी इस मामले में सही नहीं बैठ रहा था। तो अब मेरे पास C, O और M भी थे और अब मैं इस हालत में था कि एक बार फिर से पहले सन्देश पर नज़र डालूँ उसे शब्दों में बाँटते हुए और हर उस चिह्न के नीचे बिन्दु लगा दूँ जिसे अभी तक पहचान नहीं पाया था। इस प्रकार से कुछ इस तरह की स्थिति बनी...

. M . ERE .. ESL . NE .

"अब इसमें पहला अक्षर A ही हो सकता है। यह बड़े काम की खोज रही क्योंकि यह अक्षर इस छोटे-से वाक्य में तीन जगह आता है। इसी के साथ दूसरे शब्द में H होना चाहिए यह भी साफ़ दिख रहा था। तो इस तरह से स्थिति कुछ ऐसी बनी...

AM HEREA. E SLANE.

"अगर इन ख़ाली जगहों को नाम के हिसाब से भरा जाए तो वाक्य ऐसा बनता है...

AM HERE ABE SLANEY

"अब मेरे पास इतने अक्षर थे कि मैं दूसरे सन्देश को भी भरोसे के साथ पढ़ सकता था जोकि कुछ ऐसा बना...

A. ELRI .ES

"इसमें जो अक्षर ग़ायब हैं उनकी जगह पर T और G रखने पर ही कुछ बात बनती थी और यह मानने पर जो शब्द उभर रहा था वह किसी घर या सराय का नाम लगता था जहाँ इसका लेखक रह रहा होगा।"

इंस्पेक्टर मार्टिन और मैं दोनों बड़े ध्यान से सुन रहे थे कि किस तरह मेरा दोस्त इस परिणाम तक पहुँचा था जिससे हमारी कठिनाइयों पर काबू पाने में मदद मिल रही थी।

"फिर आपने क्या किया, सर?" इंस्पेक्टर ने पूछा।

"मेरा अनुमान था कि ये एबे स्लेनय कोई अमेरिकी होगा क्योंकि एबे अमेरिकी संक्षिप्ताक्षर है और इस सारी समस्या की शुरुआत भी अमेरिका से आए एक पत्र से ही हुई थी। मुझे यह भी लगा कि इस मामले में कोई आपराधिक रहस्य भी है। इस महिला का अपने भूतकाल की ओर संकेत करना तथा उस पर अपने पति को कुछ न बताना, दोनों बातें उसी दिशा में संकेत कर रही थीं। इसलिए मैंने न्यूयॉर्क पुलिस ब्यूरो के अपने दोस्त विल्सन हरग्रीव को टेलीग्राम किया। वह भी तो लंदन के अपराध जगत के बारे में मेरी जानकारी का कई बार इस्तेमाल कर चुका था। मैंने उससे पूछा कि 'क्या वह एबे स्लेनय नाम से परिचित है?' और उसने यह जवाब दिया, 'शिकागो का सबसे ख़तरनाक बदमाश।' जिस शाम मुझे ये जवाब मिला, हिल्टन क्यूबिट ने मुझे स्लेनय का आख़िरी सन्देश भेजा था।

"अपने द्वारा पहचाने गए अक्षरों के आधार पर वह कुछ ऐसे बनता था...

ELSIE . RE .ARE TO MEET THY GO.

"इस सन्देश के ख़ाली हिस्सों में **P** और **D** का उपयोग करके मुझे पूरा वाक्य मिल गया ELSIE PREPARE TO MEET THY GOD. इसे पढ़ने से मुझे पता चल गया कि वह बदमाश अपनी धमकी को हक़ीक़त में बदलने जा रहा है। शिकागो के बदमाशों के बारे में जानकारी के मुताबिक़ मुझे पता था कि वह जल्द ही अपनी इस धमकी को सचाई में बदल देगा। इसलिए मैं अपने दोस्त और

सहकर्मी डॉ. वॉटसन के साथ फ़ौरन नॉरफ़ॉक आ गया लेकिन दुर्भाग्य से जब तक हम आए तब तक यह दुखद घटना घट चुकी थी।"

"यह मेरा सौभाग्य है कि इस केस में मैं आपके साथ हूँ," इंस्पेक्टर ने बड़ी गर्मजोशी से कहा, "पर माफ़ कीजिएगा, मैं आपसे कुछ बातें साफ़ करना चाहता हूँ। दरअसल, आपको तो सिर्फ़ ख़ुद को जवाब देना है पर मुझे तो अपने ऊपर वालों को जवाब देना है। यदि ये एबे स्लेनय जोकि एलरिज में रहता है, यही हत्यारा है, वह फ़रार हो जाए और मैं यहाँ बैठा रहूँ तो मेरे ऊपर वाले तो मेरी खाल खींच लेंगे।"

"तुम्हें परेशान होने की ज़रूरत नहीं है। वह भागने की कोशिश नहीं करेगा।"

"आपको कैसे पता?"

"क्योंकि यहाँ से भागना अपने जुर्म को स्वीकार करना होगा।"

"तब चलो, चलकर उसे गिरफ़्तार कर लें।"

"मुझे उम्मीद है कि वह यहाँ आता ही होगा।"

"पर वह क्यों आएगा?"

"क्योंकि मैंने उसे आने के लिए लिखा है।"

"ताज्जुब है, मिस्टर होम्स! वह आपके कहने पर यहाँ क्यों आएगा भला? क्या इस तरह के अनुरोध से उसे शक नहीं हो जाएगा और उसकी वजह से वह भाग नहीं जाएगा?"

"मुझे पता था कि मुझे पत्र में क्या लिखना है," शरलॉक होम्स ने कहा, "वास्तव में तो अगर मैं ग़लत नहीं हूँ तो वह जनाब वही हैं जो सामने सड़क पर चले आ रहे हैं।"

एक आदमी तेज़ी से सड़क से चलता हुआ दरवाज़े की तरफ़ आ रहा था। वह एक लम्बा, सुन्दर, साँवले रंग का आदमी था

जिसने फ़लालेन का सूट पहन रखा था और पनामा हैट लगा रखा था, उसकी सख़्त काली दाढ़ी और तीखी नाक थी और वह एक छड़ी को हिलाता हुआ चल रहा था। वह सड़क पर ऐसे चल रहा था जैसे वह उसके बाप की जागीर हो और फिर उसने बड़े ज़ोर से दरवाज़े की घंटी बजाई।

"मुझे लगता है," होम्स ने शान्त स्वर में कहा, "हमें दरवाज़े के पीछे हो जाना चाहिए। ऐसे दुष्ट व्यक्ति के सामने हमें पूरी सावधानी बरतनी चाहिए। इंस्पेक्टर तुम्हें अपनी हथकड़ी का इस्तेमाल करना होगा। बात करने का काम मुझ पर छोड़ देना।"

हमने लगभग एक मिनट तक चुपचाप इंतज़ार किया। यह एक मिनट इस तरह बीता जिसे मैं कभी नहीं भूल सकूँगा। उसके बाद दरवाज़ा खुला और वह आदमी दाख़िल हुआ। उसी समय बिजली की गति से होम्स ने उसकी कनपटी पर पिस्तौल रख दी और इंस्पेक्टर ने उसे हथकड़ी पहना दी। यह सब इतनी तेज़ी से हुआ कि वह आदमी कुछ समझ ही नहीं पाया। उसने अपनी जलती हुई निगाहों से एक-एक करके हम सबको घूरा और उसके बाद एक ज़हरीली हँसी हँसा।

"ठीक है भाई लोग, इस बार तुम मुझ पर भारी पड़ गए। मुझे लगता है मैं किसी सख़्त जान से टकरा गया हूँ। लेकिन मैं यहाँ श्रीमती हिल्टन क्यूबिट के पत्र की वजह से आया हूँ। अब ये मत कहना कि वे इस षड्यंत्र में शामिल हैं। ऐसा मत कहना कि उन्होंने इस जाल को लगाने में मदद की है।"

"श्रीमती क्यूबिट गम्भीर रूप से घायल हो गई हैं और अब मौत के दरवाज़े पर हैं।"

उस आदमी ने एक लम्बा चीत्कार किया जो पूरे घर में गूँज गया।

"क्या तुम पागल हो?" वह ख़तरनाक ढंग से चीख़ा, "घायल तो वह हुआ था, मिसेस क्यूबिट नहीं! उस छोटी-सी एलसी को कौन घायल करेगा? मैंने तो उसे बस धमकाया था, भगवान मुझे माफ़ करे, मैं तो उसके एक बाल को भी नुक़सान नहीं पहुँचा सकता। तुम अपने शब्द वापस लो, कह दो यह झूठ है। वह घायल नहीं हुई है।"

"वह अपने मृत पति के पास बुरी तरह घायल हालत में मिली थी।"

वह एक दर्द-भरी आवाज़ के साथ सेटी पर बैठ गया। उसने अपने हथकड़ी बँधे हाथों में अपना चेहरे छिपा लिया। पाँच मिनट तक वह चुपचाप बैठा रहा। उसके बाद उसने अपना चेहरा उठाया और गमगीन स्वर में बोला।

"मुझे आपसे कुछ नहीं छिपाना है, साहब लोगो। अगर मैंने उस आदमी पर गोली चलाई थी तो उसने भी मुझ पर गोली चलाई थी। इसमें हत्या जैसी कोई बात नहीं थी। लेकिन अगर आपको ऐसा लगता है कि मैं...मैं उस महिला को नुक़सान पहुँचा सकता था तो इसका मतलब है कि आप न उसे जानते हैं, न मुझे। इस दुनिया में शायद ही कोई दूसरा आदमी उसे इतना चाहता होगा जितना कि मैं चाहता था। मेरा उस पर एक अधिकार था। वह बरसों पहले मेरे लिए तय की जा चुकी थी। इस अंग्रेज़ को हमारे बीच में आने का क्या हक़ था? मैं आपको बता रहा हूँ कि उस पर पहला हक़ मेरा था और मैं जो मेरा था उसे वापस पाने की कोशिश कर रहा था।"

"यानी कि जब उसे तुम्हारी असलियत का पता चल गया तो उसने तुमसे किनारा कर लिया?" होम्स ने सख़्ती से कहा, "तुमसे बचने के लिए वह अमेरिका से भाग ली और उसने इंग्लैंड में एक सभ्य आदमी से शादी कर ली। तुमने उसका पीछा किया और उसकी

ज़िन्दगी को नरक बना दिया ताकि वह अपने उस पति को छोड़ दे जिसे वह बहुत प्यार करती थी और इज़्ज़त करती थी और तुम्हारे साथ चली चले जिससे वह डरती है और नफ़रत करती है। तुम्हारी हरकतों की वजह से उसके पति की मौत हो गई तथा उस महिला ने आत्महत्या की कोशिश की। ये सब तुम्हारी वजह से हुआ है मिस्टर एबे स्लेनय अब तुम्हें क़ानून को इसका जवाब देना होगा।"

"अगर एलसी मर गई तो फिर मुझे कोई परवाह नहीं चाहे मेरा जो हो," उस अमेरिकी ने कहा। उसने अपने एक हाथ को फैलाया और अपनी मुट्ठी में दबी हुई एक पर्ची को देखा। "देखो, साहब," वह बोला तब उसकी आँखों में सन्देह की एक चमक थी, "आप मुझे उसके घायल होने की बात कहकर डरा तो नहीं रहे हैं न! अगर वो इतनी घायल है जितना आप कह रहे हैं तो फिर यह नोट किसने लिखा है?" उसने वह नोट मेज़ पर उछाल दिया।

"इसे मैंने लिखा है, तुम्हें यहाँ लाने के लिए।"

"तुमने लिखा है? पर हमारे अड्डे के अलावा पूरी दुनिया में कोई ऐसा नहीं है जिसे इन नाचते हुए आदमियों की भाषा का ज्ञान हो। फिर तुमने इसे कैसे लिखा?"

"एक आदमी अगर कुछ बनाता है तो दूसरा उसकी खोज भी कर सकता है," होम्स ने कहा, "तुमको नॉरविच ले जाने के लिए गाड़ी आती होगी, मिस्टर एबे स्लेनय। लेकिन इस दरम्यान, जो जख़्म तुमने दिए हैं उनका प्रायश्चित्त करने का कुछ वक़्त तुम्हारे पास है। क्या तुम्हें पता है कि मिसेस हिल्टन पर ही अपने पति की हत्या का शक था। ये तो मेरे यहाँ होने और मेरे पास इससे सम्बन्धित जानकारी होने की वजह से ही वे इस इलज़ाम से बच सकी हैं। तुम उनके लिए कम से कम इतना तो कर सकते हो कि सारे संसार को बता

दो कि उनका इस हत्या से किसी क़िस्म का कोई सम्बन्ध नहीं है।"

"मेरे लिए भी इससे बेहतर और कुछ नहीं है," उस अमेरिकी ने कहा, "मुझे लगता है कि मेरे लिए एकदम सच बोलना ही सबसे अच्छा रहेगा।"

"लेकिन यह बताना मेरा फ़र्ज़ है कि इसे तुम्हारे ख़िलाफ़ इस्तेमाल किया जा सकता है," इंस्पेक्टर ने ब्रिटिश आपराधिक क़ानून का सही प्रयोग करते हुए कहा।

यह सुनकर स्लेनय ने अपने कंधे झटक दिए।

"ठीक है," उसने कहा, "सबसे पहले तो आप सबको यह पता होना चाहिए कि मैं इस महिला को तब से जानता हूँ जब वह बच्ची थी। शिकागो में हमारे गैंग में हम सात लोग थे और एलसी के पिता हमारे गिरोह के सरदार थे। वह बड़े चालाक व्यक्ति थे। उन्होंने ही इस हस्तलिपि को बनाया था जोकि देखने में किसी बच्चे की चित्रकारी जैसी लगती है जब तक कि उसे पढ़ने की कुंजी आपके पास न हो। एलसी ने हमारे गिरोह के कुछ तरीक़े सीखे लेकिन वह इस कारोबार को ज़्यादा झेल नहीं पाई और चूँकि उसके पास ईमानदारी की कमाई का कुछ पैसा था इसलिए वह हम सबको झाँसा देकर लंदन चली आई। उसकी सगाई मुझसे हुई थी और अगर मैं किसी अन्य धंधे में होता तो वह मुझसे ही शादी करती। मैं जब तक उसका पता लगा पाता तब तक उसकी शादी इस अंग्रेज़ लाट साहब से हो चुकी थी। मैंने उसे पत्र लिखा लेकिन कोई जवाब नहीं मिला। उसके बाद मैं यहाँ आया और चूँकि पत्रों से कोई काम नहीं बनने वाला था इसलिए मैंने ये सन्देश ऐसी जगह लिखे जिससे वह इन्हें पढ़ सके।

"मुझे यहाँ रहते एक महीना हो गया है। मैं उस फार्म में ठहरा जहाँ मेरे पास नीचे एक कमरा था। जहाँ से मैं हर रात बिना किसी

को पता चले बाहर आ जा सकता था। मैंने एलसी को समझाने की काफ़ी कोशिश की। मुझे पता था कि वह उन सन्देशों को पढ़ रही थी क्योंकि एक बार उसने उनमें से एक के नीचे जवाब भी लिखा था। उसके बाद मेरा ग़ुस्सा बढ़ता गया और मैंने उसे धमकियाँ देना शुरू किया। उसके बाद उसने मुझे एक पत्र भेज कर यहाँ से चले जाने को कहा क्योंकि उसे डर था कि अगर उसके पति को इस बारे में कुछ भी पता चला तो उसका दिल टूट जाएगा। उसने कहा कि जब उसका पति सो रहा होगा तब रात को तीन बजे वह नीचे आएगी और आख़िरी खिड़की से मुझसे बात करेगी अगर उसके बाद मैं यहाँ से जाने का वादा करूँ तो! वह नीचे आई तथा अपने साथ काफ़ी पैसा लाई मुझे यहाँ से जाने के लिए रिश्वत देने के लिए। इस बात ने मुझे पागल-सा कर दिया और मैंने उसकी बाँहें पकड़ कर उसे खिड़की से बाहर खींचने की कोशिश की। उसी समय उसका पति हाथ में पिस्तौल लिये वहाँ आ गया। उसे देखकर एलसी ज़मीन पर लुढ़क गई और अब मैं व उसका पति आमने-सामने थे। मेरे पास भी पिस्तौल थी और मैंने उसे डराने के लिए अपनी पिस्तौल लहराई ताकि वह मुझे वहाँ से जाने दे पर उसने गोली चला दी जोकि मुझे नहीं लगी। उसी समय मैंने भी गोली चला दी जो उसे लग गई और वह गिर गया। मैं बाग़ की तरफ़ भागा। जब मैं बाग़ की तरफ़ भाग रहा था तो मैंने पीछे खिड़की के बन्द होने की आवाज़ सुनी थी। बस यही कहानी है एकदम सच्ची, भगवान की क़सम। यहाँ के बारे में मुझे और कुछ पता नहीं था जब तक कि वह घुड़सवार लड़का इस नोट को लेकर नहीं आया जिसे पढ़कर मैं एक मुर्गे की तरह यहाँ आ गया और आपके पिंजड़े में फँस गया।"

जब वह अमेरिकी अपनी बात बता रहा था तब तक पुलिस

की गाड़ी भी आ गई थी जिसमें दो वर्दीधारी पुलिस वाले बैठे हुए थे। इंस्पेक्टर मार्टिन ने उठ कर अपने क़ैदी के कंधे को छुआ और कहा, "अब तुम्हारे चलने का वक़्त हो गया है।"

"पर उससे पहले क्या मैं उसे देख सकता हूँ?"

"नहीं, वह बेहोश है। मिस्टर शरलॉक होम्स मैं बस यही उम्मीद करता हूँ कि फिर कभी कोई महत्त्वपूर्ण केस हो तो मुझे सौभाग्य से आपका साथ मिले।"

हम खिड़की पर खड़े हो गए और उस गाड़ी को जाते हुए देखते रहे। जब मैं पीछे मुड़ा तब मेरी निगाह काग़ज़ के उस पुर्ज़े पर गई जोकि उस क़ैदी ने मेज़ पर उछाला था। यह नोट था जिसकी मार्फ़त होम्स ने उसे जाल में फँसाया था।

"चलो देखते हैं कि क्या तुम इसे पढ़ सकते हो, वॉटसन?' उसने एक मुस्कान के साथ कहा।

उसमें कोई शब्द नहीं थे बल्कि नाचते हुए आदमियों की इस प्रकार आकृतियाँ थीं :

"अगर तुम उस कोड का इस्तेमाल करोगे जो मैंने तुम्हें बताया था," होम्स ने कहा, "तुम्हें पता चलेगा कि इसमें सिर्फ़ इतना कहा गया है, 'फ़ौरन यहाँ आ जाओ।' मुझे विश्वास था कि इस निमंत्रण को वह कभी ठुकरा नहीं सकेगा क्योंकि उसे कभी यह लगेगा ही नहीं कि उस महिला के अलावा भी कोई और ऐसा लिख सकता है। तो इस तरह मेरे प्यारे दोस्त वॉटसन हमने इन नाचते हुए आदमियों से एक अच्छा काम लिया जबकि अभी तक इनका इस्तेमाल बुरे

काम के लिए ही किया जाता रहा था। मुझे लगता है मैंने तुम्हारी नोटबुक के लिए तुम्हें एक अनोखा केस दे दिया, है न। हमारी ट्रेन तीन चालीस की है, मुझे उम्मीद है कि रात के खाने तक हम बेकर स्ट्रीट में होंगे।"

थोड़ा-सा उपसंहार भी। उस अमेरिकी एबे स्लेनय को मौत की सजा सुनाई गई थी लेकिन बाद में यह देखते हुए कि पहली गोली हिल्टन क्यूबिट ने चलाई थी वह सजा आजीवन कारावास में बदल दी गई थी। मिसेस हिल्टन क्यूबिट के बारे में सिर्फ़ इतना पता है कि वे पूरी स्वस्थ हो चुकी हैं और वे अभी भी विधवा हैं। उन्होंने अपना सारा जीवन अपने पति की जायदाद की देखभाल तथा ग़रीबों की सेवा में लगा दिया है।

ग्लोरिया स्कॉट

सर्दियों की एक रात हम दोनों दोस्त आग के इधर-उधर बैठे हुए थे तभी मेरे शरलॉक होम्स ने कहा, “मेरे पास ये कुछ ऐसे काग़ज़ात हैं, वॉटसन, मुझे लगता है कि जिन्हें पढ़ने में तुम्हें मज़ा आएगा। ये ग्लोरिया स्कॉट के असाधारण केस से जुड़े हैं, और यह वह सन्देश है जिसे पढ़कर डर के मारे जनाब ट्रेवर के प्राण निकल गए थे।”

उसने मेज़ की दराज में से एक छोटा-सा गोल डिब्बा निकाला और उस पर लगा टेप खोल कर एक आधे काग़ज़ पर घसीटा लिखाई में लिखा एक नोट मेरे हाथ में दे दिया...

लंदन के लिए गेम की सप्लाई धीरे-धीरे ऊपर जा रही है।

जब मैंने उस रहस्यमय सन्देश को पढ़ने के बाद नज़रें उठाईं तो मैंने देखा कि मेरे चेहरे के भाव देखकर होम्स मुस्करा रहा था।

“तुम बड़े ताज्जुब में लग रहे हो?” उसने पूछा।

“मुझे समझ नहीं आ रहा है कि इस मामूली सन्देश से इतना डर कैसे पैदा हो सकता है? ये तो मुझे हास्यास्पद ज़्यादा लग रहा है।”

“हो सकता है, पर सचाई यही है कि इसे पढ़ने वाला इसे

पढ़कर ऐसे पछाड़ खा कर गिरा जैसे उसे किसी रिवॉल्वर के हत्थे से मारा गया हो।"

"तुमने तो मेरी उत्सुकता बढ़ा दी है," मैंने कहा, "लेकिन तुम क्यों ऐसा चाहते हो कि मैं इस केस का अध्ययन करूँ?"

"क्योंकि यह मेरा पहला केस था।"

मैं काफ़ी समय से अपने दोस्त से यह जानकारी हासिल करना चाहता था कि उसके दिमाग़ में अपराधों की जाँच-पड़ताल करने का ख़याल कैसे आया था? लेकिन इससे पहले कभी उसे इस मूड में नहीं पाया था जिससे कि उससे यह पूछ सकूँ।

अब वह अपनी आरामकुर्सी में आगे की तरफ़ झुककर बैठ गया और उन काग़ज़ात को उसने अपने घुटनों पर फैला लिया। फिर उसने अपना पाइप जलाया और धुआँ उड़ाते हुए कुछ देर तक उन्हें उलटता-पलटता रहा।

"मैंने तुमसे कभी विक्टर ट्रेवर के बारे में बात नहीं की न!" उसने पूछा, "मेरे कॉलेज के दिनों में वह मेरा एकमात्र दोस्त था। मैं वैसे भी कभी बहुत मिलनसार आदमी नहीं रहा हूँ वॉटसन। मैं ज़्यादातर अपने कमरे में रहनेवाला और अपने विचारों में खोया रहनेवाला रहा हूँ। इसलिए मैं लोगों से ज़्यादा मिलता-जुलता नहीं हूँ। मुझे बस तलवारबाज़ी और बॉक्सिंग जैसे दो-तीन खेल पसन्द हैं और मेरी पढ़ने की रुचि भी दूसरे लोगों से काफ़ी अलग है। इसलिए मिलने-जुलने का कोई ज़रिया ही नहीं बनता है। ट्रेवर वह अकेला आदमी था जो मेरा परिचित था और वह भी बड़ी अजीब-सी परिस्थिति में मेरा साथी बना था। एक सुबह जब मैं गिरजाघर जा रहा था तब उसके बड़े से कुत्ते ने मेरी टाँग पकड़ ली थी।

"किसी से दोस्ती करने का यह बड़ा नीरस तरीक़ा था लेकिन

यह बड़ा प्रभावी साबित हुआ। अपनी एड़ी में हुए ज़ख़्म की वजह से मुझे दस दिन बिस्तर पर रहना पड़ा था। ट्रेवर तब रोज़ मेरे हाल-चाल पूछने के लिए आता था। पहले-पहल हममें बस एकाध मिनट ही बात होती थी लेकिन धीरे-धीरे दायरा बढ़ने लगा। दस दिन पूरे होते-होते हम क़रीबी दोस्त बन चुके थे। वह बड़ा जानदार और उत्साह से भरा हुआ इनसान था। ज़्यादातर मामलों में मेरे स्वभाव के विपरीत लेकिन हमारे बीच कुछ बातें मिलती-जुलती भी थीं। और जो सबसे बड़ी बात हमारी मित्रता का कारण बनी वह यह थी कि तब तक हम दोनों की दोस्ती किसी के साथ नहीं थी। एक दिन उसने मुझे नॉरफ़ॉक के डोन्नीथोर्पे में अपने पिता के घर आने की दावत दी और मैं लगभग एक महीने तक उसका मेहमान रहा।

"बुज़ुर्ग ट्रेवर निश्चय ही कुछ पैसे वाला आदमी और ज़मीनों का मालिक रहा होगा। डोन्नीथोर्पे ब्रॉड्स के इलाक़े में लैंगमेरे के उत्तर में एक छोटा-सा क़स्बा है। उसका घर पुराने ढंग से ईंटों से बना हुआ, ख़ूब खुला-खुला था जिसमें ओक की कड़ियाँ लगीं थीं और एक ख़ूबसूरत पगडंडी उस तरफ़ जाती थी। वहाँ बतख के शिकार और मछली पकड़ने के लिए अच्छा दलदली पानी था। घर में एक छोटी-सी लाइब्रेरी भी थी जो मुझे लगता था कि घर के पिछले मालिक की रही होगी। साथ ही वहाँ एक ठीकठाक पकाने वाला रसोइया था यानी कि समझने वाली बात यह है कि अगर इन चीज़ों के रहते हुए कोई वहाँ एक महीना न गुज़ारना चाहे तो वह कोई तुनकमिज़ाज ही होगा।

"बड़ा ट्रेवर विधुर था और मेरा दोस्त उसका इकलौता बेटा था।

"मैंने सुना था कि उसकी एक बेटी भी थी लेकिन वह कभी बर्मिंघम गई थी और वहाँ डिप्थीरिया के रोग से उसकी मृत्यु हो

गई थी। उसके पिता मुझे दिलचस्प व्यक्ति लगे। वे ज़्यादा संस्कारी तो नहीं थे लेकिन उनके पास बड़ी मज़बूत शारीरिक और मानसिक ताक़त थी। उनका किताबी ज्ञान बहुत सीमित था लेकिन वे बहुत घूमे-फिरे हुए थे। उन्होंने दुनिया में काफ़ी जगहों की यात्रा कर रखी थी और इस दरम्यान उन्होंने जो कुछ सीखा था उसे याद रखा था। देखने में वे एक तगड़े आदमी थे जिसके बाल सफ़ेद और चेहरा पका हुआ था। उनकी आँखें थोड़ी भयानक लगती थीं, इसके बावजूद उस इलाक़े में उन्हें एक दयालु व्यक्ति के रूप में जाना जाता था। वे दिल खोलकर बातचीत के लिए ख़ास तौर से जाने जाते थे।

"अपने वहाँ जाने के कुछ दिनों बाद, एक दिन रात के खाने के बाद हम लोग बैठे शराब का आनन्द ले रहे थे कि जवान ट्रेवर ने निरीक्षण करने और उससे रहस्यों को खोलने की मेरी उन आदतों का ज़िक्र छेड़ दिया जो मेरे व्यक्तित्व का हिस्सा बन चुकी थीं। हालाँकि तब तक मैंने यह नहीं सोचा था कि आगे चलकर वे मेरी ज़िन्दगी में एक महत्त्वपूर्ण भूमिका अदा करेंगी। यक़ीनन बुज़ुर्ग ट्रेवर को लगा कि मेरा दोस्त ख़ामख़्वाह ही मेरे द्वारा प्रदर्शित कुछ छोटी-मोटी बाजीगरी को बढ़ा-चढ़ा कर पेश कर रहा है।

"तो ये बात है, मिस्टर होम्स," उन्होंने हँसते हुए कहा, "फिर चलो मुझ पर आज़माओ। मेरे बारे में तुम्हें क्या पता चलता है?"

"कुछ ख़ास नहीं," मैंने जवाब दिया, "मैं समझता हूँ कि आप पिछले बारह महीनों से ख़ुद पर होने वाले किसी हमले की आशंका से ग्रस्त हैं।"

"उनके होंठों से हँसी ग़ायब हो गई और उन्होंने बड़े आश्चर्य से मुझे देखा।

"हाँ, यह बात काफ़ी हद तक सही है।" उन्होंने कहा, फिर

उन्होंने अपने बेटे की तरफ़ मुड़ते हुए कहा, "तुम्हें पता है विक्टर, जब हमने उस अवैध शिकार करने वाले गिरोह को नष्ट कर दिया था तब उन्होंने हमें चाकू से मारने की क़सम खाई थी और सर एडवर्ड होली पर तो सच में हमला किया था। तबसे मैं हमेशा सतर्क रहता हूँ। लेकिन होम्स, तुम्हें इसका पता कैसे चला?"

"आपके पास बड़ी बढ़िया छड़ी है," मैंने जवाब दिया, "इस पर जो लिखा गया है उससे मुझे पता चला कि ये आपके पास लगभग एक साल पहले से है। आपने इसके ऊपरी सिरे को खोखला करके उसमें पिघला हुआ सीसा भरा है जिससे कि यह एक मज़बूत हथियार में बदल गई है। मुझे लगा कि अगर आपके सम्मुख कोई ख़तरा नहीं होता तो आप ऐसी सावधानी नहीं बरतते।

"और कुछ?" उन्होंने मुस्कराते हुए पूछा।

"आपने अपनी जवानी में काफ़ी मुक्केबाज़ी की है।"

"एकदम सही। तुम्हें कैसे पता चला? क्या मेरी नाक थोड़ी टेढ़ी है?"

"नहीं," मैंने कहा, "नाक नहीं, आपके कान। वे एक ख़ास तरह से सपाट हैं और मोटे हैं जोकि बॉक्सिंग करने वालों की निशानी होते हैं।"

"और कुछ?"

"आपने बड़ी मशक्कत के साथ खुदाई का काम भी किया है।"

"मैंने अपनी सारी कमाई सोने की खदानों में की है।"

"आप न्यूजीलैंड में रहे हैं।"

"फिर से सही।"

"आपने जापान का दौरा किया है।"

"एकदम सही।"

"और आप किसी ऐसे व्यक्ति के निकट रहे हैं जिसके नाम के आरम्भिक अक्षर जे और ए होंगे, एक ऐसा व्यक्ति जिसे आप बाद में पूरी तरह से भूल जाना चाहते होंगे।"

"मिस्टर ट्रेवर धीरे-से खड़े हो गए। उन्होंने अपनी बड़ी नीली आँखें मुझ पर गड़ा दीं और अजीब निगाहों से मुझे घूरने लगे। फिर आगे बढ़े और बेहोश होकर गिर पड़े।

"तुम सोच सकते हो वॉटसन कि मैं और उनका बेटा कितना घबरा गए थे। हालाँकि उनकी बेहोशी ज़्यादा देर तक नहीं चली क्योंकि जैसे ही हमने उनका कॉलर ढीला किया और उन पर पानी के छींटे मारे वे एक दो गहरी साँस लेकर उठ बैठे।"

"ओह, बच्चो," उन्होंने अपने चेहरे पर ज़बरदस्ती मुस्कान लाते हुए कहा, "मुझे उम्मीद है कि मेरी बेहोशी से तुम लोग डरे नहीं होंगे। मैं वैसे मज़बूत हूँ पर मेरे दिल में एक कमज़ोर जगह है। इसलिए मुझे कोई झटका खाने में वक़्त नहीं लगता है। मुझे नहीं पता कि तुमने इन सब बातों का पता कैसे लगाया मिस्टर होम्स लेकिन मैं यह ज़रूर कह सकता हूँ कि देखना एक दिन तुम्हारे आगे दुनिया के बाक़ी सभी जासूस बच्चे लगेंगे। तुम्हारे लिए यही काम श्रेष्ठ रहेगा और ध्यान रहे यह बात वह व्यक्ति कह रहा है जिसने काफ़ी दुनिया देखी है।"

"और तुम मानोगे नहीं वॉटसन, भले ही उन्होंने बात कुछ बढ़ा-चढ़ा कर कही थी पर उसी बात ने मुझे यह पेशा अपनाने के लिए प्रेरित किया था जो तब तक मेरा शौक़ था। लेकिन उस वक़्त तो मेरे ध्यान में केवल मेरे मेज़बान की अचानक आई बेहोशी की बात थी।

"मुझे उम्मीद है कि मैंने ऐसा कुछ नहीं कहा होगा जिससे आपको धक्का लगा हो।"

"तुमने सच में एक बड़े नाज़ुक बिन्दु को छू दिया। क्या मैं तुमसे यह पूछ सकता हूँ कि तुम इस बारे में कितना जानते हो और कैसे जानते हो?" उन्होंने यह बात भले ही मज़ाकिया अन्दाज़ में पूछी थी लेकिन उनकी आँखों में डर की रेखा साफ़ दिखाई दे रही थी।

"यह तो काफ़ी आसान है," मैंने कहा, "जब आपने नाव में मछली डालने के लिए अपनी आस्तीन को ऊँचा किया था तो मैंने वहाँ जे ए अक्षरों का गोदना देखा था। वे अक्षर तब भी पढ़े जा सकते थे हालाँकि वे तब तक धुँधले हो चुके थे और उनके आसपास की खाल पर पड़े धब्बे यह बता रहे थे कि उन्हें मिटाने की कोशिश की गई थी। इससे यह साफ़ पता चलता था कि कभी वे अक्षर आपके काफ़ी क़रीब रहे थे लेकिन बाद में आपने उन्हें भुलाने की कोशिश की थी।"

"कितनी ज़बरदस्त नज़र है तुम्हारी," उन्होंने राहत की साँस लेते हुए कहा, "ठीक बिलकुल वैसा ही है जैसा तुमने बताया है, लेकिन हम इसके बारे में कोई बात नहीं करेंगे। सभी पुरानी यादों में से हमारे पुराने प्यार की यादें सबसे दर्दीली होती हैं। चलो बिलियर्ड्स रूम में चलते हैं और सिगार का आनन्द लेते हैं।"

"उस दिन से, सारी विनम्रता के बावजूद, मिस्टर ट्रेवर के मन में मेरे प्रति व्यवहार में एक सन्देह बना रहता था। उसके बेटे ने भी इसे महसूस किया था। उसने कहा, "तुमने मेरे पिता को ऐसा झटका दिया है कि अब उन्हें हमेशा इस बात का खटका लगा रहेगा कि पता नहीं तुम्हें और क्या-क्या पता है?"

"मुझे विश्वास है कि वे अपने सन्देह को दिखाना नहीं चाहते थे लेकिन यह उनके दिमाग़ में इतने गहरे बैठ चुका था कि उनके व्यवहार में झलक जाता था। आख़िरकार मुझे लगने लगा कि मैं

उनकी परेशानी का सबब बन रहा हूँ इसलिए मैंने वहाँ से चले जाना ही बेहतर समझा। लेकिन जिस दिन मुझे वहाँ से चलना था, उसी दिन एक ऐसी घटना हुई जो आगे आने वाली घटनाओं के क्रम में बड़ी महत्त्वपूर्ण थी।

"हम तीनों लॉन में कुर्सियों पर बैठे हुए सेंक रहे थे। साथ ही ब्रॉड्स की दृश्यावली का आनन्द ले रहे थे। तभी घर की नौकरानी ने आकर कहा कि दरवाज़े पर एक आदमी आया है और वह मिस्टर ट्रेवर से मिलना चाहता है।"

"उसका नाम क्या है?" मेरे मेज़बान ने पूछा।

"उसने नाम नहीं बताया।"

"तब वह क्या चाहता है?"

"वह कहता है कि आप उसे जानते हैं और वह बस एक मिनट के लिए आपसे बात करना चाहता है।"

"उसे यहीं भेज दो।" उसके फ़ौरन बाद एक मरियल-सा, झुका हुआ-सा आदमी लड़खड़ाते हुए आया। उसने एक खुली हुई जैकेट पहनी थी जिसकी आस्तीन पर तारकोल का धब्बा लगा हुआ था, वह लाल और काले चारखाने की क़मीज़ पहने हुआ था, उसकी पैंट मोटे कपड़े की थी और जूते बुरी तरह से फटे हुए थे। उसका पतला चेहरा सूखा हुआ था जिस पर एक मुस्कान-सी बनी रहती थी जिसकी वजह से उसके टेढ़े-मेढ़े पीले दाँत दिखाई दे रहे थे, और उसने अपने झुर्रियोंदार हाथ नाविकों की तरह आधे बन्द कर रखे थे। जैसे ही वह झुक कर चलते हुए लॉन की तरफ़ आया, हमने मिस्टर ट्रेवर को हिचकी जैसी आवाज़ निकालते हुए सुना। वह अपनी कुर्सी से तेज़ी से उठे और घर के अन्दर भाग गए। कुछ देर बाद वह वापस आए लेकिन जब वे मेरे पास से गुज़रे तो मुझे ब्रांडी की तेज़ गंध आई।"

"बोलो भाई," उन्होंने कहा, "मैं तुम्हारे लिए क्या कर सकता हूँ?"

"वह नाविक अपनी सिकुड़ी हुई आँखों से उन्हें देखते हुए अपनी उसी विचित्र मुस्कान के साथ खड़ा रहा।

"आप मुझे नहीं जानते?" उसने पूछा।

"क्यों नहीं? तुम यक़ीनन हडसन हो।" मिस्टर ट्रेवर ने कुछ आश्चर्य के साथ कहा।

"हाँ सर, हडसन," उस नाविक ने कहा, "आपको देखे हुए लगभग तीस साल या उससे ज़्यादा हो गए। यहाँ आप अपने घर में आराम से बैठे हैं और उधर मैं अभी भी टुकड़ों पर पल रहा हूँ।"

"अरे रे, पर मैं पुराने दिनों को भूला नहीं हूँ।" मिस्टर ट्रेवर ने कहा और वे उस नाविक की ओर बढ़े, उन्होंने धीमी आवाज़ में कुछ कहा। उसके बाद कुछ तेज़ स्वर में कहा "रसोईघर में जाओ। वहाँ तुम्हें खाना-पीना मिलेगा। मुझे भरोसा है कि मैं कोई न कोई रास्ता निकाल लूँगा।"

"धन्यवाद सर," नाविक ने अपने माथे को छूते हुए कहा, "मैं अभी-अभी एक मालवाहक जहाज़ पर दो साल बिता कर छूटा हूँ। मैं थका हुआ हूँ, मुझे कुछ आराम चाहिए। मुझे लगा कि वह या तो मुझे मिस्टर बेड़दोस के पास मिल सकता है या आपके।"

"ओह! तुम्हें पता है कि मिस्टर बेड़दोस कहाँ हैं?" मिस्टर ट्रेवर ने पूछा।

"आपके आशीर्वाद से मुझे पता है कि मेरे सारे दोस्त कहाँ-कहाँ हैं।" उस आदमी ने एक शैतानी मुस्कान के साथ कहा और उसके बाद पैर घसीटता हुआ नौकरानी के पीछे-पीछे रसोईघर की तरफ़ चला गया। मिस्टर ट्रेवर ने बड़बड़ाते हुए स्वर में हमसे कहा कि जब वे खानों की खुदाई के काम के लिए वापस जा रहे थे, तब

यह आदमी उनके साथ जहाज़ पर था और उसके बाद वे हमें वहीं लॉन पर छोड़ कर अन्दर चले गए। एक घंटे बाद जब हम अन्दर आए तो हमने उन्हें नशे में चूर सोफ़े पर पसरे हुए देखा। इस सारे वाक़ये ने मेरे दिमाग़ पर काफ़ी बुरा प्रभाव छोड़ा और मैंने दूसरे ही दिन डोन्नीथोर्पे को अलविदा कह दिया क्योंकि मुझे लगा कि अब मेरा वहाँ रहना मेरे दोस्त के लिए शर्मिंदगी का सबब बन जाएगा।

"यह सब लम्बी छुट्टियों के पहले ही महीने में हो गया था। मैं अपने लंदन के घर चला गया जहाँ पर मैंने जैविक रसायन में कुछ प्रयोग करते हुए सात सप्ताह गुज़ारे। तभी एक दिन जबकि बसन्त आने को था और छुट्टियाँ समाप्त होने को थीं, मुझे अपने दोस्त का टेलीग्राम मिला जिसमें मुझसे डोन्नीथोर्पे आने का अनुरोध किया गया था। उसने लिखा था कि उसे मेरी सलाह और मदद की बहुत ज़रूरत है। मैंने तुरन्त अपने सब काम छोड़े और एक बार फिर उत्तर की तरफ़ निकल पड़ा।

"वह घोड़ागाड़ी के साथ मुझे स्टेशन पर मिला। मैंने एक नज़र में ही देख लिया कि पिछले दो महीने उसके लिए बड़े मुश्किल भरे रहे हैं। वह बड़ा दुबला हो गया था और उसका वह मस्ताना अन्दाज़ भी गुम था जिसके लिए वह जाना जाता था।"

"मेरे पिता मर रहे हैं।" उसके पहले शब्द थे।

"असम्भव!" मैंने कहा, "मामला क्या है?"

"मिर्गी। घबराहट का दौरा। लगता है कि वह किसी भी समय मर जाएँगे। मुझे तो ये लगता है कि पता नहीं हमें वे जीवित भी मिलेंगे या नहीं!"

"तुम समझ सकते हो वॉटसन इस अचानक मिली ख़बर से मैं कितना घबरा गया हूँगा!"

"आखिर हुआ क्या था?" मैंने पूछा।

"यही तो बात है। तुम गाड़ी में बैठो हम रास्ते में बात करेंगे। तुम्हें वह आदमी याद है जो उस शाम को आया था जब तुम हमें छोड़ कर गए थे।"

"एकदम याद है।"

"तुम्हें पता है उस दिन हमने किसे अन्दर आने दिया था?"

"नहीं।"

"एक शैतान को, होम्स।" वह चीख़ा।

"मैंने आश्चर्य से उसकी ओर देखा।

"हाँ, वह एक शैतान ही था। उसके आने के बाद से हमने एक घंटा भी शान्ति से नहीं गुज़ारा। एक भी नहीं। मेरे पिता उस शाम के बाद कभी अपना सिर नहीं उठा सके। और अब तो जैसे उनमें जीवन ही बाक़ी नहीं रहा, दिल टूट गया, सब इस मनहूस हडसन की वजह से।"

"उसके पास ऐसी कौन-सी शक्ति है?'

"आह, मुझे यही तो पता करना है। मेरे दयालु पिता कैसे ऐसे बदमाश के चंगुल में फँस सकते हैं। मुझे ख़ुशी है कि मेरे कहने पर तुम आ गए होम्स। मुझे तुम्हारी सोच पर बहुत भरोसा है और मुझे उम्मीद है कि तुम मुझे सही सलाह दोगे।"

"हमारी गाड़ी क़स्बे की सड़क पर दौड़ रही थी और हमारे सामने ब्रॉड्स के ख़ूबसूरत दृश्य थे, डूबते सूरज की लाली में चमकते हुए। हमारे बाईं तरफ़ के झुरमुट से हमें ऊँची चिमनियाँ और ध्वज-स्तम्भ दिख रहा था जोकि ज़मींदार के निवास स्थान के प्रतीक थे।"

"मेरे पिता ने उस आदमी को माली का काम दिया था," मेरे साथी ने कहा, "और चूँकि वह उस काम में सन्तुष्ट नहीं था इसलिए उसे

तरक़्क़ी देकर खानसामा बना दिया गया था। पूरा घर जैसे उसकी दया पर था। वह इधर-उधर घूमता रहता था, अपनी मनमर्ज़ी करता रहता था। नौकरानियाँ उसकी शराब पीने की आदत और गन्दी बोलचाल की शिकायत करती थीं। उनकी शिकायत की भरपाई करने के लिए मेरे पिता ने उन सबकी तनख़्वाहें बढ़ा दीं। वह आदमी मेरे पिता की नाव और उनकी सबसे बेहतरीन बन्दूक़ लेकर शिकार करने चला जाता था। वह यह सब इतने उपहास उड़ाने वाले ढंग और काइयाँपन से करता था कि अगर वह मेरी उम्र का होता तो मैंने उसे कम से कम बीस बार पीट दिया होता। सच बताता हूँ होम्स, मुझे इस दरम्यान अपने ऊपर बड़ा कड़ा नियंत्रण रखना पड़ा है।

"हमारे साथ चीज़ें दिनों दिन ख़राब होती गईं और ये जानवर हडसन ज़्यादा से ज़्यादा दखलंदाज़ी करने लगा। फिर एक दिन जब उसने मेरी मौजूदगी में मेरे पिता को उल्टा जवाब दिया तो मैंने उसे कन्धों से पकड़ कर कमरे से बाहर निकाल दिया। वह ग़ुस्से भरे चेहरे और ज़हर बरसाती आँखें लिये कमरे से निकल गया। शब्दों से ज़्यादा उसकी आँखें धमकियाँ दे रही थीं। मुझे नहीं पता कि उसके बाद बेचारे पिताजी और उसके बीच क्या हुआ कि मेरे पिता दूसरे दिन मेरे पास आए और मुझसे बोले कि "क्या तुम उससे माफ़ी माँग लोगे?" मैंने साफ़ मना कर दिया और अपने पिता से पूछा कि "आप ऐसे दुष्ट आदमी को अपने साथ और अपने घरवालों के साथ इतनी बदतमीज़ी कैसे करने देते हैं?"

"ओह, मेरे बच्चे," उन्होंने कहा, "यह सब कहना आसान है पर तुम्हें मेरी हालत का पता नहीं है। लेकिन तुम्हें पता होना चाहिए, विक्टर। मैं चाहता हूँ कि तुम्हें सब पता हो, चाहे कुछ भी हो जाए। मुझे विश्वास है कि तुम अपने बेचारे बूढ़े पिता का कुछ बुरा नहीं करोगे।"

"वे उस वक़्त बड़े भावुक हो गए थे और पूरे दिन स्टडी रूम में बन्द रहे। मुझे खिड़की से दिख रहा था कि वे सारा दिन कुछ लिखने में व्यस्त रहे।

"वह शाम तो मुझे ऐसी लगी जैसे कि बड़ी राहत वाली शाम थी क्योंकि हडसन ने कहा कि वह हमें छोड़ कर जाने वाला है। जब हम रात के खाने के बाद बैठे थे तो वह कमरे में आया और नशे में डूबी, अपनी मोटी आवाज़ में उसने अपनी इच्छा ज़ाहिर की।"

"मैं नॉरफ़ॉक में बहुत रह लिया," उसने कहा, "मैं हैम्पशायर में मिस्टर बेड्दोस के पास चला जाऊँगा। मुझे भरोसा है कि वे भी मुझे देखकर इतने ही ख़ुश होंगे जितना तुम लोग हुए थे।"

"मुझे उम्मीद है कि तुम बुरा मान कर नहीं जा रहे हो, हडसन," मेरे पिता ने ऐसे मरियल स्वर में कहा कि मेरा ख़ून खौल गया।

"मेरे से अभी तक माफ़ी नहीं माँगी गई है," उसने ग़ुस्से से मेरी तरफ़ देखते हुए कहा।

"विक्टर, तुम मानोगे कि तुमने इस बढ़िया आदमी के साथ ख़राब व्यवहार किया था," मेरे पिता ने मेरी तरफ़ मुड़ते हुए कहा।

"मैं समझता हूँ कि उसके उलट हम दोनों ने इसके साथ बहुत ही ज़्यादा धैर्य से काम लिया है।" मैंने जवाब दिया।

"ओह ऐसा, तुमने अच्छा व्यवहार किया! ठीक है देख लूँगा मैं।" वह रूठे स्वर में बोला।

"वह कमरे से बाहर गया और आधे घंटे के बाद उसने घर छोड़ दिया। उसके जाने से मेरे पिता की हालत घबराहट से दयनीय हो गई। मैं उन्हें रात-रात भर अपने कमरे में चक्कर लगाते हुए देखता था और जब उनका आत्मविश्वास वापस आने लगा था तभी उन्हें आख़िरी झटका लगा।

"कैसे?" मैंने उत्सुकता से पूछा।

"एकदम असाधारण तरीक़े से। कल शाम को मेरे पिता के नाम एक पत्र आया, जिस पर फॉर्डिंघम की डाक मोहर थी। मेरे पिता ने उसे पढ़ा और दोनों हाथों से अपना सिर जकड़ लिया फिर उसके बाद पागलों की तरह अपने कमरे में गोल चक्कर में दौड़ने लगे। आख़िरकार जब मैंने उन्हें पकड़ कर सोफ़े पर बिठाया तो उनकी पलकें और मुँह एक ओर जमे हुए थे। मुझे पता चल गया कि उन्हें दिल का दौरा पड़ा है। फ़ौरन डॉक्टर फोर्डहैम को बुलाया। हमने उन्हें पलंग पर लिटाया लेकिन उन्हें लकवा पड़ चुका था। उनके होश में आने की कोई उम्मीद नहीं है। मुझे तो इस वक़्त भी उन्हें ज़िन्दा पाने की आशा नहीं है।"

"तुमने तो मुझे डरा दिया, ट्रेवर," मैं चिल्लाया, "उस पत्र में ऐसा क्या लिखा था जो इतना भयानक परिणाम हुआ?'

"कुछ नहीं। वह इस तरह से लिखा गया था कि उससे कोई मतलब निकालना मुश्किल था। उसमें जो लिखा था वह अजीब और मामूली-सा था। हे मेरे भगवान जिसका मुझे डर था वही हुआ।"

"जब हम बात करते हुए गली के मोड़ पर आए तो देखा घर की सभी खिड़कियों के परदे गिरा दिए गए हैं, बहुत कम रोशनी बाहर आ रही है। हम दरवाज़े की तरफ़ लपके। मेरे दोस्त का चेहरा दुख में डूबा हुआ था। काले कपड़े पहने एक आदमी बाहर निकला।

"ये कब हुआ, डॉक्टर?" ट्रेवर ने पूछा।

"तुम गए बस तभी।"

"क्या उनको होश आया था?"

"मरने से बस थोड़ी देर पहले कुछ क्षण के लिए।"

"मेरे लिए कुछ सन्देश दिया।"

"बस इतना कहा कि काग़ज़ात जापानी अलमारी की पिछली दराज़ में हैं।"

"मेरा दोस्त डॉक्टर के साथ मृतक के कक्ष में गया जबकि मैं स्टडी रूम में रहा। सारे वाक़यात दिमाग़ में बार-बार दोहराते हुए। उस वक़्त मैं अपने आपको बहुत उदास महसूस कर रहा था।

"इस मरने वाले ट्रेवर का भूतकाल क्या था? मुक्केबाज़, पर्यटक और सोना निकालने वाला। फिर किस बात की वजह से वह उस जले-कटे चेहरे वाले नाविक की गिरफ़्त में फँस गए? वे अपनी बाँह पर गुदे अक्षरों को मिटाने की बात पर बेहोश से क्यों हो गए थे और फॉर्डिंघम से आए पत्र को देखकर इतने जानलेवा तरीक़े से भयभीत क्यों हो गए थे? तब मुझे याद आया कि फॉर्डिंघम हैम्पशायर में है और वह बेड़दोस जिससे मिलने या फिर कहें उसे ब्लैकमेल करने के लिए वह नाविक गया है, वह हैम्पशायर में ही रहता है। तब तो हो सकता है कि या तो वह पत्र हडसन ने भेजा हो यह बताने के लिए कि उसने वह राज़, जोकि अभी तक गुप्त था, खोल दिया है या फिर पत्र बेड़दोस ने भेजा होगा अपने पुराने साथी को सावधान करने के लिए कि राज़ खुलने जा रहा है। अभी तक तो यही समझ में आ रहा था। पर फिर वह पत्र इतना सामान्य और बेढंगा कैसे हो सकता है जैसा कि उनके बेटे ने बताया था? उसने ज़रूर पढ़ने में ग़लती की होगी। हो सकता है कि वह इस तरह की कूटभाषा में लिखा गया हो कि जिससे किसी को उसका मतलब कुछ लगे और किसी दूसरे को कुछ और! मुझे वह पत्र ज़रूर देखना चाहिए। मुझे विश्वास था कि अगर उसमें कोई छुपा हुआ मतलब है तो मैं उसे ज़रूर ढूँढ़ निकालूँगा। लगभग एक घंटे तक मैं उदास बैठा यह विचार करता रहा। फिर एक रोती हुई नौकरानी लैंप लेकर आई और उसके

पीछे-पीछे मेरा दोस्त ट्रेवर आ गया जिसका चेहरा फीका पड़ा हुआ था मगर शान्त था। उसके हाथ में ये काग़ज़ थे जोकि इस वक़्त मेरी गोद में हैं। वह बैठ गया। लैंप को मेज़ के किनारे लाया और उसने मुझे एक छोटा-सा लिखा हुआ नोट दिया जो जैसा तुम देख सकते हो एक खाकी काग़ज़ पर लिखा हुआ है।

"उस पर लिखा था, 'लंदन के लिए खेल की सप्लाई लगातार समाप्त। मुझे विश्वास है हडसन ने आदेश मिलने पर लोगों को सब कुछ ग़लत दाम बता कर के भेज दिया और अब तुम अपनी मुर्गी-तीतर की ज़िन्दगी को बनाए व बचाने के लिए वहाँ से लपक कर के भागो।'

"मैं बताऊँ, जब मैंने पहली बार उस सन्देश को पढ़ा तो मेरा चेहरा ऐसे ही आश्चर्य से भर गया था जैसे कि अभी तुम्हारा चेहरा। फिर मैंने उसे बहुत ध्यान से दोबारा पढ़ा। तब यह बात साफ़ हुई कि सच में जैसा मैं सोचता था वैसे ही इस पत्र के शब्दों के अजीब-से मिश्रण में कोई भेद ज़रूर छिपा हुआ है। या यह भी हो सकता है कि ग़लत दाम और मुर्गी-तीतर जैसे वाक्यांशों को जिस तरह से सँजोया गया है उनसे कोई मतलब निकलता हो। वैसे उस वक़्त ऐसा कोई भी मतलब मनमाना होता और कोई निष्कर्ष निकालना सम्भव नहीं होता। लेकिन फिर भी मेरा मन कह रहा था कि यह जाँच करने लायक़ केस तो है। उस सन्देश में 'हडसन' लिखा होना इस बात का प्रतीक था कि यह पत्र हडसन की बजाय बेड़दोस ने लिखा होगा। मैंने अब उसे पीछे से पढ़ना शुरू किया पर 'ज़िन्दगी-तीतर -मुर्गी' इनको पढ़ने से कोई बात बन नहीं रही थी। उसके बाद मैंने एक शब्द छोड़ कर एक शब्द पढ़ना शुरू किया लेकिन उससे भी कोई हल नहीं निकला।

"और फिर अचानक उस पहेली की कुंजी मेरे हाथ में आ गई और मैंने देखा कि हर तीन शब्दों के बाद के शब्द को पढ़ने पर वह सन्देश निकल रहा था जिसे पढ़कर बुज़ुर्ग ट्रेवर परशान हो गए होंगे।

"यह एक छोटी मगर तीखी चेतावनी थी जो इस प्रकार थी :

"खेल समाप्त। हडसन ने सब बता दिया। अपनी ज़िन्दगी बचाने को भागो।"

"विक्टर ट्रेवर ने अपने हाथों में अपना चेहरा छिपा लिया।" "हाँ, शायद यही होगा," उसने कहा, "यह तो मरने से भी ज़्यादा बुरा है क्योंकि इसका मतलब बेइज़्ज़ती भी होता। लेकिन फिर ये मुर्गी-तीतर का क्या मतलब है?"

"उस सन्देश में इनका कोई मतलब नहीं है। लेकिन अगर हमें इस नोट को भेजने वाले के बारे में कोई पुख़्ता जानकारी नहीं मिल पाई तो हमारे लिए इनका भी काफ़ी मतलब होगा। इसके लिखने वाले ने जब खेल का प्रतीक लिया है तो उसके मन में अनजाने में वही खेल आएँगे जिनमें उसकी रुचि होगी। हो सकता है कि इसे लिखने वाला निशानेबाज़ी का शौक़ रखता हो या फिर पक्षी पालन का शौक़ीन हो! क्या बेड्दोस के बारे में ऐसा कुछ है?"

"अरे हाँ, तुमने कहा है तो याद आया," उसने कहा, "मुझे याद आता है कि मेरे पिता को अक्सर वह हर बसन्त में जंगल में शिकार करने के लिए बुलाता था।"

"तब तो निश्चय ही यह पत्र उसी ने लिखा है," मैंने कहा, "अब हमें यह पता लगाना है कि वह क्या राज़ था जिससे उस नाविक हडसन ने इन दो इज़्ज़तदार धनी व्यक्तियों को डरा रखा था।"

"आह होम्स, यह ज़रूर कोई शर्म और पाप की बात होगी," मेरे दोस्त ने रुआँसे स्वर में कहा, "लेकिन तुमसे मैं कुछ नहीं छिपाऊँगा।

यह रहा वह विवरण जोकि मेरे पिता ने तब लिखा था जब उन्हें यह पक्का हो गया था कि हडसन की तरफ़ से यक़ीनन ख़तरा है। यह मुझे उसी जापानी अलमारी में मिला जैसाकि उन्होंने डॉक्टर को बताया था। इसे लो और पढ़कर सुनाओ क्योंकि मेरे अन्दर इसे पढ़ने की ताक़त नहीं है।"

"यही वे काग़ज़ात हैं वॉटसन, जो उसने मुझे दिए थे। मैं इन्हें उसी तरह पढ़कर सुनाता हूँ जैसे मैंने उस रात उस स्टडी रूम में पढ़कर सुनाए थे। तुम देख सकते हो कि इसकी बाहरी तरफ़ लिखा गया है, 'ग्लोरिया स्कॉट नाव के कुछ विवरण, जब वह 8 अक्टूबर 1855 को फालमाउथ से चली थी और तब तक जब 6 नवम्बर को वह नष्ट हुई।' ये विवरण एक पत्र की शक्ल में हैं और इस तरह से हैं :

"मेरे प्रिय प्रिय बेटे, अब जबकि मेरी ज़िन्दगी के आख़िरी सालों में मुझ पर बदनामी का दाग़ लगने वाला है, मैं पूरी ईमानदारी और सचाई से यह लिख सकता हूँ कि न तो क़ानून का डर, न ही काउंटी में अपने सम्मान को खोने का डर, न ही अपनी पहचान के लोगों की निगाहों से उतर जाने का डर मेरे दिल को दर्द दे रहा है बल्कि मुझे दर्द इस बात का हो रहा है कि कहीं तुम्हें जोकि मुझसे प्यार करता है और इज़्ज़त करता है, उसे शर्मिंदा न होना पड़े। दूसरी तरफ़ अगर ईश्वर की कृपा से सब ठीक हो गया तब, अगर बाद में कभी भी ये काग़ज़ तुम्हारे हाथ आएँ तो तुम्हें तुम्हारी स्वर्गीय माँ की क़सम और हमारे बीच के प्यार का वास्ता है कि तुम इनकी गोपनीयता बनाए रखोगे और इनके बारे में बिना कुछ सोचे इन्हें आग के हवाले कर दोगे।

"मेरे बच्चे जो कुछ मैं तुम्हें बताने जा रहा हूँ वह एकदम सच है और मैं उसके लिए तुमसे रहम की प्रार्थना करता हूँ।

"मेरे बच्चे, मेरा नाम ट्रेवर नहीं है। मैं अपनी जवानी के दिनों में जेम्स अर्मिताज था। अब तुम समझ सकते हो कि मुझे कितना झटका लगा होगा जब कुछ दिनों पहले तुम्हारे दोस्त ने मुझसे कुछ ऐसी बातें कहीं जिनसे मुझे लगा कि कहीं उसने मेरे रहस्य को जान तो नहीं लिया है। मैं अर्मिताज के रूप में ही लंदन के एक बैंक में नौकरी पर लगा था और उसी रूप में मैंने देश के क़ानून को तोड़ा था और अर्मिताज के रूप में ही मुझे देशनिकाला दिया गया था। मेरे बारे में बहुत बुरा मत सोचो मेरे लाल। असल में मुझे एक क़र्ज़ चुकाना था और उसके लिए मैंने ऐसे पैसे का इस्तेमाल किया था जो मेरा नहीं था बल्कि बैंक का था। मैं सोचता था कि इससे पहले कि किसी को इस बात का पता चले मैं अपने पैसों से इस पैसे को वापस भर दूँगा। लेकिन मेरी बदक़िस्मती मेरे साथ थी। जिस पैसे के आने की मुझे उम्मीद थी वह नहीं आया और खातों का भी समय से पहले निरीक्षण हो गया जिसमें पैसे की कमी को पकड़ लिया गया। मामले की जाँच में भले ही नरमी बरती गई हो पर आज के मुक़ाबले तीस साल पहले क़ानूनों का पालन बहुत सख़्ती से किया जाता था और आज से तीस साल पहले मेरे तेईसवें जन्मदिन पर मैंने अपने आपको तैंतीस अन्य क़ैदियों के साथ हथकड़ियों में जकड़े हुए दो तल्ले वाली नाव 'ग्लोरिया स्कॉट' में पाया जोकि ऑस्ट्रेलिया भेजी जा रही थी।

"वह सन 55 था, तब क्रीमियन युद्ध अपनी चरम सीमा पर था और क़ैदियों को ले जाने वाले पुराने बड़े जहाज़ों का इस्तेमाल ब्लैक सी में माल ढुलाई के लिए सरकार कर रही थी। इसलिए मजबूरन क़ैदियों को भेजने के लिए छोटे और कम उपयुक्त पोतों का इस्तेमाल

किया जा रहा था। वैसे तो ग्लोरिया स्कॉट को चीन के साथ व्यापार में काम लाया जा रहा था लेकिन वह एक पुराने तरीक़े का भारी कमान वाला, चौड़ा जहाज़ था। वह पाँच सौ टन भारी पोत था। उस पर 38 क़ैदियों के साथ-साथ 26 जहाज़कर्मी, 18 सैनिक, एक कप्तान, तीन सहायक, एक डॉक्टर, एक पादरी और चार वार्डर भी सवार थे यानी कि जब हमने फालमाउथ के लिए चलना शुरू किया तो उस पर लगभग सौ लोग सवार थे।

"उस पर क़ैदियों के कक्षों के बीच ओक की मोटी दीवार की बजाय बड़ा पतला-सा विभाजन था। मेरे पिछले भाग की तरफ़ मेरे नज़दीक जो आदमी था उस पर मैंने समुद्र तट से नाव निकलते वक़्त ख़ास तौर से ध्यान दिया था। वह एक जवान आदमी था जिसका चेहरा बिना बालों वाला था। उसकी नाक लम्बी और पतली थी और जबड़े बड़े मज़बूत थे। उसके बाल हवा में लहराते थे और उसकी चाल में एक अकड़ थी और ख़ास बात यह थी कि वह काफ़ी लम्बा था। मुझे नहीं लगता कि हममें से कोई भी उसके कंधे तक भी आता होगा। वह कम से कम साढ़े छः फ़ीट लम्बा रहा होगा। इतने सारे उदास और उजाड़ चेहरों के बीच उसका खिला-खिला और मज़बूत इरादों वाला चेहरा अजीब-सा लगता था। उसे देखकर मुझे ऐसा लगता था जैसे बर्फ के तूफ़ान में कोई आग का गोला हो। मुझे इस बात की ख़ुशी थी कि वह मेरा पड़ोसी बना और उससे भी ज़्यादा ख़ुशी तब हुई जब एक दिन मैंने अपने कान के पास फुसफुसाने की आवाज़ सुनी और पाया कि उसने हम दोनों को अलग करने वाले पार्टीशन में एक खुली जगह बना ली है।"

"हल्लो दोस्त," उसने कहा, "तुम्हारा क्या नाम है और तुम यहाँ किस जुर्म में लाए गए हो?"

"मैंने उसकी बात का जवाब दिया और उससे पूछा कि उसका परिचय क्या है?"

"मैं जैक प्रेंडरगास्ट हूँ," उसने कहा, "और भगवान की क़सम तुम मेरे साथ बात ख़तम होने से पहले ही मेरे नाम की दुहाई देने लगोगे।"

"मुझे उसके केस के बारे में याद आ गया क्योंकि मेरी गिरफ़्तारी से पहले उस केस ने पूरे देश में बहुत सनसनी फैला दी थी। वह एक अच्छे परिवार का बड़ा ही काबिल व्यक्ति था लेकिन उसकी आदतें बड़ी अनैतिक थीं। उसने धोखाधड़ी के अपने निजी तरीक़ों से लंदन के प्रमुख व्यापारियों से बहुत बड़ी रकम ठग ली थी।"

"हा हा, तुम्हें मेरा केस याद है?" उसने बड़े गर्व से कहा।

"बिलकुल याद है।"

"तब तो तुम्हें इसके बारे में एक अनोखी बात भी याद होगी।"

"क्या थी वह?"

"मैंने लगभग ढाई लाख पौंड बनाए थे, क्यों, बनाए थे या नहीं?"

"हाँ ऐसा कहा जा रहा था।"

"पर उनमें से एक पैसा भी मुझसे बरामद नहीं किया जा सका।"

"ऐसा!"

"हाँ! तुम्हें क्या लगता है वह माल कहाँ होगा?"

"मुझे कोई अन्दाजा नहीं।"

"मेरी उँगली और अँगूठे के बीच में।" वह बोला, "सच कहूँ तो मेरे नाम पर इतने पाउंड्स हैं जितने तुम्हारे सिर पर बाल भी नहीं हैं और मेरे बच्चे अगर तुम्हारे पास पैसा हो और तुम उसका इस्तेमाल करना तथा उसे बढ़ाना जानते हो तो तुम कुछ भी कर सकते हो। अब तुम क्या सोचते हो ऐसा आदमी जो कुछ भी कर

सकता है वह क्या कच्छा पहनकर चूहों से भरी किसी सड़ी-सी जगह पर बैठा रहेगा? नहीं जनाब, ऐसा आदमी अपनी और अपने दोस्तों की देखभाल करेगा। जो उसका साथ देगा, जो उसे सहारा देगा उसे वह मज़े कराएगा।"

"उसके बात करने का तरीक़ा ऐसा था कि पहले-पहल मुझे लगा कि इन सब बातों में कोई दम नहीं है, लेकिन कुछ समय बाद जब उसने मुझे परख लिया और जब उसने मुझसे सभी तरह की क़समें खिलवा लीं तब समझाया कि उस जहाज़ को अपने कब्ज़े में ले लेने में बहुत फ़ायदा है। जहाज़ पर सवार लगभग एक दर्ज़न क़ैदी पहले ही उसके इस षड्यंत्र में शामिल हो गए थे। प्रेंडरगास्ट उनका नेता था और वे सब उसके पैसे से आकर्षित थे।

"उसने कहा कि मैं एक मित्र रहूँगा, एकदम अच्छा आदमी ऐसा जैसे बन्दूक़ की नली का कुन्दा। उसने यह भी कहा कि उसके पास यहाँ भी माल है और वह माल उसके साथ मिले हुए पादरी के पास है। पादरी के पास इतना पैसा है कि वह जो चाहे ख़रीद सकता है। जहाज़ के सब खलासी उसके आदमी हैं जिन्हें उसी के इशारे पर जहाज़ पर रखा गया है और अगर उसे कप्तान काम का बन्दा लगा तो वह उसे भी ख़रीद लेगा।

"हमें क्या करना होगा?" मैंने पूछा।

"तुम्हें क्या लगता है?" उसने कहा, "अरे, हम इन सिपाहियों के कोट उनके कोट के लाल रंग से भी ज़्यादा लाल कर देंगे।"

"लेकिन उनके पास हथियार हैं!" मैंने कहा।

"वे हमारे पास भी होंगे मेरे लाल। और सुनो, अगर हम इस जहाज़ पर क़ब्ज़ा करने लायक़ नहीं तो हमें नर्सरी स्कूल में दाख़िल हो जाना चाहिए। तुम रात को अपने बाएँ वाले साथी से बात करो

और देखो कि वह भरोसे के लायक़ है या नहीं?"

"मैंने वैसा ही किया। मैंने पाया कि मेरा पड़ोसी भी मेरे जैसा ही जवान था और मेरी ही तरह जालसाज़ी के मामले में फँसा था। उसका नाम इवांस था। बाद में मेरी तरह उसने भी नाम बदल लिया था और आजकल वह दक्षिण इंग्लैंड में एक रईस आदमी है। वह भी अपने आपको सज़ा से बचाने के मक़सद से इस षड्यंत्र में शामिल होने के लिए राजी हो गया। जब तक हम खाड़ी पार करते, सिर्फ़ दो क़ैदी ऐसे रह गए थे जो हमारे इस रहस्य में शामिल नहीं थे। इनमें से एक तो कमज़ोर दिमाग़ वाला था और दूसरे को पीलिया हुआ था, इसलिए वह हमारे किसी काम का नहीं था।

"शुरुआत से ही ऐसी कोई बड़ी अड़चन नहीं थी जो हमें क़ब्ज़ा करने से रोक सके। उस जहाज़ के खलासी तो बदमाशों का समूह था जिसे ख़ास तौर से इसी काम के लिए रखा गया था। वह छद्म पादरी हमारे कक्षों में आकर हमें भड़काता रहता था। उसके हाथ में एक काला बैग होता था जिसमें कहने के लिए धार्मिक किताबें भरी होती थीं। वह हमारे कक्ष में इतनी बार आता था कि तीसरे दिन तक हममें से हरेक के बिस्तर के नीचे कई पिस्तौलें, एक पाउंड पाउडर और बीस-बीस गोलियाँ इकट्ठी हो गईं। दो वार्डर प्रेंडरगास्ट के एजेंट थे और जहाज़ का दूसरे नंबर का कर्मचारी उसका अपना आदमी था। अब हमारे विरुद्ध कप्तान, दो सहायक, दो वार्डर्स, लेफ्टिनेंट मार्टिन, उसके अट्ठारह सिपाहियों और डॉक्टर के सिवाय कोई नहीं था। हालाँकि सब एकदम सुरक्षित था लेकिन फिर भी हमने पूरी सावधानी के साथ अचानक रात के समय हमला करने को तय किया। लेकिन वह हमला अचानक इस प्रकार जल्दी हो गया जिसकी हमने उम्मीद नहीं की थी। उसका विवरण इस प्रकार है।

"हमारी यात्रा शुरू होने के तीसरे सप्ताह एक शाम डॉक्टर एक बीमार क़ैदी को देखने के लिए आया और उसकी चारपाई पर हाथ रखते हुए डॉक्टर को पिस्तौल होने का आभास हुआ। अगर वह चुप रह गया होता तो वह सारे राज़ का पर्दाफाश कर सकता था लेकिन वह घबरा गया और उसके मुँह से चीख़ निकल गई। वह एकदम से डर कर पीला पड़ गया। उसकी इस हालत से क़ैदी को पता चल गया कि माजरा क्या है और उसने फ़ौरन डॉक्टर को धर दबोचा। इससे पहले कि वह मदद के लिए चिल्ला पाता, उसका मुँह बन्द करके उसे चारपाई से बाँध दिया गया। डॉक्टर ने वहाँ आने के लिए वह दरवाज़ा खोला था जो डेक की तरफ़ जाता था, हम फ़ौरन उससे बाहर निकले। हमने दो सन्तरियों को मार डाला और साथ ही उस कॉर्पोरल को भी जो यह देखने आया था कि क्या हंगामा हो रहा है। बाहर के कक्ष में दो सन्तरी और थे पर उनकी बन्दूक़ों में गोलियाँ नहीं भरी थीं। जैसे ही उन्होंने अपनी बन्दूक़ों में गोलियाँ भरने की कोशिश की हमने उन्हें भी मार गिराया। उसके बाद हम कप्तान के केबिन की ओर भागे। जैसे ही हमने उसके केबिन का दरवाज़ा खोला अन्दर एक तेज़ धमाका हुआ। हमारे सामने कप्तान गिरा पड़ा था और उसके दिमाग़ के हिस्से अटलांटिक के नक़्शे के ऊपर पड़े हुए थे। एक किनारे पादरी खड़ा था जिसकी बाँह पर धुआँ उगलती बन्दूक़ झूल रही थी। दोनों सहायकों को बन्दी बना लिया गया था और लगता था कि बाज़ी हमारे हाथ में आ गई।

"केबिन के पास ही निजी कमरा था। हम सब उसमें घुस गए और सोफ़ों पर पसर गए। उस वक़्त हम सब जोश में एक साथ बोल रहे थे। हम इस ख़ुशी में डूबे हुए थे कि हम आज़ाद हो गए। वहाँ कुछ लॉकर्स थे। उस नकली पादरी विल्सन ने उनमें से एक

को खोला और उसमें से ब्राउन शैरी की एक दर्ज़न बोतलें निकालीं। हमने उनकी गर्दनें तोड़ीं और शराब को मगों में डालना शुरू किया। हम अभी जाम टकरा ही रहे थे कि अचानक हमारे कानों में बन्दूक़ों की तेज़ आवाज़ें आईं और पूरा कमरा धुएँ से इस क़दर भर गया कि मेज़ के पार तक देखना सम्भव नहीं रहा। जब धुआँ साफ़ हुआ तब दिखा कि सारी जगह तहस-नहस हालत में थी। विल्सन और आठ अन्य लोग ज़मीन पर एक-दूसरे के ऊपर पड़े छटपटा रहे थे। उस वक़्त मेज़ पर ख़ून और ब्राउन शैरी जिस तरह से आपस में मिली हुई दिख रही थी, उसे सोच कर तो मुझे आज भी उबकाई आती है। उस दृश्य से हम इस क़दर डर गए कि अगर वह काम प्रेंडरगास्ट के लिए नहीं होता तो हमने उसे उसी वक़्त त्याग दिया होता। प्रेंडरगास्ट साँड़ की तरह गरजा और दरवाज़े की तरफ़ भागा। हम सब जो ज़िन्दा बच गए थे उसके पीछे थे। हम भाग कर बाहर आए और हमने देखा जहाज़ के पिछले हिस्से पर लेफ्टिनेंट और उसके दस आदमी खड़े हुए थे। तब समझ आया कि मेज़ के ऊपर लगी बत्तियों के ऊपर एक बड़ी दरार थी और उसी में से उन्होंने हम पर गोलियाँ चलाई थीं। वे दोबारा अपनी बन्दूक़ों में गोलियाँ भरते उससे पहले ही हम उन पर टूट पड़े। हालाँकि उन्होंने कड़ा मुक़ाबला किया पर हमने पाँच मिनट में ही सब ख़त्म कर दिया। हे भगवान! उस जहाज़ जैसा क़त्लख़ाना शायद ही कोई और होगा! प्रेंडरगास्ट उस वक़्त ग़ुस्से से भरा राक्षस बना हुआ था। उसने सभी सिपाहियों को उठाया और बिना इस बात की परवाह किए कि कोई ज़िन्दा है या मुर्दा, समुद्र में फेंक दिया। उनमें से एक सार्जेंट ऐसा भी था जो बहुत घायल होने के बाद भी काफ़ी समय तक तैरता रहा था पर फिर हममें से किसी ने गोली मार कर उसका भेजा उड़ा दिया

था। जब लड़ाई ख़त्म हुई तो हमारे शत्रुओं में से कोई नहीं बचा था सिवाय वार्डरों, सहायकों और डॉक्टर के।

"हममें से कई थे जो इस आज़ादी पर ख़ुश थे लेकिन अपनी आत्मा पर हत्या का बोझ नहीं लेना चाहते थे। हथियारबन्द सैनिकों से लड़ कर उन्हें मारना एक अलग बात है और ठंडे दिमाग़ से किसी की हत्या कर देना दूसरी बात है। हममें से आठ लोगों यानी पाँच क़ैदी और तीन खलासियों ने कहा, "हम ऐसा नहीं होने देना चाहते हैं।" लेकिन प्रेंडरगास्ट और उसका साथ देने वालों को मनाना सम्भव नहीं था। उसने कहा, "हमारी सुरक्षा तभी है जबकि इनमें से कोई बाक़ी न रहे।" वह नहीं चाहता था कि हमारे इस काम का कोई भी गवाह बाक़ी रहे। ऐसा लगा कि हमें इसका भागीदार बनना ही पड़ेगा। लेकिन उसने कहा कि अगर हम चाहें तो एक नाव लेकर जा सकते हैं। हमने तुरन्त इस बात को मान लिया क्योंकि हम इस ख़ूनी कार्रवाई से पहले ही ऊब चुके थे। हमें नाविकों वाले कपड़ों का एक सूट, पानी की एक मशक, दो छोटे डिब्बे जिनमें से एक में कुछ काम की वस्तुएँ और एक में बिस्कुट थे और एक कम्पास दिया गया। प्रेंडरगास्ट ने एक नक़्शा हमारी तरफ़ फेंका और कहा कि, 'किसी के भी पूछने पर तुम ये बताओगे कि तुम नाविक लोग हो जिनका जहाज़ डूब गया है।' उसके बाद नाव की रस्सी काटी और हमें जाने दिया।

"मेरे बच्चे अब मैं अपनी कहानी के सबसे आश्चर्यजनक हिस्से पर आता हूँ। अब हमारी नौका लहरों पर हिचकोले खा रही थी। हम धीरे-धीरे बड़ी नौका ग्लोरिया स्कॉट से दूर जा रहे थे। इवान्स और मैं, जोकि हमारे समूह में सबसे ज़्यादा पढ़े-लिखे थे, वे नक़्शे पर माथापच्ची कर रहे थे कि समुद्र में अपनी स्थिति को देखते हुए

किस समुद्र तट पर जाना ठीक रहेगा। केप वेर्डेस उत्तर में हमसे पाँच सौ मील दूर था और अफ्रीकन तट पूर्व में लगभग सात सौ मील दूर था। लेकिन चूँकि हवा उत्तर की तरफ़ की चल रही थी, हमने सोचा कि हमें सिएरा लियॉन की तरफ़ चलना चाहिए। बड़ी नाव उस वक़्त हमसे ज़्यादा दूर नहीं थी। अचानक हमने उसकी तरफ़ देखा तो पाया कि वहाँ से धुएँ के गहरे काले बादल उठे और आकाश पर छा गए। कुछ देर बाद ज़ोरदार धमाके की कानफोड़ू आवाज़ हुई और जब धुआँ कुछ कम हुआ तो ग्लोरिया स्कॉट का नामोनिशान भी नहीं था। बिना कुछ सोचे-समझे हमने अपनी नाव का रुख़ उस तरफ़ मोड़ दिया और अपनी पूरी ताक़त से उस ओर बढ़ चले जहाँ पानी के ऊपर अभी भी कुछ धुंध-सी उस त्रासदी की गवाही दे रही थी।

"हमें वहाँ तक पहुँचने में लगभग एक घंटा लग गया। पहले हमें लगा कि किसी को भी बचाने के हिसाब से हमें आने में देर हो गई। टुकड़े-टुकड़े हुई एक नाव और चप्पुओं के उठते-गिरते टुकड़ों से हमें उस जगह का सुराग मिल रहा था जहाँ वह बड़ी नौका डूबी होगी। लेकिन वहाँ किसी के जीवित होने का कोई संकेत नहीं था। हमने वापस जाने के लिए नाव को घुमाया ही था कि हमें मदद के लिए पुकारती एक आवाज़ सुनाई दी। हमने देखा कि कुछ दूरी पर एक आदमी मलबे के एक हिस्से से लिपटा हुआ है। जब हमने उसे नाव पर खींचा तो पता चला कि वह हडसन नाम का नाविक है। वह इतना थका हुआ और पस्त था कि वहाँ क्या हुआ था उसके बारे में वह अगली सुबह ही बता पाया।

"लगता था कि जब हम वहाँ से निकल गए थे तो उसके बाद प्रेंडरगास्ट और उसके गिरोह ने बाक़ी पाँचों बन्दियों को मारने का

काम शुरू किया। दोनों वार्डरों को मार कर समुद्र में फेंक दिया गया। उसी तरह से तीसरे सहायक को भी मार दिया गया। उसके बाद प्रेंडरगास्ट ने अपने हाथ से उस डॉक्टर का गला काट दिया। अब बचा केवल पहला सहायक जो एक दिलेर और चुस्त व्यक्ति था। जब उसने प्रेंडरगास्ट को हाथ में ख़ून से सना चाक़ू लिए आते देखा तो उसने अपनी रस्सियों को उतार फेंका जिन्हें वह पहले से ही ढीला कर चुका था। वह डेक से नीचे की तरफ़ भाग गया। लगभग एक दर्ज़न अपराधियों ने अपने हाथों में पिस्तौलें लिए हुए उसे खोजते हुए जब पाया तो वह बारूदी पाउडर के खुले बक्से के पास अपने हाथ में माचिस लिए बैठा था। उसने चेतावनी दी कि अगर उसे ज़रा-सा भी नुक़सान पहुँचाया गया तो वह माचिस से उस बारूदी पाउडर में आग लगा देगा। उसी के एक-दो क्षण बाद यह धमाका हुआ। हडसन का मानना था कि धमाका किसी अपराधी द्वारा चलाई गई गोली के निशाना चूक जाने के कारण हुआ था बजाय कि उस सहायक के द्वारा। कारण चाहे कुछ भी हो, ग्लोरिया स्कॉट का तो अन्त हो गया था और उसी के साथ-साथ उस हंगामे का भी अन्त हो गया जो उस पर शुरू हुआ था।

"यह था उस ख़तरनाक वाक़ये का छोटा-सा इतिहास मेरे बच्चे जिससे मैं जुड़ा था। अगले दिन हमें हॉटस्पर नाम के जहाज़ ने ऊपर ले लिया जोकि ऑस्ट्रेलिया जा रहा था। उसके कप्तान ने बड़ी आसानी से मान लिया कि हम एक दुर्घटनाग्रस्त जहाज़ के बचे हुए लोग हैं। परिवहन जहाज़ ग्लोरिया स्कॉट के बारे में जल परिवहन अधिकारियों ने यह दर्ज कर लिया कि वह समुद्र में खो गया। उसके असली अंजाम के बारे में कभी किसी को नहीं बताया गया। एक अच्छी यात्रा के बाद, हॉटस्पर ने हमें सिडनी में उतार दिया। वहाँ मैंने और

इवांस ने अपने नाम बदले और खदानों की खुदाई के कारोबार में लग गए जिसमें अलग-अलग देशों के लोग लगे हुए थे इसलिए हमें अपनी असलियत छिपाने में कोई कठिनाई नहीं हुई। उसके बाद की घटनाएँ ज़्यादा बताने की ज़रूरत नहीं है। हम अमीर बने, हमने यात्राएँ कीं और फिर हम अमीर जागीरदारों की तरह इंग्लैंड वापस लौटे। हमने गाँवों में जायदाद ख़रीदी। बीस वर्षों तक हमने शान्तिपूर्ण और पैसेवाली ज़िन्दगी बिताई। हमें भरोसा था कि हमारा इतिहास हमेशा के लिए दफ़न हो गया है। लेकिन उस वक़्त की मेरी भावनाओं को समझो जब मैंने उस नाविक के रूप में उस व्यक्ति को आते देखा जिसे हमने उस जहाज़ के मलबे में से बचाया था। उसने किसी तरह हमें खोज निकाला था और अब हमारे राज़ को लेकर हमारे डर से वह मज़े कर रहा था। अब तुम्हें पता चला होगा कि मैं क्यों उससे शान्ति बनाए रखता था। और अब जब वह मेरे लिए गहरी दुर्भावना लिए मेरे दूसरे साथी के पास चला गया है, तुम मेरे भीतर बस गए मेरे अन्दर के डर की कल्पना कर सकते हो।"

"उसके नीचे जो टेढ़ा-मेढ़ा अस्पष्ट-सा लिखा गया था वह लगता था जैसे बहुत काँपते हाथ से लिखा गया था। लिखा था, 'बेड़दोस ने संकेत भाषा में बताया है कि एच ने सब बता दिया है, हे भगवान हम पर दया करना।'

"यह सारा विवरण उस रात मैंने युवा ट्रेवर को सुनाया था। उन परिस्थितियों में यह बड़ा नाटकीय लग रहा था। इसे सुनकर उस बेचारे का दिल टूट गया। उसके बाद वह उस जगह से चाय के बागानों की तरफ़ चला गया, सुना है कि वह वहाँ ठीकठाक है। जहाँ तक उस नाविक और बेड़दोस का सवाल है तो उस चेतावनी पत्र की प्राप्ति के बाद से उन दोनों के बारे में कोई ख़बर नहीं है। वे

दोनों पता नहीं कहाँ गुम हो गए। पुलिस के पास कोई शिकायत भी दर्ज़ नहीं की गई [illegible] मतलब है कि एक धमकी को बेड़दोस ने ग़लती से सचाई समझ लिया। हडसन को कभी छिपे हुए देखा गया था इसलिए पुलिस ने यह मान लिया कि उसने ही बेड़दोस को मार कर कहीं ठिकाने लगा दिया है और फ़रार हो गया है। लेकिन मुझे लगता है कि सचाई इससे बिलकुल अलग है। मुझे लगता है कि अत्यंत परेशान बेड़दोस ने इस धोखेबाज़ी का बदला लेने के लिए ख़ुद हडसन को ठिकाने लगा दिया और जितना भी पैसा उसके हाथ में आ सकता था उसे लेकर देश छोड़ कर भाग गया। तो, डॉक्टर ये था पूरा मामला। अब अगर ये तुम्हारे रिकॉर्ड के लायक़ हो तो तुम इसे अपनी डायरी में दर्ज कर सकते हो।"

✪✪✪